J.M. Coetzee

Im Herzen des Landes

Roman

Aus dem Englischen
von Wulf Teichmann

Carl Hanser Verlag

Titel der Originalausgabe:
In the Heart of the Country
Secker & Warburg, London 1977

ISBN 3-446-14706-3

Satz: Amann Fotosatz, Leutkirch
Druck und Bindung: Franz Spiegel Buch GmbH, Ulm
Printed in Germany

I

1. Heute hat mein Vater seine neue Braut heimgeführt. Klip-klop sind sie über die Ebene gekommen, in einem Einspänner, gezogen von einem Pferd, dem an der Stirn eine Straußenfeder wehte, und staubig nach der langen Fahrt. Oder vielleicht wurden sie gezogen von zwei federgeschmückten Eseln, auch das ist möglich. Mein Vater trug seinen schwarzen Frack und Zylinder, seine Braut einen breitkrempigen Sonnenhut und ein weißes tailliertes, hochgeschlossenes Kleid. Weitere Einzelheiten kann ich nicht geben, es sei denn, ich fange an auszuschmücken, ich habe nämlich nicht zugeschaut. Ich war in meinem Zimmer, im smaragdgrünen Halbdunkel des abgeblendeten Spätnachmittags, las ein Buch oder, was wahrscheinlicher ist, lag da mit einem feuchten Handtuch über den Augen und kämpfte gegen einen Migräneanfall. Ich bin diejenige, die lesend oder schreibend oder gegen die Migräne kämpfend in ihrem Zimmer bleibt. Die Kolonien sind voll von solchen Mädchen, aber ich glaube, bei keiner ist es so extrem wie bei mir. Mein Vater ist derjenige, der hin und her über die Fußbodenbretter schreitet, hin und her, in seinen schweren schwarzen Stiefeln. Und dann, drittens, ist da die neue Frau, die lange im Bett bleibt. Das sind die Antagonisten.

2. Die neue Frau. Die neue Frau ist eine faule, großknochige, sinnliche, katzenartige Frau mit einem breiten, langsam lächelnden Mund. Ihre Augen sind schwarz und tückisch wie zwei Beeren, zwei tückische schwarze Beeren. Sie ist eine große Frau mit schmalen Handgelenken und langen, rundlichen, sich verjüngenden Fingern. Sie ißt mit Genuß. Sie schläft und ißt und faulenzt. Sie streckt ihre lange rote Zunge heraus und leckt sich das frische Hammelfett von den Lippen. »Ah, ich mag das!« sagt sie und lächelt und verdreht die Augen. Hypnotisiert schaue ich auf ihren

Mund. Dann richtet sie den breiten lächelnden Mund und die tückischen schwarzen Augen auf mich. Ich kann ihrem Lächeln nicht leicht standhalten. Wir sind keine glückliche Familie miteinander.

3. Sie ist die neue Frau, also ist die alte tot. Die alte Frau war meine Mutter, aber sie starb vor so vielen Jahren, daß ich mich kaum an sie erinnere. Ich muß sehr jung gewesen sein, als sie starb, vielleicht gerade erst geboren. Aus einem der tiefsten Verliese des Gedächtnisses ziehe ich ein schwaches graues Bild hervor, das Bild einer schwachen, grauen, zerbrechlichen, zarten, liebevollen Mutter, die auf dem Fußboden kauert, ein Bild, wie jedes Mädchen in meiner Lage es sich wahrscheinlich machen würde.

4. Meines Vaters erste Frau, meine Mutter, war eine zerbrechliche, zarte, liebevolle Frau, die unter der Fuchtel ihres Mannes lebte und starb. Ihr Mann verzieh es ihr nie, daß sie ihm keinen Sohn geboren hatte. Seine unablässigen sexuellen Forderungen führten zu ihrem Tod im Kindbett. Sie war zu zerbrechlich und zart, um den grobschlächtigen Bauernlümmel von Erben auf die Welt bringen zu können, den mein Vater wollte, darum ist sie gestorben. Der Arzt kam zu spät. Gerufen von einem Boten auf einem Fahrrad, hatte er vierzig Meilen Feldweg in seinem Eselskarren hinter sich bringen müssen. Als er eintraf, lag meine Mutter bereits reglos auf ihrem Totenbett, geduldig, blutlos, wie um Entschuldigung bittend.

5. (Aber warum kam er nicht zu Pferde? Gab es damals denn schon Fahrräder?)

6. Ich habe nicht zugeschaut, wie mein Vater seine Braut über die Ebene heimführte, weil ich in meinem Zimmer im dunklen Westflügel war, vor Kummer vergehend und den rechten Augenblick abwartend. Ich hätte lächelnd bereitstehen sollen, um sie zu begrüßen und ihnen Tee anzubieten, aber das tat ich nicht. Ich war abwesend. Ich wurde nicht vermißt. Mein Vater schenkt meiner Abwesenheit keine Beachtung. Für meinen Vater bin ich mein ganzes Leben lang eine Abwesenheit gewesen. Deswegen bin ich, statt die weibliche Wärme im Herzen dieses Hauses zu sein, ein Nichts gewesen, eine Null, ein Vakuum, in das hinein alles zusammenbricht, eine Turbulenz, gedämpft, grau, wie ein kalter Luftzug, der durch die Gänge fegt, vernachlässigt, auf Rache sinnend.

7. Die Nacht bricht herein, und mein Vater und seine neue Frau treiben's im Schlafzimmer. Hand in Hand streicheln sie ihren Bauch und warten darauf, daß er zuckt und blüht. Sie umschlingen einander; sie hüllt ihn in ihr Fleisch; sie kichern und stöhnen. Es ist eine schöne Zeit für sie.

8. In einem vom Schicksal wie ein H geformten Haus habe ich mein ganzes Leben gelebt, in einem Theater aus Stein und Sonne, eingezäunt hinter Meilen von Draht, von Zimmer zu Zimmer meine Fährte ziehend, die Diener überwachend, grimmige Witwertochter des finsteren Vaters. Sonnenuntergang um Sonnenuntergang haben wir uns gegenübergesessen bei Hammelfleisch, Kartoffeln und Kürbis, stumpfsinnigem Essen, gekocht von stumpfsinnigen Händen. Ist es möglich, daß wir gesprochen haben? Nein, wir können nicht gesprochen haben, schweigend müssen wir uns die Stirn geboten und uns durch die Zeit gekaut haben, während unsere Augen, seine schwarzen

Augen und meine schwarzen von ihm geerbten Augen, leeren Blicks über ihre Gesichtsfelder glitten. Dann haben wir uns zum Schlafen zurückgezogen, um Allegorien unerfüllten Begehrens zu träumen, die wir gnädigerweise nicht zu deuten vermochten; und in der Frühe wetteiferten wir in eisigem Asketentum darum, wer als erster auf den Beinen war und Feuer machte im kalten Kamin. Das Leben auf der Farm.

9. In der schattigen Diele tickt die Uhr Tag und Nacht fort. Ich bin es, die sie regelmäßig aufzieht und die sie wöchentlich, nach Sonne und Almanach, richtigstellt. Die Zeit auf der Farm ist die Zeit der weiten Welt, weder ein Jota noch ein Tüttelchen mehr oder weniger. Fest schlage ich den blinden, subjektiven Takt des Herzens mit seinen plötzlichen Ergießungen der Erregung und dem schleppenden Gang der Langeweile: Mein Puls will klopfen im steten Sekundentakt der Zivilisation. Eines Tages wird ein noch ungeborener Gelehrter in der Uhr die Maschine erkennen, die die Wilden gezähmt hat. Aber wird er je die Verlassenheit der Siestastunde kennen, die in den hohen, kühlen grünen Zimmern schlägt, wo mit geschlossenen Augen zählend die Töchter der Kolonien liegen? Das Land ist voll von melancholischen alten Jungfern wie ich eine bin, die für die Geschichte verloren sind und Trübsal blasen im angestammten Heim, die die Kupfertöpfe ständig blank scheuern und Marmelade einmachen. Umworben von unseren herrischen Vätern, als wir klein waren, sind wir verbitterte Vestalinnen, für das Leben verdorben. Die Vergewaltigung in der Kindheit: Jemand sollte den wahren Kern in dieser Phantasie untersuchen.

10. Ich lebe, ich leide, ich bin da. Mit List und, falls nötig, mit Tücke kämpfe ich dagegen, eine der Vergessenen der Geschichte zu werden. Ich bin eine alte Jungfer mit einem weggeschlossenen Tagebuch, aber ich bin mehr als das. Ich bin ein schlechtes Gewissen, aber wiederum bin ich mehr als das. Wenn alle Lichter aus sind, lächele ich in der Dunkelheit. Meine Zähne schimmern, auch wenn niemand es glaubt.

11. Sie nähert sich mir von hinten, eine Wolke von Orangenblüte und Brunst, und nimmt mich bei den Schultern. »Ich will nicht, daß du böse bist, ich kann ja verstehn, daß du dich gestört fühlst und unglücklich bist, aber dafür gibt es keinen Grund. Ich möchte, daß wir alle glücklich miteinander sind. Ich will alles tun, wirklich alles, damit es dazu kommt. Kannst du mir glauben?«
Ich starre in den Kamin. Meine Nase schwillt an und wird rot.
»Ich möchte, daß wir eine glückliche Hausgemeinschaft werden«, säuselt sie, als sie vor mich hintritt, »wir drei miteinander. Ich möchte, daß du eine Schwester in mir siehst, keine Feindin.«
Ich betrachte die vollen Lippen dieser gesättigten Frau.

12. Es gab eine Zeit, da ich mir einbildete, daß, wenn ich nur lange genug redete, mir aufgehen würde, was es bedeutet, eine zornige alte Jungfer mitten im Nirgendwo zu sein. Doch obwohl ich jede Anekdote beschnüffele wie ein Hund sein Liebchen, finde ich nichts von jener zu Kopfe steigenden Erweiterung in das Als-ob, die den Beginn eines echten Doppellebens kennzeichnet. Ächzend die Wörter suchend, die mich übersetzen sollen in das Land von Mythos und Held, bin ich hier noch immer mein schäbiges

Selbst in einer öden Sommerhitze, die sich nicht transzendieren wird. Was fehlt mir? Ich weine und knirsche mit den Zähnen. Ist es bloße Leidenschaft? Ist es bloß eine Vision von einer zweiten Existenz, die so leidenschaftlich ist, daß sie mich hinausträgt aus dem Irdischen des Seins in das Doppelte des Bedeutsamen? Aber bebt nicht schon jede meiner Poren in der Leidenschaft des Beleidigtseins? Fehlt es meiner Leidenschaft an Willen? Bin ich eine zornige, schließlich aber doch irgendwie selbstzufriedene Farmhausjungfer, eingehüllt in die Umarmung ihrer Furien? Habe ich wirklich den Wunsch, über mich selbst hinauszukommen? Die Geschichte meiner Wut und ihre grausige Fortsetzung: Werde ich in dieses Fahrzeug steigen und die Augen schließen und mich stromabwärts tragen lassen über die Schnellen, über den kabbeligen See, um erfrischt auf der ruhigen Mündungsbucht zu erwachen? Was für ein Automatismus ist das, was für eine Befreiung wird er mir bringen, und wenn es keine gibt, was ist dann der Sinn meiner Geschichte? Empfinde ich mein Jungfernschicksal als groben Schimpf? Wer steht hinter meiner Unterdrückung? Du und du, sage ich, in der Asche kauernd, den Finger gegen Vater und Stiefmutter stoßend. Aber warum bin ich nicht von ihnen fortgelaufen? Solange es ein Anderswo gibt, wo ich ein Leben führen kann, gibt es himmlische Finger, die auch auf mich zeigen. Oder bin ich, ohne es bislang gewußt zu haben, doch ach, nun es wissend, für ein komplexeres Schicksal bestimmt: mit dem Kopf nach unten gekreuzigt zu werden als Warnung für solche, die ihre Wut lieben und keinerlei Vision haben von einer anderen Geschichte? Doch welche andere Geschichte gibt es für mich? Heirat mit des Nachbars zweitem Sohn? Ich bin keine glückliche Farmersfrau. Ich bin eine jämmerliche, böse Jungfrau in Schwarz, und meine Geschichte ist meine Geschichte, auch wenn sie eine fade, finstere, blinde, blöde, jämmerliche Geschichte ist, die ihren Sinn nicht weiß und all ihre vielen möglichen unangezapften glücklichen Varianten nicht kennt. Ich bin ich. Charakter ist Schicksal. Historie ist Gott. Pik, pik, pik.

13. Der Engel, so wird sie manchmal genannt. Der Engel in Schwarz, der kommt, um die Kinder des braunen Volkes von ihren Krupps und Fiebern zu befreien. Ihre ganze haushälterische Strenge verwandelt sich in unermüdliches Mitleid, wenn es um Krankenfürsorge geht. Nacht für Nacht sitzt sie, gegen den Schlaf ankämpfend, bei wimmernden Kindern oder bei Frauen in den Wehen. »Ein Engel vom Himmel!« sagen sie, und ihre Blicke schmeicheln gierig. Ihr Herz singt. Im Krieg würde sie die letzten Stunden der Verwundeten erleichtern. Mit einem Lächeln auf den Lippen würden sie sterben, ihr dabei in die Augen blicken und ihre Hand drücken. Ihre Vorräte an Mitleid sind unerschöpflich. Sie braucht es, gebraucht zu werden. Wenn niemand sie braucht, ist sie ratlos und verwirrt. Erklärt das nicht alles?

14. Wäre mein Vater ein schwächerer Mann gewesen, so hätte er eine bessere Tochter gehabt. Aber er hat niemals etwas gebraucht. Gefangen in meinem Bedürfnis, gebraucht zu werden, umkreise ich ihn wie ein Mond. Das ist mein einziger lächerlicher Vorstoß in die Psychologie unseres Zusammenbruchs. Erklären heißt verzeihen, erklärt zu werden heißt Verzeihung erlangen, aber ich, ich hoffe und fürchte, daß ich unerklärbar, unverzeihlich bin. (Doch was in mir ist es, was zurückscheut vor dem Licht? Habe ich wirklich ein Geheimnis oder ist diese Ratlosigkeit vor mir selber nur eine Art, meine bessere, strebende Hälfte zu mystifizieren? Glaube ich wirklich, daß der Schlüssel zu dieser schwarzen, gelangweilten alten Jungfer weggesteckt liegt in einem Spalt zwischen meiner sanften Mutter und mir, so wie ich als Kleinkind war? Verlängere dich, verlängere dich, so höre ich es im Innersten flüstern.)

15. Ein anderer Aspekt meiner selbst, da ich nun schon von mir rede, ist meine Liebe zur Natur, besonders zum Leben der Insekten, zu dem hastenden, zweckgerichteten Leben, das sich um jedes Mistkügelchen und unter jedem Stein abspielt. Als ich ein kleines Mädchen war (erfinde du, erfinde du nur), saß ich, so geht die Geschichte, mit meinem spitzenbesetzten Sonnenhäubchen den ganzen Tag im Staube und spielte mit meinen Freunden, den Käfern, den grauen und den braunen und den großen schwarzen, deren Namen ich vergessen habe, aber mühelos in einer Enzyklopädie nachschlagen könnte; und mit meinen Freunden, den Ameisenfressern, die diese tadellosen kleinen konischen Sandfallen machten, an deren Hängen ich die gemeine rote Ameise hinabstupste; und hin und wieder, versteckt unter einem flachen Stein, gab es auch ein blasses, geblendetes, kraftloses Skorpionbaby, das ich dann mit einem Stock zerquetschte, denn schon damals wußte ich, daß Skorpione böse sind. Ich habe keine Angst vor Insekten. Ich lasse das Gelände um das Haus hinter mir und wandere barfuß das Flußbett hinauf, der heiße dunkle Sand knirscht unter den Fußsohlen und drückt sich zwischen den Zehen durch. Ich sitze, die Röcke um mich gebreitet, in den Sandwehen und fühle, wie die Wärme sich an meine Schenkel schmiegt. Ich bin sicher, käme es zum Äußersten – obwohl ich nicht weiß, wie es dazu kommen könnte –, würde es mir nichts ausmachen, in einer Lehmhütte zu leben, ja, unter einem Pultdach aus Zweigen, draußen im Grasland, Hühnerfutter zu essen und zu den Insekten zu reden. Schon in dem kleinen Mädchen müssen die Züge der verrückten alten Dame durchgeschimmert haben, und das braune Volk, das sich hinter Büschen versteckt und alles weiß, muß gekichert haben.

16. Ich bin aufgewachsen mit den Gesindekindern. Ich habe gesprochen wie eines von ihnen, bevor ich so sprechen lernte wie hier jetzt. Ich habe ihre Stock- und Steinspiele gespielt, bevor ich wußte, daß ich ein Puppenhaus haben konnte mit Vater und Mutter und Peter und Jane, die in ihren eigenen Bettchen schliefen, und mit reinen Anziehsachen in der Kommode, deren Schubladen sich herausziehen und hineinschieben ließen, während Nan der Hund und Felix der Kater vor der Küchenkohle dösten. Mit den Gesindekindern suchte ich das Grasland nach Khammawurzeln ab, nährte die verwaisten Lämmer mit Kuhmilch, hing über dem Gatter, um zuzusehen, wie die Schafe durch das Desinfektionsbad getrieben wurden und wie das Weihnachtsschwein erschossen wurde. Ich roch die säuerlichen Vertiefungen, in denen sie verknäuelt wie Kaninchen schliefen, ich saß ihrem blinden alten Großvater zu Füßen, während er Wäscheklammern schnitzte und von verflossenen Zeiten erzählte, als Menschen und Tiere von den Winterweideplätzen zu den Sommerweideplätzen zogen und auf dem Trail zusammenlebten. Zu Füßen eines alten Mannes habe ich einen Mythos in mich aufgesogen von einer Vergangenheit, in der Tier und Mensch und Herr ein gemeinsames Leben führten, so unschuldig wie die Sterne am Himmel, und es liegt mir fern zu lachen. Wie soll ich die Sehnsucht aushalten, den Schmerz über was immer es ist, das verloren ist, ohne einen Traum von einem ursprünglichen, vielleicht vom Violett der Melancholie gefärbten Zeitalter, ohne einen Mythos der Vertreibung, der mir meinen Schmerz deuten würde? Und Mutter, zart duftende liebevolle Mutter, die du mich berauscht hast mit Milch und Schlummer im Federbett und dann beim Klang der Glokken in der Nacht verschwunden bist, mich allein gelassen hast unter groben Händen und harten Körpern – wo bist du? Meine verlorene Welt ist eine Welt der Männer, kalter Nächte, Holzfeuer, glänzender Augen und einer langen Erzählung von toten Helden in einer Sprache, die ich nicht verlernte.

17. In diesem Haus mit rivalisierenden Herrinnen geht das Gesinde seinen Pflichten mit geducktem Kopf nach, dauernd mit Anwürfen schlechter Laune rechnend. Der Plackerei überdrüssig, lauern sie auf die Farbe und das Drama von Streitigkeiten, obwohl sie wissen, daß es kaum etwas Besseres für sie gibt als freundliches Einvernehmen. Der Tag ist noch nicht gekommen, da die Riesen aufeinander losgehen und die Zwerge davonhuschen in die Nacht. Da sie all ihre Gefühle nicht nacheinander fühlen, in Wellen von Gegensätzen, sondern gleichzeitig, in einem Mischmasch von Wut, Ärger, Groll und Ausgelassenheit, erleben sie einen Wankelmut, der die Sehnsucht nach Schlaf in ihnen erzeugt. Sie wollen im großen Haus sein, aber sie wollen auch daheim bleiben, sich krank stellen, auf einer Bank im Schatten dösen. Tassen fallen ihnen aus den Fingern und zerspringen auf dem Fußboden. Sie tuscheln rasch in Ecken. Sie schelten grundlos ihre Kinder. Sie träumen schlecht. Die Psychologie der Dienerschaft.

18. Ich lebe weder allein noch in Gesellschaft, sondern gewissermaßen unter Kindern. Nicht mit Worten, die altmodisch und verschleiert zu mir kommen, wird zu mir gesprochen, sondern mit Zeichen, mit Ausdrucksformen von Gesicht und Händen, mit Haltungen von Schultern und Füßen, mit Nuancen von Tonfall und Lautstärke, mit angehaltenem Atem und Ungesagtem, dessen Grammatik nie aufgezeichnet wurde. Beim Lesen des braunen Volkes taste ich, wie sie tasten, wenn sie mich lesen: denn auch sie hören meine Worte undeutlich, lauschen auf jene Obertöne der Stimme, jene Feinheiten der Augenbrauen, die ihnen sagen, was ich wirklich meine. »Paß bloß auf, komm mir nicht in die Quere!« – »Was ich sage, kommt nicht von mir.« Über Täler von Raum und Zeit hinweg versuchen wir, die blassen Rauchwölkchen unserer Signale zu verstehen. Darum sind meine Worte nicht Worte, wie Menschen sie untereinander benutzen. Nach Erfüllung meiner Pflichten allein in meinem Zimmer, in dem die Lampe stetig brennt, falle ich in knarrende Rhythmen, die meine eigenen sind, stolpere über Felsbrocken von Wörtern, die ich noch nie aus einem anderen Munde gehört habe. Ich erschaffe mich in den Wörtern, die mich erschaffen, ich, die ich, lebend unter den Niedergeschlagenen, mich noch nie im ruhigen Auge eines anderen erblickt habe, noch nie einen anderen ruhigen Auges angeblickt habe. Solange es mir freisteht, ich zu sein, ist nichts unmöglich. Im Kloster meines Zimmers bin ich die irrsinnige Hexe, die zu sein meine Bestimmung ist. Mein Kleid ist klebrig von Seiber, ich mache einen Bukkel und drehe mich, an meinen Füßen blühen hornige Auswüchse, diese gezierte Stimme, die Sätze ohne Verwendung ausspinnt, gähnend vor Langeweile, weil nie etwas geschieht auf der Farm, bricht auf und läßt die galligen wahnwitzigen Empfindungen triefen, die den Toten der Nacht gehören, wenn der Zensor schnarcht – zu dem verrückten Seemannstanz, den ich mit mir tanze.

19. Was für ein Trost sind lapidare Paradoxien für die Gelüste des Leibes? Ich betrachte die vollen Lippen der gesättigten Witwe, höre das Knarren der Fußbodenbretter im stillgewordenen Farmhaus, das warme Gemurmel aus dem großen Bett, fühle den Balsam liebenden Fleisches auf mir, schlafe hinein in die dampfenden Gerüche des Körpers. Wie aber das Reale aufgeben für das in dunkler Tiefe Begehrte? Eine zerrissene Jungfrau, stehe ich in der Tür, nackt, fragend.

20. An ihre vollen dunklen Lippen hebt die gesättigte Witwe einen Finger in kryptischer Gebärde. Bedeutet sie mir, still zu sein? Amüsiert sie mein unverhüllter Körper? Durch die offenen Vorhänge strömen die Strahlen des Vollmondes auf ihre Schultern, ihre vollen ironischen Lippen. Im Schatten ihrer Hüfte liegt schlafend der Mann. An ihren Mund hebt sie eine kryptische Hand. Ist sie amüsiert? Ist sie aufgeschreckt? Die Nachtbrise weht durch die geteilten Vorhänge. Das Zimmer liegt in Dunkelheit, die schlafenden Gestalten so still, daß ich ihr Atmen durch das Hämmern meines Herzens nicht hören kann. Sollte ich bekleidet zu ihnen gehen? Sind sie Phantome, die verschwinden, wenn ich sie berühre? Sie betrachtet mich mit vollen ironischen Lippen. Ich lasse meine Kleidung an der Tür fallen. Im Gleißen des Mondlichts mustert sie meinen armen, flehenden Körper. Ich weine, verberge die Augen, wünsche mir eine Lebensgeschichte, die ruhig über mich hinwegplätschert wie bei anderen Frauen.

21. Wenn er erhitzt und staubig heimkam nach dem Tagewerk, erwartete mein Vater, daß sein Bad für ihn bereit war. Es gehörte zu den Pflichten meiner Kindheit, eine Stunde vor Sonnenuntergang Feuer zu machen, damit das heiße Wasser in die emaillierte Sitzbadewanne gegossen werden konnte, sobald er durch die Haustür hereinstampfte. Dann zog ich mich zurück hinter die dunkle Seite der geblümten spanischen Wand, um seine Kleidung entgegenzunehmen und die saubere Unterwäsche zurechtzulegen. Auf Zehenspitzen das Badezimmer verlassend, hörte ich das Planschen beim Eintauchen, das Schmatzen des Wassers in seinen Achselhöhlen und zwischen seinen Hinterbacken, und atmete das süße, feuchte, schaumige Miasma von Seife und Schweiß. Später entfiel diese Pflicht; doch wenn ich an männliches Fleisch denke, weiß, schwer und stumm, wessen Fleisch kann es sein als das seine?

22. Durch einen Schlitz in der Gardine beobachte ich sie. Sie nimmt seine Hand, hebt den Rock an, steigt herab, eins-zwei, aus dem Einspänner. Sie reckt die Arme, lächelnd, gähnend, ein kleiner geschlossener Sonnenschirm baumelt an einem behandschuhten Finger. Er steht hinter ihr. Leise Worte werden gewechselt. Sie kommen die Stufen herauf. Ihre Augen sind groß und glücklich, die Art Augen, die Finger an Spitzengardinen nicht bemerken. Ihre Beine schwingen locker, im Einklang mit dem Körper. Sie schlendern durch die Tür, sind nun außer Sicht, ein Mann und eine Frau, heimgekommen.

23. Bis in den Abend hinein, indes die Schatten erst länger werden und dann alles bedecken, stehe ich am Fenster. Hendrik geht über den Hof zum Vorratsraum. Das massenhafte Gezwitscher der Vögel im Flußbett schwillt an und verebbt. Im letzten Licht schießen die Schwalben in ihre Nester unter der Traufe, und die ersten Fledermäuse flitzen heraus. Aus ihren verschiedenen Bauen tauchen die Raubtiere auf, *muishond*, *meerkat*. Was haben Schmerz, Eifersucht, Einsamkeit in der afrikanischen Nacht zu suchen? Bedeutet eine durch ein Fenster ins Dunkle blickende Frau etwas? Ich lege alle zehn Fingerkuppen an das kühle Glas. Die Wunde in meiner Brust reißt auf. Wenn ich ein Sinnbild bin, bin ich ein Sinnbild. Ich bin unvollständig, ich bin ein

Wesen mit einem Loch in meinem Innern, ich bedeute etwas, ich weiß nicht was, ich bin stumm, ich starre durch eine Glasscheibe in eine Dunkelheit, die vollständig ist, die in sich selbst lebt, Fledermäuse, Büsche, Raubtiere und alles, was mich nicht ansieht, was blind ist, was nicht bedeutet, sondern nur ist. Wenn ich stärker drücke, wird das Glas zerbrechen, Blut wird tropfen, das Grillenlied wird einen Moment verstummen und dann wieder einsetzen. Ich lebe in einer Haut in einem Haus. Es gibt keine Tat, von der ich wüßte, daß sie mich in die Welt freiließe. Es gibt keine Tat, von der ich wüßte, daß sie die Welt in mich hineinbrächte. Ich bin ein Schwall von Tönen, der sich in das Universum ergießt, Tausende und Abertausende weinender, ächzender, zähneknirschender Teilchen.

24. Sie schwitzen und ackern, das Farmhaus knarrt die ganze Nacht. Schon muß der Samen gelegt sein, bald wird sie sich räkeln in ihrer gedankenlosen Brunst, schwellend und reifend, darauf wartend, daß ihr kleines rosa Ferkel anklopft. Während ein von mir ausgetragenes Kind – angenommen, ein solcher Schicksalsschlag könnte mich treffen – dünn wäre und bläßlich, unablässig greinen würde wegen der Schmerzen in seinen Innereien, von Zimmer zu Zimmer wackeln würde auf rachitischen Beinen, am Schürzenband seiner Mutter sich festhaltend und vor Fremden das Gesicht versteckend. Aber wer würde mir schon ein Baby schenken, wer würde nicht zu Eis werden beim Anblick meines Knochengerüstes auf dem Ehebett, des bis zum Nabel wuchernden Pelzes, der scharf riechenden Höhlen meiner Achseln, des schwarzen Oberlippenbarts, der Augen, wachsam und abwehrend, einer Frau, die immer im Besitz ihrer selbst war? Was für ein Tuten und Blasen müßte anheben, bevor mein Haus umgepustet werden könnte! Wer könnte meine schlummernden Eier erwecken?

Und wer würde mir beistehen im Kindbett? Mein Vater, finsteren Blicks, mit einer Peitsche? Das braune Volk, eingeschüchterte Knechte, die kniend ein gefesseltes Lamm darbringen, erste Früchte, wilden Honig, kichernd über das Wunder der jungfräulichen Geburt? Aus seinem Loch stößt er seine Schnauze heraus, Sohn des Vaters, Antichrist der Wüste, gekommen, um seine tanzenden Horden in das Gelobte Land zu führen. Sie drehen sich wirbelnd und schlagen die Trommeln, sie schütteln Äxte und Mistgabeln, sie folgen dem Kind, indes in der Küche seine Mutter über dem Feuer Hexenkunststücke vollführt oder Hähnen die Eingeweide herausreißt oder gackernd in ihrem blutigen Armstuhl sitzt. Ein Geist, wütend genug, um Vatermord und Pseudo-Muttermord und wer weiß was noch alles für Scheußlichkeiten zu verüben, kann sicherlich auch einen epileptischen Führer enthalten und den Marsch einer Bande vorwitziger Leibeigener auf eine ländliche Stadt, von deren silbernen Dächern das Sonnenfeuer blinkt und aus deren Fenstern sie sinnlos in Stücke geschossen werden. Sie liegen im Staub, Söhne und Töchter der Hottentotten, Fliegen krabbeln in ihren Wunden, sie werden fortgekarrt und in einem Haufen begraben. Pressend unter dem Druck meines Vaters, mühe ich mich ab, eine Welt ins Leben zu setzen, scheine aber nur Tod zu erzeugen.

25. Beim Licht einer Sturmlaterne sehe ich, daß sie den Schlaf der selig Satten schlafen, sie auf dem Rücken, das Nachthemd um die Hüften zerknautscht, er mit dem Gesicht nach unten, die linke Hand in der ihren geschlossen. Ich komme nicht mit dem Hackmesser, wie ich dachte, daß es sein würde, sondern mit der Streitaxt, der Waffe der Walküren. Ich versenke mich in die Stille wie ein wahrer Liebhaber der Poesie, atmend mit ihrem Atem.

26. Mein Vater liegt auf dem Rücken, nackt, die Finger seiner rechten Hand verschränkt mit den Fingern ihrer Linken, das Kinn schlaff, die dunklen Augen geschlossen über all ihren Feuern und Blitzen, ein schleimiges Rasseln kommt aus seiner Kehle, der müde blinde Fisch, Ursache all meines Jammers, liegt ihm lässig zwischen den Beinen (ich wünschte, er wäre ihm vor langer Zeit mit allen Wurzeln und Knollen herausgerissen worden!). Die Axt schwingt hoch über meine Schulter. Alle möglichen Menschen haben dies schon vor mir getan, Ehefrauen, Söhne, Liebhaber, Erben, Rivalen, ich bin nicht allein. Wie ein Ball an einer Schnur schwebt sie herab am Ende meines Armes, sinkt in den Hals unter mir, und plötzlich ist alles Aufruhr. Die Frau fährt hoch im Bett, wild um sich blickend, blutbespritzt, verwirrt durch das rasende Keuchen und Prusten an ihrer Seite. Wie günstig, daß in Augenblicken wie diesem die entscheidende Tat von selbst läuft und von der machthabenden Figur nicht mehr verlangt als Geistesgegenwart! Mit einer Schlängelbewegung zieht sie züchtig das Nachthemd über die Hüften herunter. Ich beuge mich vor und packe, was eines ihrer vier Knie sein muß, teile den nächsten Hieb aus, wesentlich besser, spalte tief ihren Scheitel. Sie kippt vornüber in die Wiege ihres Schoßes und rollt nach links, mit meinem dramatischen Tomahawk noch im Schädel. (Wer hätte gedacht, daß ich zu solchen Streichen fähig bin?) Aber Finger krallen sich an mich von dieser Seite des Bettes, ich bin aus dem Gleichgewicht, ich muß einen kühlen Kopf bewahren, ich muß sie einen nach dem andern abpflücken, meine Axt zurückbekommen (mit einiger Anstrengung) und mit Abscheu auf diese Hände einhacken, diese Arme, bis ich einen freien Moment habe, um ein Laken über all das schaudernde Fleisch zu ziehen und es zur Reglosigkeit zu zermalmen. Hier bin ich, haue in gleichmäßigem Rhythmus zu, länger vielleicht als nötig, beruhige mich aber auch in Vorbereitung auf das, was eine ganz neue Phase meines Lebens sein muß. Denn ich brauche mir keine Sorgen mehr zu machen, wie ich meine Tage füllen soll. Ich habe ein Gebot übertreten, und der Schuldige kann nicht gelangweilt sein. Ich habe zwei ausgewachsene Leichen zu beseitigen sowie eine Menge anderer Spuren meiner Gewalttat. Ich habe ein Gesicht zu wahren, eine Geschichte zu erfinden, und alles vor Tagesanbruch, wenn Hendrik kommt, um den Melkeimer zu holen!

27. Ich frage mich: Warum habe ich – seitdem sie, klipklop, in dem Einspänner über die Ebene kam, gezogen von einem Pferd mit Straußenfedern im Zaumzeug, staubig nach der langen Fahrt, in ihrem breitkrempigen Hut – mich geweigert, mit ihr zu sprechen, halsstarrig bemüht, den Monolog meines Lebens zu konservieren? Kann ich mir vorstellen, wie es gewesen wäre, bei dampfenden Teetassen mit ihr die Seiten der Vormittage umzublättern, während draußen die Hennen glucken und in der Küche leise die Dienstmädchen schwatzen, gleichgültig in welchem Geiste, ob auf der Hut oder friedlich? Kann ich mir vorstellen, Schnittmuster mit ihr auszuschneiden oder Hand in Hand mit ihr durch den Obstgarten zu bummeln, kichernd? Ist es möglich, daß ich nicht eine Gefangene des einsamen Farmhauses und der Steinwüste bin, sondern meines steinigen Monologes? Zielten meine Hiebe darauf ab, diese wissenden Augen zu schließen oder ihre Stimme verstummen zu lassen? Hätten wir nicht, gebeugt über unsere Teetassen, lernen können, miteinander zu gurren oder, wenn wir im dunklen Korridor aneinander vorbeigestrichen wären, heiß und schlaflos in der Siestastunde, uns zu berühren, uns zu umarmen, uns aneinander festzuhalten? Hätten diese spöttischen Blicke nicht weich werden können, hätte ich nicht nachgeben können, hätten wir uns nicht flüsternd den ganzen Nachmittag in den Armen liegen können, zwei Mädchen zusammen? Ich streichele ihre Stirn, sie schmiegt sich an meine Hand, ich werde festgehalten in den dunklen Weihern ihrer Augen, es macht mir nichts aus.

28. Ich frage mich: Was in mir ist es, das mich in verbotene Schlafzimmer lockt und mich verbotene Taten verüben läßt? Hat eine Lebenszeit in der Wüste, gehüllt in diesen Trichter schwarzen Tuches, mich zu einer solchen Spiralfeder bösartiger Energie aufgezogen, daß der einfachste Hausierer oder der zu Besuch gekommene Cousin dritten Grades sich bei seinem Braten vergiftet oder im Bett zerstückelt findet? Brennt ein elementares Leben die Menschen zu elementaren Zuständen aus, zu reiner Wut, reiner Gefräßigkeit, reiner Faulheit? Hat meine Erziehung mich zu einem komplexeren Gefühlsleben unfähig gemacht? Ist das der Grund, warum ich nie die Farm verlassen, mich dem Stadtleben fremd gefühlt und es vorgezogen habe, mit einer Landschaft des Symbols zu verschmelzen, in der einfache Leidenschaften um ihre eigenen Zentren wirbeln und rasen können, in grenzenlosem Raum, in endloser Zeit, ihre eigenen Formen der Verdammnis entwickelnd?

29. Ich frage mich: Aber lasse ich der Stadt Gerechtigkeit widerfahren? Ist nicht eine Stadt denkbar, über deren Dächern die Rauchfahnen von tausend privaten Feuern wehen, von deren Straßen das Gesumm von tausend brabbelnden, verdammten Stimmen aufsteigt? Vielleicht; aber das ist zu malerisch, und ich bin keine Malerin.

30. Ich frage mich: Was soll ich mit den Leichen machen?

31. Tief unten in der Erde fließen die unterirdischen Flüsse, durch dunkle Höhlen, in denen kristallklares Wasser tropft, Gräber, wenn sie nur erreichbar wären, für alle Familiengeheimnisse der Welt. Ich wate hinaus in das lauwarme Staubecken, auf der Suche nach dem finsteren Loch, das in unseren Träumen aus der Tiefe winkt und hinabführt in das Reich der Unterwelt. Mein Rock wogt und treibt um meine Taille wie eine schwarze Blume. Meine Füße werden umschmeichelt von rotem Schlick, grüner Entengrütze. Wie verlassene Zwillinge schauen meine Schuhe vom Ufer aus zu. Von allen Abenteuern ist Selbstmord das literarischste, mehr noch als Mord. Mit dem Enden der Geschichte wird deine ganze letzte schlechte Dichtung freigesetzt. Ich werfe einen langen ruhigen Abschiedsblick zum Himmel und zu den Sternen hinauf, die wahrscheinlich einen langen ruhigen leeren Blick zurückwerfen, atme den letzten geliebten Atem aus (leb wohl, Odem!) und tauche nach dem Abgrund. Schon vergeht die elegische Trance, und der Rest ist kalt, naß und farcenhaft. Wasser bläht meine Unterwäsche. Viel zu schnell bin ich auf Grund, so weit entfernt von dem mythischen Strudel wie immer. Das erste willentliche Einziehen von Wasser durch die Nasenlöcher löst Husten aus und die blinde Panik eines Organismus, der leben will. Mit Armen und Beinen strampele ich an die Oberfläche. Japsend und würgend bricht mein Kopf durch in die Nachtluft. Ich versuche, mich in die Horizontale zu bringen, aber ich bin müde, müde. Vielleicht schlage ich ein- oder zweimal mit fühllosen Armen um mich. Vielleicht sinke ich ein zweites Mal, schmecke das Wasser jetzt mit weniger Abscheu. Vielleicht komme ich wieder an die Oberfläche, noch immer strampelnd, aber auch wartend auf ein Zwischenspiel der Reglosigkeit, um die Ermattung meiner Muskeln zu spüren und zu genießen. Vielleicht dresche ich das Wasser jetzt nur an einer Stelle, ein letztes Angebot machend, einen Atemzug hingebend für ein einziges Wort, halb Wasser, halb die flehentliche Bitte – an die Abwesenden, an alle Abwesenden, die sich jetzt, entfernt, unsichtbar, in einem Wirbelwind der Abwesenheit am Himmel versammeln –, die Hunde zurückzurufen, den Witz zurückzunehmen, bevor ich wieder sinke und mich der ernsthaften Erkundung meiner letzten Momente zuwende.

32. Aber was weiß ich schon über die Erkundung dieser Tiefen, ich, ein Aschenbrödel, das seine Tage über einem Kochtopf in einer rußigen Ecke verbrachte und seine Nächte damit zu erhellen suchte, daß es sich, Visionen erwartend, die Fingerknöchel in die Augen drückte, nur um Wasserfälle aus wirbelnden Lichtringen zu sehen? Wie Töten ist Sterben wahrscheinlich eine Geschichte, die trübseliger ist als die, die ich mir erzähle. Menschlichen Umgangs beraubt, überbewerte ich zwangsläufig die Einbildung und erwarte von ihr, daß sie das Irdische in einer Aura der Selbsttranszendenz erglühen läßt. Doch warum diese gloriosen Sonnenuntergänge, frage ich mich, wenn die Natur nicht in Feuerzungen zu uns spricht? (Das Gerede von Staubteilchen in der Luft überzeugt mich nicht.) Warum Grillen die ganze Nacht und Vogelgesang bei Tagesanbruch? Aber es ist spät. Wenn eine Zeit ist zum Nachdenken, ist auch eine Zeit, um wieder in die Küche zu gehen, und momentan habe ich eine ernste Sache zu erledigen, die Beseitigung der Leichen. Denn bald wird Hendrik die Hintertür aufmachen, und wenngleich es wahr ist, daß die Essenz der Knechtschaft die Vertrautheit des Knechtes mit dem Schmutz seines Herrn ist, und wenngleich es ebenfalls wahr ist, daß es eine Sicht gibt, aus der Leichen Schmutz sind, so ist Hendrik doch nicht allein Essenz, sondern Substanz, nicht nur Knecht, sondern Fremder. Zuerst kommt Hendrik den Melkeimer holen, dann, ein wenig später, kommt Anna, um das Geschirr zu spülen, den Fußboden zu fegen, die Betten zu machen. Was wird Anna denken, wenn sie das Haus still vorfindet, bis auf das gleichmäßige Schrubbgeräusch aus dem Schlafzimmer des Herrn? Sie zögert, horcht, bevor sie anklopft. Erschreckt schreie ich auf, gedämpft hört sie meine Stimme durch die schwere Tür: »Nein, heute nicht! Anna, bist du's? Heute nicht – komm morgen wieder. Geh jetzt, bitte.« Sie latscht davon. Mit einem Ohr am Türspalt höre ich, wie die Hintertür sich hinter ihr schließt, dann, obwohl sie außer Hörweite sein sollte, den Trott ihrer Füße auf den Kieseln. Hat sie Blut gerochen? Ist sie gegangen, es weiterzusagen?

33. Die Frau liegt auf der Seite, die Knie angezogen bis zum Kinn. Wenn ich mich nicht beeile, wird sie in dieser Stellung starr werden. Haar fällt ihr in einer klebrigen dunkelroten Strähne über das Gesicht. Obwohl ihre letzte Handlung darin bestand, vor der fürchterlichen Axt zurückzuweichen, die Augenlider zusammenzupressen, auf die Zähne zu beißen, hat ihr Gesicht sich jetzt entspannt. Aber der Mann, zählebig, hat sich noch bewegt. Seine letzte Erfahrung muß unbefriedigend gewesen sein, ein Tasten mit erlahmenden Muskeln hin zu einer illusorischen Zone der Sicherheit. Er liegt mit Kopf und Armen über dem Bettrand, schwarz von dickem Blut. Es wäre besser gewesen für ihn, den zarten Geist fahrenzulassen, ihm so weit wie möglich zu folgen auf seinem Übergang nach draußen und die Augen zu schließen über dem Bild einer dahinschießenden, steigenden, luftreitenden Schwalbe.

34. Wie günstig, daß es in Augenblicken wie diesen nur ein Problem gibt, das Problem der Sauberkeit. Bevor diese blutige Nachgeburt nicht weg ist, kann es für mich kein neues Leben geben. Das Bettzeug ist durchweicht und muß verbrannt werden. Die Matratze muß ebenfalls verbrannt werden, wenn auch nicht heute. Auf dem Fußboden ist eine Lache geronnenen Blutes, und es wird noch mehr Blut geben, wenn ich die Leichen fortschaffe. Was wird mit den Leichen? Sie können verbrannt oder vergraben oder versenkt werden. Wenn sie begraben oder versenkt werden sollen, müssen sie aus dem Haus geschafft werden. Sollen sie begraben werden, so können sie nur begraben werden, wo die Erde weich ist, im Flußbett. Aber werden sie im Flußbett begraben, so wird der nächste Wolkenbruch sie herausspülen, oder der danach, und sie werden zur Welt zurückkehren, sich in den verfaulenden Armen liegend, festgehalten von dem Zaun, wo er durch den Fluß geht. Und werden sie, beschwert mit Steinen, im Staubecken versenkt, vergiften sie das Wasser und werden bei der nächsten Dürrezeit wieder auftauchen, zwei angekettete Skelette, die den Himmel angrinsen. Aber ob nun begraben oder versenkt, sie müssen fortgeschafft werden, entweder ganz, schubkarrenweise, oder in Paketen. Wie klar mein Verstand arbeitet, wie der Verstand einer Maschine. Bin ich kräftig genug, um sie ohne Hilfe in einem Schubkarren transportieren zu können, oder muß ich weiterhacken, bis ich tragbare Teile habe? Bin ich dem gewachsen, auch nur ein einziges Rumpfstück zu tragen? Gibt es eine Möglichkeit, einen Rumpf ohne Obszönität zu zerteilen? Ich hätte der Kunst des Metzgerns mehr Aufmerksamkeit schenken sollen. Und wie kettet man Fleisch an Stein, ohne Löcher zu bohren? Und womit? Mit einem Erdbohrer? Einem Brustbohrer? Wie wäre es, wenn ich sie auf einen Ameisenhügel legte oder sie in einem entlegenen Teil der Farm in einer Höhle deponierte? Wie wäre es mit einer Feuerbestattung im Hinterhof? Wie wäre es, wenn ich uns allen das Haus über dem Kopf anzündete? Bin ich dem gewachsen?

35. Die Wahrheit ist natürlich, daß ich allem gewachsen bin, nicht einmal verlegen macht mich meine Freiheit, diese Aufgaben erfordern, außer einem robusten Magen, lediglich Geduld und Sorgfalt, wovon ich, wie die Ameise, übergenug habe. Wenn ich einen Streifzug durch die Berge mache, werde ich, da bin ich sicher, zu gegebener Zeit durchlöcherte Steinbrocken finden, gehöhlt zweifellos vom tropfenden Wasser einer verflossenen Eiszeit oder geformt durch einen Vulkanausbruch. Im Wagenhaus muß meterweise Kette auf Vorrat liegen, unsichtbar bis jetzt, doch nun ins Auge springend, und Kisten mit Schießpulver sind dort und Bündel von Sandelholz. Aber jetzt wird mir klar, daß ich mich frage, ob es nicht Zeit wird, einen muskulösen Komplizen zu finden, der sich die Leichen, ohne lange zu fragen, auf die Schultern schwingt und losmarschiert, um sie auf irgendeine flotte, wirkungsvolle Weise verschwinden zu lassen, sie etwa in ein altes Bohrloch hinabzustoßen, das er dann mit einem mächtigen Felsbrocken abdeckt. Denn der Tag wird kommen, da ich ein anderes menschliches Lebewesen haben muß, eine andere Stimme hören muß, auch wenn sie nur Schmähungen ausstößt. Dieser Monolog des Selbst ist ein Labyrinth von Wörtern, aus dem ich nicht herausfinden werde, wenn kein anderer mir vorangeht. Ich verdrehe die Augen, ich schürze die Lippen, ich spitze die Ohren, aber das Gesicht im Spiegel ist mein Gesicht und wird meines bleiben, selbst wenn ich es ins Feuer halte, bis es trieft. Ganz gleich mit welcher Raserei ich das Geschäft des Todes betreibe oder in Blut und Seifenlauge mich suhle, ganz gleich, welches Wolfsgeheul ich in die Nacht hinausstoße, meine Auftritte, vorgeführt in dem makaberen Theater meiner selbst, bleiben bloß Gebärde. Ich mißfalle niemandem, denn außer dem Gesinde und den Toten gibt es niemanden, dem ich mißfallen könnte. Wie soll ich gerettet werden? Und kann es sein, daß dies hier wirklich ich bin (schrub-schrub-schrub), diese Dame auf nackten Knien?

War ich, das wahre Ich tief unten jenseits der Worte, an diesen Phänomenen in irgendeiner Weise tiefer beteiligt als dadurch, daß ich einfach in einem Moment der Zeit, an einem Punkt im Raum anwesend war, wo ein Brocken Gewalt, gefolgt von einem Brocken Schrubben, des Gesindes wegen, vorbeirumpelten auf ihrem Weg von nirgendwo nach nirgendwo? Wenn ich den Rücken kehre und fortgehe, wird dann diese ganze blutige, von einer Lampe beleuchtete Szene nicht verschwinden im Tunnel des Gedächtnisses, versickern durch die Öffnung des Trichters und mich zurücklassen in der grausigen Kammer am Ende des Ganges, wo ich mit den Fingerknöcheln mir in den Augen herumdrücke und darauf warte, daß die Augenbrauen meines Vaters zusammenwachsen, dann die schwarzen Tümpel darunter, dann die Höhle des Mundes, aus der hallend und nachhallend sein ewiges NEIN kommt?

36. Denn ganz so leicht stirbt er nun doch nicht. Mürrisch, sattelwund, ist er es, der mit der untergehenden Sonne im Rücken heimgeritten kommt, der nickt, wenn ich ihn grüße, der ins Haus stolziert, sich in seinen Sessel fallen läßt und darauf wartet, daß ich ihm aus den Stiefeln helfe. Die alten Zeiten sind schließlich noch nicht vorbei. Er hat keine neue Frau heimgeführt, ich bin noch seine Tochter, wenn ich die bösen Worte ungesagt machen kann, vielleicht sogar seine liebe Tochter, obwohl es, wie ich sehen kann, ratsam wäre, ihm aus dem Wege zu gehen, solange er über einen Mißerfolg nachsinnt, den ich, unwissend in Sachen Liebeswerbung und das ganze Leben in wirtschaftlicher Unaufgeklärtheit gehalten, nicht werde verstehen können. Mein Herz hüpft bei dieser zweiten Chance, aber ich bewege mich bescheiden, ich senke den Kopf.

37. Mein Vater schiebt das Essen unangerührt von sich. Er sitzt im Vorderzimmer und starrt in den Kamin. Ich zünde ihm eine Lampe an, aber er winkt mich fort. In meinem Zimmer zupfe ich an einem Saum herum und stimme meine Ohren nach seinem Schweigen. Seufzt er zwischen den Glockenschlägen der Uhr? Ich ziehe mich aus und schlafe. Am Morgen ist das Vorderzimmer leer.

38. Vor sechs Monaten hat Hendrik seine neue Braut heimgeführt. Klip-klop sind sie über die Ebene gekommen, im Eselskarren, staubig nach der langen Fahrt von Armoede. Hendrik trug den schwarzen Anzug, der ihm von meinem Vater weitergegeben worden war, dazu einen alten breitkrempigen Filzhut und ein bis zum Hals zugeknöpftes Hemd. Seine Braut saß neben ihm, ihr Schultertuch haltend, preisgegeben und scheu. Hendrik hatte sie ihrem Vater für sechs Ziegen und einen Fünfpfund-Schein abgekauft, mit dem Versprechen, weitere fünf Pfund zu zahlen oder vielleicht noch fünf Ziegen, bei solchen Sachen hört man nicht immer so genau hin. Ich habe Armoede nie gesehen, ich scheine niemals irgendwo gewesen zu sein, ich scheine nichts mit Sicherheit zu wissen, vielleicht bin ich einfach ein Geist oder ein Dunst, der am Schnittpunkt eines bestimmten Breitengrades mit einem bestimmten Längengrad durch ein unvorstellbares Tribunal in der Schwebe gehalten wird, bis eine bestimmte Tat verübt ist, bis ein Pflock durch das Herz einer Leiche getrieben ist, die an einem Kreuzweg begraben liegt, vielleicht, oder bis irgendwo ein Schloß in einen Bergsee stürzt. Ich bin nie in Armoede gewesen, kann mir aber, das ist eine meiner Fähigkeiten, ohne die geringste Anstrengung den kahlen, windgefegten Berg vor Augen rufen, die Blechhütten mit Schaftstiefeln vor den Türen, die zum Untergang verurteilten, im Staub kratzenden Hühner, die frierenden, rotznasigen Kinder, die, vom Staubecken zurückkehrend, sich mit Wassereimern abschleppen, dieselben Hühner, die jetzt vor dem Eselskarren auseinanderstieben, in dem Hendrik seine kindliche Braut fortführt, die befangen unter ihrem Schultertuch neben ihm sitzt, während die sechs Mitgiftziegen an den Dornen knabbern und mit ihren gelben Augen eine Szene betrachten, die mir in ihrer Fülle immer unbegreiflich sein wird, die Dornbüsche, der Misthaufen, die Hühner, die Kinder, die hinter dem Karren herrennen, alles in einer Einheit gehalten unter der Sonne, unschuldig, aber für mich nur Namen, Namen, Namen. Es besteht kein Zweifel, was mich in Gang hält (sieh die Tränen die Hänge meiner Nase hinablaufen, nur Metaphysik hält sie davon ab, auf die Seite zu tropfen, ich weine um diese verlorene Unschuld, meine und die der Menschheit), ist meine Entschlossenheit, meine eiserne Entschlossenheit, meine eiserne, starrsinnige, lächerliche Entschlossenheit, die Wand der Namen zu durchbrechen in die Ziegenperspektive von Armoede und der Steinwüste, um nur dieses zu nennen, allem zum Trotz, was die Philosophen gesagt haben (und was weiß ich, ein armer provinzieller Schwarzstrumpf, von Philosophie, während die Lampe blakt und die Uhr zehn schlägt?).

39. Eingeschlossen in Schlaf liegt sie die ganze Nacht an Hendriks Seite, ein Kind, das noch wächst, jetzt einen Bruchteil am Knie, jetzt einen Bruchteil am Handgelenk, die Proportionen sind immer schmeichelnd. In den alten Zeiten, den versunkenen Zeiten, als Hendrik und seine Sippe ihren dickschwänzigen Schafen von Weideplatz zu Weideplatz folgten, im goldenen Zeitalter, bevor der Wurm kam, auf den Schwingen des heulenden Sturmes ohne Zweifel, und genau an der Stelle das Lager abbrach, wo ich sitze, welch ein Zufall, vielleicht damals, als Hendrik ein

Patriarch war und vor niemandem das Knie beugte, vielleicht hat er damals zwei Ehefrauen mit zu Bett genommen, die ihn verehrten, ihm zu Willen waren, ihre Körper seinen Wünschen anpaßten, dicht an ihm schliefen, die alte Frau auf der einen Seite, die junge Frau auf der anderen, so stelle ich mir das vor. Aber heute nacht hat Hendrik nur eine Frau, und der alte Jakob im Schulhaus hat nur eine Frau und die schmollt und murrt. Getragen vom Wind kommt bei Anbruch der Nacht ihre nörgelnde Stimme, die Worte glücklicherweise nicht zu verstehen, man kann nicht wenig genug Streit haben, aber der Ton der Anklage ganz deutlich.

40. Dies ist nicht Hendriks Heimat. Niemand entstammt der Steinwüste, niemand außer den Insekten, unter ihnen ich selber, ein dünner schwarzer Käfer mit Attrappenflügeln, der keine Eier legt und in der Sonne blinkt, ein echtes Rätsel für die Entomologie. Hendriks Vorfahren zogen in den alten Zeiten mit Kind und Kegel kreuz und quer durch die Wüste, von A nach B wandernd oder von X nach Y, schnüffelten nach Wasser, ließen Nachzügler im Stich, machten Gewaltmärsche. Dann wurden eines Tages Zäune errichtet – ich spekuliere natürlich –, Männer zu Pferde kamen angeritten und äußerten mit verschattetem Gesicht Aufforderungen innezuhalten und zu siedeln, es können aber auch Befehle gewesen sein, Drohungen gewesen sein, man weiß das nicht, und so wurde man ein Hirt, und die Kinder nach einem wurden es wieder, und die Frauen vereinigten sich zum Wäschewaschen. Faszinierend, diese Kolonialgeschichte: Ich frage mich, ob eine spekulative Geschichtsschreibung möglich ist, so wie eine spekulative Philosophie möglich ist, eine spekulative Theologie, und jetzt, wie mir scheinen will, auch eine spekulative Entomologie, alles mir aus den Fingern gesogen, ganz zu schweigen von der Geographie der Steinwüste und von der Viehzucht. Und die Wirtschaftsführung: Wie soll ich die Wirtschaftsführung meiner Existenz erklären, mit ihren Migränen und Siestas, ihrem Ennui, ihren spekulativen Sehnsüchten, vorausgesetzt, die Schafe haben etwas zu fressen (denn das ist hier schließlich keine Insektenfarm); und womit, außer mit Stein und Gestrüpp, habe ich sie versorgt? Es muß das Gestrüpp sein, das die Schafe ernährt, die mich ernähren, das ausgebleichte Buschgras, die grauen Krüppelbüsche, langweilig in meinen Augen, doch berstend vor Kraft und Saft in denen der Schafe. Es gibt noch einen großen Moment in der Kolonialgeschichte: Das erste Merinoschaf wird von Bord gehievt, mit Talje und Tau, in einem Stück Segeltuch als Bauchbinde, blökend vor Angst und nicht wahrnehmend, daß dies das Gelobte Land ist, wo es Generation um Generation das nahrhafte Buschgras abweiden und die wirtschaftliche Grundlage bilden wird für meines Vaters und mein Dasein in diesem einsamen Haus, wo wir mit den Füßen wippend darauf warten, daß die Wolle wächst, wo wir die Überbleibsel der verlorenen Stämme der Hottentotten um uns versammeln, damit sie die Holzhauer sind und Wasserholer und Hirten und Leibdiener auf Lebenszeit, und wo wir aufgefressen werden von Langerweile und den Fliegen die Flügel ausreißen.

41. Hendrik wurde nicht hier geboren. Er ist von nirgendwo hergekommen, das Kind irgendeines Vaters und irgendeiner Mutter, die ich nicht kenne, hinausgeschickt in die Welt in schwerer Zeit, mit oder ohne Segen, damit er sich sein Brot verdiene. Eines Nachmittags kam er an und fragte nach Arbeit, aber warum gerade hier, ist mir schleierhaft, wir liegen an dem Weg von keinem A zu keinem B in der Welt, falls ein solches Schicksal topographisch möglich ist, ich hoffe, ich benutze das Wort richtig, ich habe nie einen Hauslehrer gehabt, ich bin nicht eine von diesen hochbeinigen Rangen, an die umherziehende Hauslehrer so gern ihren Stuhl heranziehen, sondern ich bin störrisch, verschmitzt, dumm vor Angst. Hendrik kam eines Nachmittags an, ein Junge von sechzehn, schätze ich, staubig natürlich, mit einem Stock in der Hand und einem Sack auf der Schulter, blieb unten an den Stufen stehen und blickte hinauf, wo rauchend mein Vater saß und in die Ferne starrte: das ist Brauch bei uns hier, das muß der Ursprung unserer Neigung zum Spekulativen sein – in die Ferne zu starren, ins Feuer zu starren. Hendrik zog den Hut, eine charakteristische Gebärde, ein sechzehnjähriger Junge, der seinen Hut an die Brust hält, Männer und Jungen, alle tragen sie hier Hüte.

»Baas«, sagte Hendrik, »guten Tag, Baas. Ich suche Arbeit.«

Mein Vater machte hm und ha und schluckte. Ich gebe seine Worte wieder; ich kann nicht wissen, ob Hendrik hörte, was ich außerdem noch hörte, vielleicht nicht an jenem Tag, was ich aber jetzt mit meinem inneren Ohr höre, den Halbschatten der Schwermut oder Verachtung über den Worten.

»Was für Arbeit suchst du?«

»Alles – bloß Arbeit, Baas.«

»Wo kommst du her?«

»Von Armoede, mein Baas. Aber jetzt komm ich von Baas Kobus. Baas Kobus sagt, der Baas hier hat Arbeit.«

»Arbeitest du für Baas Kobus?«

»Nein, ich arbeite nicht für Baas Kobus. Ich hab da nach Arbeit gefragt. Da hat Baas Kobus gesagt, daß der Baas Arbeit hat. So bin ich gekommen.«

»Was für Arbeit kannst du machen? Kannst du mit Schafen arbeiten?«

»Ja, ich kenne Schafe, Baas.«

»Wie alt bist du? Kannst du zählen?«

»Ich bin stark. Ich werde arbeiten. Der Baas wird sehn.«
»Bist du allein?«
»Ja, Baas, ich bin jetzt allein.«
»Kennst du die Leute auf meiner Farm?«
»Nein, Baas, ich kenn hier niemand.«
»So, dann paß mal auf. Wie heißt du?«
»Hendrik, mein Baas.«
»Paß auf, Hendrik. Geh in die Küche und sag Anna, sie soll dir Brot und Kaffee geben. Sag ihr, sie muß dir eine Schlafstelle herrichten. Morgen früh will ich dich hier haben. Dann sag ich dir, was du zu tun hast. Geh jetzt.«
»Ja, mein Baas. Danke, mein Baas.«

42. Wie befriedigend, der Fluß dieses Dialoges. Ich wünschte, mein ganzes Leben wäre so, Frage und Antwort, Wort und Echo, statt der Qual des Und-was-als-nächstes? Und was als nächstes? Männergespräch ist so glatt, so ruhig, so voll gemeinsamer Zweckmäßigkeit. Ich hätte ein Mann sein sollen, dann wäre ich nicht so versauert aufgewachsen, ich hätte meine Tage in der Sonne zugebracht und getan, was Männer so tun, Löcher graben, Zäune ziehen, Schafe zählen. Was gibt es schon für mich in der Küche? Das Geplapper der Mägde, Tratsch, Wehwehchen, Babies, Dampf, Essensgerüche, Katzenfell an den Fußknöcheln – was für ein Leben kann ich aus so etwas machen? Auch jahrzehntelang Hammelfleisch mit Kürbis und Kartoffeln haben es nicht geschafft, mir die feisten Wangen, den Busen, die Hanken eines echten ländlichen Futterweibes zu entlocken, erreicht wurde lediglich, daß mir die kümmerlichen Hinterbacken an den Beinen herunterhängen. Denn ach, meine Willenskraft, die ich mir veranschauliche als ein von Isolierkrepp armiertes Kabel, ist am Ende doch nicht stark genug gewesen, um mich für immer gefeit sein zu lassen gegen diese Fettmoleküle: millionenfach verendend auf ihren Feldzügen gegen diese mikroskopisch kleinen Tierchen in meinem Blut, dringen sie doch vor, eine Flut blinder Mäuler, so stelle ich es mir vor, während ich Jahr für Jahr meinem schweigenden Vater am Tisch gegenübersitze und auf die winzigen Zähne in meinem Innern lausche. Man sollte von einem Körper keine Wunder erwarten. Auch ich werde sterben. Wie läuternd.

43. Der Spiegel. Geerbt von meiner früh verlorenen Mutter, deren Portrait es sein muß, das an der Wand des Wohnzimmers über den Köpfen meines schweigenden Vaters und meines schweigenden Selbst hängt, doch warum es so ist, daß ich jedesmal, wenn ich diese Wand heraufbeschwöre, unterhalb der Bildschiene nur eine graue Verschwommenheit vorfinde, einen Streifen grauer Verschwommenheit, sofern so etwas vorstellbar ist, ausfindig gemacht von meinem über die Wand gleitenden Auge... Der Spiegel, geerbt von meiner früh verlorenen Mutter, die ich eines Tages finden werde, füllt die Tür des Kleiderschrankes gegenüber meinem Bett. Es macht mir keine Freude, über Spiegelbilder meines Körpers nachzusinnen, doch wenn ich mein Nachthemd übergezogen habe, das weiß ist – Weiß für die Nacht, Schwarz für den Tag, so kleide ich mich –, meine Bettsocken gegen die Winterkälte und meine Nachtmütze gegen die Zugluft, lasse ich manchmal das Licht brennen und lege mich, auf den Ellbogen gestützt, aufs Bett und lächele das Bild an, das, auf einen Ellbogen gestützt, mir auf dem Bett gegenüberliegt, und manchmal spreche ich sogar zu ihm; oder ihr. In solchen Augenblicken fällt mir auf (was für ein hilfreiches Gerät ein Spiegel ist, um Dinge ans Licht zu bringen, falls man ihn als Gerät bezeichnen kann, so einfach ist er, so ohne jede Mechanik), wie dicht das Haar zwischen meinen Augen wächst, und dann frage ich mich, ob mein Stieren, mein nagendes Stieren, um nichts zu verniedlichen, ich habe keinen Grund, dieses Gesicht zu lieben, nicht kosmetisch gemildert werden könnte, wenn ich von diesem Haar etwas mit einer Pinzette herauszupfte; oder gleich alles in einem Büschel, wie Karotten, mit einer Flachzange, wodurch ich meine Augen auseinanderrücken und eine Illusion von Anmut und Ausgeglichenheit erzeugen würde. Und könnte ich meinen Anblick nicht auch dadurch angenehmer machen, daß ich mein Haar tagsüber von Netz und Nadeln befreite, nachts von der Nachtmütze, und es wüsche und es erst in den Nacken mir fallen ließe, dann eines Tages vielleicht bis auf die Schultern, wenn es bei Leichen wächst, warum sollte es nicht bei mir wachsen? Und könnte ich nicht weniger häßlich sein, wenn ich etwas für meine Zähne täte, deren ich zuviel habe, indem ich einige opferte, um den anderen Platz zum Wachstum zu verschaffen, falls ich nicht zu alt bin für Wachstum? Wie gleichmütig ich daran denke, mir Zähne herauszuziehen: Ich fürchte viele Dinge, aber Schmerz scheint nicht eines davon zu sein. Ich würde mich (sage ich mir) vor den Spiegel setzen, einen verurteilten Zahn mit den Zangenbacken packen und ziehen und zerren, bis er herauskäme. Dann würde ich zum nächsten übergehen. Und wenn ich mit den Zähnen und den Augenbrauen fertig wäre, würde ich zu meiner Gesichtshaut übergehen. Jeden Morgen würde ich hinablaufen zum Obstgarten und unter den Bäumen stehen, den Aprikosenbäumen, den Pfirsichbäumen, den Feigenbäumen, und Früchte verschlingen, bis meine Gedärme nachgäben. Ich würde mir Bewegung machen, morgens ein Gang das Flußbett hinunter, abends ein Gang am Berghang entlang. Wenn es eine physische Ursache hat, daß meine Haut so fade und blaß ist, mein Fleisch so dünn und schwer – falls eine solche Kombination möglich ist –, daß ich mich manchmal frage, ob das Blut in mir fließt oder bloß in Tümpeln steht, oder ob ich einundzwanzig Häute habe anstatt sieben, wie es im

Buche steht – wenn es eine physische Ursache hat, dann muß auch die Kur physisch sein; wenn nicht, woran soll man dann noch glauben?

44. Aber welche Freude wäre es schon, lediglich schlicht und einfach zu sein, eine hausbackene, sanftmütige, hohlköpfige Erbin, darauf bedacht, unter die Haube zu kommen, bereit, mit Leib und Seele eine Bindung einzugehen mit dem erstbesten Dahergelaufenen, mit einem Hausierer womöglich oder mit einem umherziehenden Lateinlehrer, und ihm sechs Töchter zu gebären, seine Schläge und Flüche mit christlicher Standhaftigkeit zu ertragen und ein sittsames Leben im Hintergrund zu führen, anstatt, gestützt auf einen Ellbogen, mich in einer Atmosphäre wachsender Schwermut und Untergangswut im Spiegel zu betrachten, wenn mir danach ist. Warum, wenn ich so unnachgiebig dazu fähig bin, morgens um fünf mein warmes Bett zu verlassen, um im Herd Feuer zu machen, die Füße blau vor Kälte und mit den Fingern hängenbleibend an dem gefrorenen Eisenzeug, warum kann ich dann jetzt nicht aufspringen, den mondbeschienenen Werkzeugkasten durchsuchen, zum Obstgarten laufen und mit der ganzen Prozedur des Haarezupfens und Zähneziehens anfangen, bevor es zu spät ist? Gibt es etwas in mir, was das Düstere, das Abscheuliche, das Untergangslüsterne liebt, was schnuppernd sein Nest aufsucht und sich lieber in eine dunkle Ecke zwischen Rattenkot und Hühnerknochen kuschelt als daß es sich mit dem Schicklichen abfindet? Und wenn es so etwas in mir gibt, wo kommt es her? Von der Monotonie meiner Umgebung? Von all diesen Jahren, die ich im Herzen der Natur, sieben Wegstunden vom nächsten Nachbarn entfernt, mit Stöcken und Steinen und Insekten spielte? Ich glaube nicht, doch wer bin ich schon, um das entscheiden zu können? Kommt es von meinen Eltern? Von meinem

Vater, zornig und lieblos? Von meiner Mutter, diesem verschwommenen Oval hinter dem Kopf meines Vaters? Vielleicht. Vielleicht von ihnen, von ihnen zusammen und ihnen einzeln, und hinter ihnen von meinen vier Großeltern, die ich vergessen habe, an die ich mich aber notfalls sicherlich erinnern könnte, und von meinen acht Urgroßeltern und meinen sechzehn Ururgroßeltern, sofern es keinen Inzest in der Linie gab, und den zweiunddreißig vor ihnen, und so weiter, bis wir zu Adam und Eva kommen und schließlich zur Hand Gottes, durch einen Prozeß, dessen Mathematik mir immer entgangen ist. Erbsünde, Degeneration der Linie: zwei schöne, kühne Hypothesen für mein häßliches Gesicht und meine finsteren Wünsche sowie für meine Abneigung, jetzt auf der Stelle aus dem Bett zu springen und mich zu kurieren. Aber Erklärungen interessieren mich nicht. Ich bin über das Warum und Wozu meiner selbst hinaus. Das Schicksal ist es, was mich interessiert; oder, falls Schicksal nicht ausreicht, das, was mir so oder so widerfahren wird, was es auch sei. Die Frau in der Nachtmütze, die mich aus dem Spiegel heraus betrachtet, die Frau, die in gewissem Sinne ich bin, wird hier im Herzen des Landes eingehen und verenden, wenn sie nicht wenigstens einen dünnen Brei von Ereignissen hat, von dem sie zehren kann. Ich bin nicht daran interessiert, eine von denen zu werden, die in Spiegel blicken und nichts sehen; oder in der Sonne wandeln und keinen Schatten werfen. Es liegt an mir.

45. Hendrik. Hendrik wird in Naturalien und Bargeld entlohnt. Was einst zwei Shilling am Monatsende waren, ist nun auf sechs Shilling gestiegen. Dazu kommen zwei Schlachtschafe und wöchentliche Rationen von Mehl, Maisgries, Zucker und Kaffee. Er hat seinen eigenen Gemüsegarten. Gekleidet ist er in die guten abgelegten

Sachen meines Vaters. Die Schuhe macht er sich selber aus Häuten, die er trocknet und gerbt. Die Sonntage gehören ihm. Im Krankheitsfall wird er versorgt. Wenn er zu alt sein wird, um zu arbeiten, übernimmt seine Aufgaben ein jüngerer Mann, und er zieht sich zurück auf eine Bank in der Sonne, von wo er seinen Enkelkindern beim Spielen zuschaut. Seine Grabstätte ist auf dem Friedhof für ihn abgesteckt. Es gibt andere Möglichkeiten, die Dinge zu regeln, aber meines Wissens keine so friedfertige wie diese.

46. Hendrik möchte eine Linie von Nachkommen beginnen, eine bescheidene eigene Linie, parallel zu der Linie meines Großvaters und meines Vaters, um nur diese zu nennen. Hendrik hätte gern ein Haus voller Söhne und Töchter. Deswegen hat er geheiratet. Der zweite Sohn, denkt er, der gehorsame, wird bleiben, die Farmarbeit lernen und ein Pfeiler der Hilfe sein, ein braves Mädchen heiraten und die Linie fortsetzen. Die Töchter, denkt er, werden in der Farmhausküche arbeiten. An den Samstagabenden wird ihnen von den Burschen der benachbarten Farmen der Hof gemacht. Heldenhafte Entfernungen haben sie auf ihren Fahrrädern und mit Gitarren auf dem Rücken durch das Grasland zurückgelegt, und uneheliche Kinder werden zur Welt kommen. Der erste Sohn, der streitsüchtige, der, welcher nicht Ja sagen wird, wird die heimische Hütte verlassen, beim Gleisbau Arbeit finden, bei einem Streit erstochen werden, allein sterben und seiner Mutter das Herz brechen. Was die späteren Söhne betrifft, die, welche weiter keine Rolle spielen, so werden sie vielleicht auch fortgehen, um Arbeit zu suchen, und nie wieder wird man etwas von ihnen hören; oder sie sterben vielleicht in frühem Kindesalter, ebenso wie ein Prozentsatz der Töchter, so daß die Linie sich wohl verzweigen wird, aber nicht allzuweit. Das ist Hendriks Ehrgeiz.

47. Hendrik hat eine Frau gefunden, weil er kein junger Mann mehr ist, weil er nicht möchte, daß sein Blut auf der Erde für immer versiegt, weil er den Einbruch der Nacht zu fürchten beginnt, weil der Mensch nicht gemacht ist, um allein zu leben.

48. Ich weiß nichts von Hendrik. Der Grund dafür ist, daß er in all unseren gemeinsamen Jahren auf der Farm auf seinem Platz geblieben ist, während ich meine Distanz wahrte. Und die Kombination von beidem, das Auf-dem-Platz-Bleiben und das Distanz-Wahren, hat gewährleistet, daß mein Blick, wenn er auf ihn fiel, und daß sein Blick, wenn er auf mich fiel, freundlich blieb, unaufdringlich, zurückhaltend. Was mir als Erklärung genügt. Hendrik ist ein Mann, der auf der Farm arbeitet. Er ist nichts als ein großer, starkschultriger brauner Mann mit hohen Bakkenknochen und schrägstehenden Augen, der den Hof mit einem leichten, raschen Gang überquert, den ich nicht nachmachen kann, die Beine schwingen eher aus der Hüfte als daß sie in den Knien gebeugt werden, ein Mann, der uns freitagabends das Schaf schlachtet und es abgehäutet und ausgenommen in den Baum hängt, der uns das Holz hackt, die Kuh melkt und morgens »Guten Morgen, Miss« sagt, den Hut dabei zieht und im übrigen seinen Pflichten nachkommt. Wir haben unsere Plätze, Hendrik und ich, nach einem uralten Kodex. Locker und leicht bewegen wir uns in der Schrittfolge unseres Tanzes.

49. Ich wahre die traditionelle Distanz. Ich bin eine gute Herrin, gerecht, unparteiisch, freundlich, in keiner Weise eine Hexe. Beim Gesinde zählt mein Aussehen nicht, und dafür bin ich dankbar. Deswegen wird, was ich mit dem schwachen Wind der Abenddämmerung hereinwehen

fühle, nicht von mir allein gefühlt. Wir alle fühlen es, und alle sind wir düster geworden. Ich liege wach und lausche auf die Schreie des Begehrens, des Jammers, des Abscheus und der Angst, ja, die Schreie der Angst, die gedämpft, erstickt durch dieses Haus schwirren, gleiten und flattern, so daß man denken könnte, es sei von Fledermäusen heimgesucht, ängstlichen, angewiderten, jammernden, schmachtenden Fledermäusen, die nach einem verlorenen Nistplatz suchen, wimmernd in einer Frequenz, die Hunde den Schwanz einziehen läßt und die mein inneres Ohr verletzt, das, auch in unterirdischem Schlaf noch, sich auf die Signale meines Vaters einstimmt. Sie sind aus seinem Schlafzimmer gekommen, die Schreie, schriller und wütender und trauriger als je, seit Hendrik sein Mädchen aus Armoede hergeholt hat, wobei träge der Staub hinter dem Karren aufstieg, während die Esel sich den Weg zur Hütte hinauf abrackerten, müde nach der langen Fahrt. An der Tür läßt Hendrik sie halten, steckt die Peitsche in ihre Halterung, steigt vom Wagen, hebt das Mädchen herunter und beginnt, den Rücken ihr kehrend, abzuschirren. Und von hier aus, auf der Veranda stehend, aus sechshundert Schritt Entfernung, erblickt mein Vater durch seinen schweren Feldstecher zum erstenmal das rote Schultertuch, die weit auseinanderstehenden Augen, das spitze Kinn, die scharfen kleinen Zähne, die füchsische Fresse, die dünnen Arme, den schlanken Leib von Hendriks Anna.

50. Der starke Lichtstrahl meiner Vision schwenkt zur Seite, und für einen Augenblick, während sie vom Eselskarren steigt, ist Hendriks Kindsbraut beleuchtet. Dann, angeschnallt wie der Leuchtfeuerwärter an seinen Stuhl gegen die heimtückische siebente Welle, sehe ich das Mädchen wieder ins Dunkle gleiten, höre das Mahlen der Zahnräder, die die Lampe drehen, und warte, daß Hendrik oder mein

Vater oder diese andere Frau im Sichtfeld auftauchen und für einen Augenblick erglühen in einem Licht, das nicht das ihre ist, sondern von mir kommt und das vielleicht gar nicht Licht ist, sondern Feuer. Ich muß nur, sage ich mir, die Gurte lösen und den Hebel neben meiner Hand herumwerfen, damit das Mahlen der Zahnräder aufhört und der Lichtstrahl auf dem Mädchen stehenbleibt, auf ihren dünnen Armen, ihrem schlanken Leib. Aber ich bin feige, um nur von meiner Feigheit zu sprechen, und der Lichtstrahl schwenkt weiter, und im nächsten Augenblick sehe ich die Steinwüste oder die Ziegen oder mein Gesicht im Spiegel, Gegenstände, auf die ich glücklich den trockenen, sauren Atem loslassen kann, den ich so mühsam zurückgehalten habe, den Atem, heißt das, der, ich kann es schließlich nicht leugnen, mein Lebensodem ist, mein Geist, mein Selbst oder ebensogut auch das Licht. Wenn ich dem Thron des Bewußtseins vielleicht auch sehnlichst entsagen möchte, um in die Seinsweise einzutreten, die von Ziegen oder Steinen erfahren wird, so ist es doch mit einer Sehnsucht, die ich nicht unerträglich finde. Hier, sitzend auf meinem Stuhl, halte ich die Ziegen und Steine, die ganze Farm und sogar deren Umgebung, so weit ich sie kenne, in diesem meinem kühlen, entfremdenden Medium in der Schwebe, tausche sie Stück für Stück aus gegen meine Wortparaden. Ein heißer Windstoß fegt einen Wisch ockerfarbenen Staubes auf und läßt ihn wieder fallen. Die Landschaft beruhigt und klärt sich. Da reicht Hendrik seiner Braut die Hand, um ihr vom Eselskarren zu helfen. Flink und ahnungslos unter den Linsen des Feldstechers macht sie die ersten Schritte zur Hütte hin, hält noch immer, was vielleicht ein welker Blumenstrauß ist, setzt die Zehen geziert einwärts, reibt weiches Fleisch an weichem Fleisch unter dem steifen Kattun ihres Rockes, und wieder beginnen die Worte zu stammeln. Worte sind Münze. Worte entfremden. Sprache ist kein Medium für Begehren. Begehren ist Hingerissensein, nicht Austausch. Nur dadurch daß die Sprache das Begehrte entfremdet, beherrscht sie es. Hendriks Braut, ihre falschen Rehaugen, ihre schmalen Hüften entziehen sich dem Zugriff der Worte, bis das Begehren einwilligt umzuschlagen in die Neugier des Beobachters. Die Raserei des Begehrens ergibt, im Medium der Worte, den Wahn des Katalogs. Ich schlage mich herum mit den Sprichwörtern der Hölle.

51. In der Stunde vor Tagesanbruch erwacht Hendrik, geweckt von Geräuschen, die zu fein sind für mein Ohr, Änderungen der Windrichtung, Geraschel von Vögeln am Schwanzende des Schlafes. Im Dunkeln zieht er die Hose an, die Schuhe, die Jacke. Er entfacht das Feuer und kocht Kaffee. Hinter seinem Rücken zieht die Fremde sich die Karodecke behaglich über die Ohren und schaut ihm im Liegen zu. Ihre Augen leuchten orangefarben. Das Fenster ist geschlossen, die Luft in der Hütte ist gesättigt von menschlichen Gerüchen. Sie haben die ganze Nacht nackt gelegen, wachend und schlafend, ihre komplexen Gerüche von sich gebend: die rauchige Säuerlichkeit des braunen Volkes, ich kenne sie auswendig, ich muß eine braune Kinderfrau gehabt haben, obwohl ich mich nicht an sie erinnern kann; (ich schnuppere noch einmal, die anderen Gerüche sind strenger) der Eisengeruch des Blutes sicherlich; scharf durch das Blut dringend die feine, beißende Spur von des Mädchens Erregung; und schließlich, die Luft mit milchiger Süße tränkend, die Flut von Hendriks Erwiderung. Die Frage ist nicht: Wie komme ich, eine einsame alte Jungfer, dazu, um solche Dinge zu wissen? Nicht umsonst verbringe ich ganze Abende über dem Lexikon. Worte sind Worte. Ich habe nie vorgegeben, die Erfahrung jener Nacht voll zu erfassen. Ein Faktor ist, daß ich lediglich mit Zeichen umgehe. Die wahre Frage lautet: Wenn ich um diese Dinge weiß, muß dann mein Vater nicht viel mehr um sie wissen, warum also, schwellend vor Neid in ihrer Zelle, explodiert dann die heiße Patrone seines Herzens nicht? Ich greife auf und beschnuppere und beschreibe und verwerfe, von einem Gegenstand zum nächsten mich bewegend, gleichmäßig das Universum mit meinen Wörtern klassifizierend; doch welche Waffen hat er, um die Drachen des Begehrens in Schach zu halten? Ich bin keine Prophetin, aber ein kalter Anhauch des Windes sagt mir, daß Unheil im Anzug ist. Ich höre die heimlichen Tritte in den leeren Gängen unseres Hauses. Ich ziehe den Kopf ein und warte. Nach jahrzehntelangem Schlaf wird etwas uns zustoßen.

52. Hendrik hockt vor dem Feuer und gießt kochendes Wasser auf den gemahlenen Kaffee. Solange das Idyll währt, wird er sich den Kaffee selber machen. Dann wird das Mädchen, herangewachsen von feenhafter Besucherin zum Eheweib, lernen, zuerst aufzustehen, und zweifellos wird sie auch bald angeschrien und geschlagen werden. Da sie das nicht weiß, schaut sie begierig zu, die warmen Fußsohlen aneinander reibend.

53. Hendrik tritt hinaus in das Ende der Nachtwelt. In den Bäumen am Flußbett beginnen die Vögel unruhig zu werden. Die Sterne sind klar wie Eis. Die Kiesel knirschen frisch unter seinen Schuhen. Ich höre das Scheppern des Eimers auf dem Steinboden des Vorratsraumes, dann seinen raschen Schritt, der sich mahlend zum Kuhstall hin entfernt. Mein Vater wirft die Decke beiseite, springt aus dem Bett und steht in Socken auf dem kalten Fußboden. In meinem eigenen Zimmer bin ich schon dabei, mich anzuziehen, denn ich muß seinen Kaffee fertig haben, wenn er mit strengem, eingefallenem Gesicht in die Küche stampft. Das Leben auf der Farm.

54. Kein Wort ist zwischen Hendrik und meinem Vater über die Eheschließung gewechselt worden, seit dem Tage, als Hendrik um die Erlaubnis bat, eine Ehefrau auf die Farm mitbringen zu dürfen, und mein Vater erwiderte: »Tu, was du nicht lassen kannst.« Die Hochzeitsfeier fand in Armoede statt, die Hochzeitsnacht unterwegs oder hier, das weiß ich nicht, und am nächsten Tag war Hendrik wieder an der Arbeit. Mein Vater vergrößerte die Rationen, machte aber kein Hochzeitsgeschenk. Als ich Hendrik nach der Ankündigung wiedersah, sagte ich, »Glückwunsch, Hendrik«, und er tippte an den Hut und lächelte und sagte, »Danke, Miss.«

55. Nebeneinander auf der Veranda sitzend, dem Versinken der Sonne zuschauend, auf Sternschnuppen wartend, hören wir manchmal das näselnde Schwirren von Hendriks Gitarrensaiten tastend, leise über den Fluß kommen. Eines Abends, als die Luft besonders still war, hörten wir, wie er sich von Anfang bis Ende durch *Daar bo op die berg* durchfingerte. Aber an den meisten Abenden fegt der Wind die zarten Töne weg, und wir könnten ebensogut auf verschiedenen Planeten sein, wir auf unserem, sie auf ihrem.

56. Ich sehe wenig von Hendriks Braut. Während er weg ist, bleibt sie bei der Hütte, zieht nur los zum Staubecken, um Wasser zu holen, oder zum Fluß wegen Brennholz, wo mein Blick unweigerlich von ihrem scharlachroten Schultertuch angezogen wird, das sich zwischen den Bäumen auf und ab bewegt. Sie macht sich vertraut mit ihrem neuen

Leben, mit der Routinearbeit des Kochens und Waschens, mit den Pflichten ihrem Mann gegenüber, mit ihrem eigenen Körper, mit den vier Wänden um sie herum, mit dem Blick von der Vordertür auf das große weißgetünchte Farmhaus, das im Mittelpunkt dieses Blickes liegt, mit dem schwerfälligen Mann und der flinken dünnen Frau, die abends auf die Veranda herauskommen und ins Leere starrend dasitzen.

57. Hendrik und seine Frau besuchen sonntags Jakob und Anna. Sie ziehen ihre besten Sachen an, spannen die Esel an und zockeln gemächlich die halbe Meile Feldweg zum alten Schulhaus hinunter. Ich frage Anna über das Mädchen aus. Sie sagt, sie sei »süß«, aber noch ein Kind. Wenn sie ein Kind ist, was bin dann ich? Ich sehe, daß Anna sie gern unter ihre Fittiche nehmen würde.

58. Den Hut in der Hand, steht Hendrik an der Küchentür und wartet, daß ich aufblicke. Als ich über der Teigschüssel und den Eierschalen den Kopf hebe, begegne ich seinem Blick.
»Guten Morgen, Miss.«
»Guten Morgen, Hendrik. Wie geht's euch?«
»Uns geht's gut, Miss. Ich bin gekommen, um zu fragen: Hat die Miss vielleicht Arbeit im Haus? Für meine Frau, Miss.«
»Ja, vielleicht hab ich welche, Hendrik. Aber wo ist deine Frau?«
»Sie ist hier, Miss.« Er deutet mit dem Kopf hinter sich und findet dann wieder meine Augen.
»Sag ihr, sie soll hereinkommen.«
Er dreht sich um und sagt »He«, wobei er gezwungen lächelt. Ein scharlachrotes Aufleuchten, und das Mädchen

ist hinter ihn gehuscht. Er tritt beiseite, so daß nun sie im Türrahmen steht, die Hände gefaltet, die Augen niedergeschlagen.
»Du bist also noch eine Anna. Da haben wir jetzt zwei Annas.«
Sie nickt, noch immer das Gesicht abgewendet.
»Sag was zu der Miss!« flüstert Hendrik. Sein Ton ist barsch, aber das hat nichts zu bedeuten, wir alle wissen das, so sind die Spiele, die wir füreinander spielen.
»Anna, Miss«, flüstert Anna. Sie räuspert sich leise.
»Dann wirst du die Klein Anna sein müssen – wir können ja nicht zwei Annas in derselben Küche haben, nicht?«
Sie ist schön. Kopf und Augen sind kindlich groß, die Linien von Mund und Wangenknochen klar wie mit dem Bleistift gezogen. Dieses Jahr und das nächste Jahr und vielleicht noch ein weiteres Jahr wirst du noch schön sein, denke ich, bis das zweite Kind kommt und das Kinderkriegen und die Unpäßlichkeiten und der Schmutz und die Eintönigkeit dich erschöpfen und Hendrik sich betrogen fühlt und verbittert und ihr anfangt, euch anzuschreien, und deine Haut Falten bekommt und deine Augen stumpf werden. Du wirst so werden wie ich, denke ich, nur keine Angst.
»Schau mich an, Anna, sei nicht so schüchtern. Möchtest du hier im Haus arbeiten kommen?«
Sie nickt langsam, reibt den Spann des einen Fußes mit dem großen Zeh des anderen. Ich betrachte die Zehen und die sehnigen Waden.
»Komm, Kind, sprich, ich werd dich schon nicht auffressen!«
»He!« flüstert Hendrik von der Tür her.
»Ja, Miss«, sagt sie.
Ich gehe auf sie zu, während ich mir die Hände an der Schürze abtrockne. Sie weicht nicht zurück, aber ihr Blick flackert zu Hendrik hin. Ich lege den Zeigefinger unter ihr Kinn und hebe ihren Kopf.

»Komm, Anna, du brauchst keine Angst zu haben. Weißt du, wer ich bin?«
Sie blickt mir gerade in die Augen. Ihre Lippen zittern. Ihre Augen sind nicht schwarz, sondern dunkelbraun, dunkler noch als Hendriks.
»Nun, wer bin ich?«
»Die Miss ist die Miss.«
»Na, nun komm aber ...! Anna!«
Aber Anna, meine alte Anna, hat, wie es scheint, die ganze Zeit horchend im Gang herumgelungert.
»Anna, das hier ist unsere Klein Anna. Du bist so verständig und groß: Wie wär's, wenn wir dich zur Ou Anna machen, dann kann sie die Klein Anna sein. Wie hört sich das an?«
»Das hört sich gut an, Miss.«
»Also paß auf: Gib ihr einen Becher Tee, dann kann sie mit der Arbeit anfangen. Zeig ihr, wo Schrubber und Eimer sind, ich möchte, daß sie erst mal den Küchenfußboden schrubbt. Und du, Klein Anna, du mußt dafür sorgen, daß du dir morgen deinen eigenen Becher und Teller mitbringst. Wirst du daran denken?«
»Ja, Miss.«
»Hendrik, du mußt jetzt gehn, der Baas wird böse sein, wenn er dich hier rumtrödeln sieht.«
»Ja, Miss. Danke, Miss.«
Alles das in unserer eigenen Sprache, einer Sprache der Nuancen, der geschmeidigen Wortfügung und heiklen Partikel, undurchsichtig für den Außenstehenden, dicht für ihre Kinder, mit Momenten der Solidarität, Momenten der Distanz.

59. Es hat geregnet heute morgen. Schon seit Tagen hatten sich Regenwolken in langen Schüben über den Himmel gewälzt, von Horizont zu Horizont, und fernes Donnern hatte gegrollt gegen das Gewölbe des Raumes, und schwüle Düsternis hatte gelastet. Dann, am späteren Vormittag, fingen die Vögel an zu kreisen und sich niederzulassen und gedämpfte Nistrufe von sich zu geben. Jeder Lufthauch legte sich. Wassertropfen, riesig, lauwarm, klatschten senkrecht aus dem Himmel herab, zögerten und begannen dann ernsthaft zu fallen, indes der Gewittersturm, gepfeffert von Blitzen und endlosem Donnerhall, über uns hinwegbrauste und sich einen Pfad nach Norden schnitt. Eine Stunde lang regnete es. Dann war es vorbei, die Vögel sangen, die Erde dampfte, die letzten frischen Rinnsale verrannen und versickerten.

60. Heute habe ich sechs Paar Socken meines Vaters gestopft. Es gibt eine Konvention, die älter ist als ich und die besagt, daß das Strümpfestopfen nicht von Anna besorgt werden sollte.

61. Heute war die Hammelkeule ausgezeichnet: zart, saftig und genau richtig durchgebraten. Alles hat seinen Platz. Das Leben ist möglich in der Wüste.

62. Über die Anhöhe hinter dem Staubecken kommend, sammelt mein Vater um sein Haupt und seine Schultern die Streifen und Ringe des Lichthofes der sinkenden Sonnenpracht, Orange, Rosa, Lavendel, Mauve, Karmesin. Was immer es ist, was er heute getan hat (er sagt es nie, ich frage nie), er kommt trotzdem heim in Glanz und Glorie, ein stattlicher Mann.

63. Gegen alle Versuchungen der Trägheit hat mein Vater nie aufgehört, ein Gentleman zu sein. Wenn er ausreitet, trägt er seine Reitstiefel, aus denen ich ihm heraushelfen muß und die Anna zu wichsen hat. Bei seiner Inspektionstour jede zweite Woche trägt er Rock und Krawatte. In einer Schachtel bewahrt er drei Kragenknöpfe auf. Vor den Mahlzeiten wäscht er sich die Hände mit Seife. Seinen Brandy trinkt er feierlich, für sich allein, aus einem Schwenker, deren er vier hat, bei Lampenschein in seinem Sessel sitzend. Jeden Monat, steif wie ein Ladestock, auf einem Hocker vor der Küchentür, unterwirft er sich, derweil gluckend die Hennen ihn beäugen, der Zucht meiner Schneiderschere. Ich stutze ihm das eisengraue Haar und glätte es mit der Handfläche. Dann steht er auf, schüttelt die Handtücher aus, dankt mir und stolziert davon. Wer käme auf den Gedanken, daß er aus Ritualen wie diesen einen Tag an den andern knüpfen könnte, eine Woche an die andere, einen Monat an den andern und, wie es scheint, ein Jahr an das andere, jeden Abend vor einem flammenden Himmel heimreitend, als hätte er den ganzen Tag damit zugebracht, auf diesen Moment zu warten, sein Pferd angebunden im Schatten eines Dornbusches gleich hinter der Anhöhe, während er an den Sattel gelehnt daliegt, Wäscheklammern schnitzt, raucht, durch die Zähne pfeift, mit dem Hut über den Augen döst, die Taschenuhr in der Hand. Beschränkt sich darauf das verborgene Leben, das er führt, wenn er außer Sicht ist, oder ist der Gedanke respektlos?

64. An jedem sechsten Tag, wenn unsere Zyklen sich überschneiden, sein Zyklus von zwei Tagen, mein Zyklus von dreien, werden wir zu der Intimität getrieben, unsere Gedärme in der Kübel-Latrine hinter den Feigenbäumen zu entleeren, im Kloakengeruch der frischen Fäkalien des anderen, entweder er in meinem Gestank oder ich in seinem. Ich schiebe den Holzdeckel beiseite, hocke mich breitbeinig über seinen höllischen Haufen, der blutig ist, roh, von der Art, welche die Fliegen am meisten lieben, durchsetzt, dessen bin ich sicher, mit unverdautem Fleisch, kaum durchgekaut, bevor es hinuntergedrückt wurde. Während mein eigener Haufen (und hier stelle ich ihn mir vor mit der Hose um die Knie, wie er die Nase so hoch wie möglich hält, während in dem schwarzen Raum unter ihm wütend die Schmeißfliegen surren) dunkel ist, olivgrün von Galle, hart, zu lange drinbehalten, alt, müde. Wir ächzen und drücken, wischen uns ab auf unsere verschiedenen Weisen mit Vierecken gekauften Toilettenpapiers, einem Zeichen der Vornehmheit, bringen unsere Kleidung wieder in Ordnung und treten hinaus ins große Freie. Dann wird es Hendriks Aufgabe, den Kübel zu inspizieren und ihn, sofern er sich nicht als leer erweist, in ein Loch zu leeren, das weit weg vom Haus gegraben wurde, ihn auszuspülen und wieder an seinen Platz zu stellen. Wo genau der Kübel geleert wird, weiß ich nicht, aber irgendwo auf der Farm gibt es eine Grube, wo, ineinander verschlungen, des Vaters rote und der Tochter schwarze Schlange schlafen und sich auflösen.

65. Aber die Muster wandeln sich. Mein Vater hat angefangen, morgens nach Hause zu kommen. Das hat er noch nie getan. Er poltert in die Küche und macht sich selber den Tee. Mich schickt er mit einer Schulterbewegung weg. Mit den Händen in den Taschen steht er da, den Rücken den beiden Annas zugekehrt, falls sie da sind, aus dem Fenster blickend, während die Teeblätter ziehen. Die Dienstmädchen ducken sich, beunruhigt, sich auslöschend. Oder, falls sie nicht da sind, wandert er durchs Haus mit der Tasse in der Hand, bis er Klein Anna findet, die wischt oder wienert oder etwas anderes macht, und er steht vor ihr, schaut wortlos zu. Ich halte den Mund. Wenn er geht, entspannen wir Frauen uns.

66. In diesem kargen Land ist es schwer, Geheimnisse zu haben. Wir leben nackt unter den Habichtsaugen des anderen, leben so aber unter Protest. Unser Ärger über den anderen, obwohl in der Brust begraben, steigt manchmal auf, um uns zu ersticken, und wir machen lange Spaziergänge, auf denen wir uns die Fingernägel in die Handflächen bohren. Nur dadurch, daß wir unsere Geheimnisse in uns versenken, können wir sie wahren. Wenn unsere Lippen verkniffen sind, dann deshalb, weil viel in uns ist, das herausbrechen möchte. Wir suchen nach Objekten, um unseren Zorn an ihnen auszulassen, und wenn wir sie finden, wüten wir maßlos. Die Dienstboten fürchten die Wutanfälle meines Vaters, die in keinem Verhältnis stehen zu ihrem Anlaß. Angestachelt von ihm, peitschen sie die Esel, werfen Steine nach den Schafen. Wie gut, daß Tiere keinen Zorn empfinden, sondern aushalten und aushalten! Die Psychologie der Herren.

67. Während Hendrik unterwegs ist, um in der Glut des Nachmittags irgendeine gottverlassene Aufgabe zu erledigen, besucht mein Vater seine Frau. Er reitet an der Tür der Hütte vor und wartet, ohne abzusteigen, bis das Mädchen herauskommt und, gegen die Sonne blinzelnd, vor ihm steht. Er spricht zu ihr. Sie ist scheu. Sie verbirgt ihr Gesicht. Er versucht sie zu beruhigen. Vielleicht lächelt er sogar, aber das kann ich nicht sehen. Er lehnt sich herab und gibt ihr ein Päckchen in braunem Papier. Es ist voller Süßigkeiten, Herzen und Diamanten, mit Sprüchen darauf. Sie steht da, das Päckchen in der Hand, während er fortreitet.

68. Oder: Als Klein Anna in der Glut des Nachmittags nach Hause geht, begegnet ihr mein Vater. Er hält an und, über den Hals des Pferdes gebeugt, spricht er zu ihr. Sie ist scheu und verbirgt ihr Gesicht. Er sucht sie zu beruhigen, lächelt sie sogar an. Aus der Tasche holt er ein Päckchen in braunem Papier, das er ihr gibt. Es ist voller Süßigkeiten, Herzen und Diamanten, wie man sie hier nennt. Sie faltet das Päckchen zusammen und geht weiter.

69. Er beugt sich über den Pferdehals, spricht mit dem Mädchen, sucht sie zu beruhigen. Sie verbirgt ihr Gesicht. Er greift in die Tasche, und ich sehe etwas silbern aufblitzen. Einen Augenblick lang liegt die Münze offen auf ihrer Hand, ein Shilling oder gar ein Florin. Beide blicken sie darauf hinab. Dann schließt sich die Hand. Er reitet davon, und sie geht nach Hause.

70. Er stochert in seinem Essen herum und schiebt es von sich. Er trinkt seinen Brandy nicht mehr in seinem Sessel sitzend, sondern im Hof, im Mondlicht auf und ab schreitend. Der Ton, in dem er mit mir spricht, ist grob vor Trotz und Schamgefühl. Ich brauche nicht hinter Fensterläden zu lauern, um seine schuldbewußten Gedanken zu kennen.

71. Wo könnte sie das Geld ausgeben? Wo wird sie es vor ihrem Mann verstecken? Wo wird sie die Süßigkeiten verstecken? Oder wird sie sie alle an einem einzigen Tag aufessen? Ist sie noch so sehr Kind? Hat sie erst ein Geheimnis vor ihrem Mann, wird sie bald zwei haben. Listiges, listiges Geschenk!

72. Er glaubt voranzukommen, sobald ich aus dem Wege bin. Obwohl er es nicht zu sagen wagt, wäre es ihm lieb, wenn ich mich mit Migräne in meine Schlafkammer verzöge und dort bliebe. Ich glaube gern, daß es ihm ernst ist, wenn er sich sagt, daß er mich und Hendrik und all die anderen Hindernisse fortwünscht. Aber was meint er, wie lange ihr Idyll dauern wird, die zwei allein auf der Farm, ein alternder Mann und ein Dienstmädchen, ein albernes Kind? Dieser sinnlose Müßiggang wird ihn wahnsinnig machen. Was werden sie, tagein tagaus, zusammen tun? Was können sie einander zu sagen haben? Die Wahrheit ist, daß er unsere Opposition braucht, unsere verschiedenen Gegenkräfte, die ihm das Mädchen fernhalten, die sein Begehren nach ihr schüren; und ebensosehr hat er unsere Opposition auch nötig, um machtlos zu sein gegen dieses Begehren. Was er wirklich will, ist nicht intime Abgeschiedenheit, sondern die hilflose Komplizenschaft von Beobachtern. Ich kann auch nicht glauben, daß er nicht weiß, wie er in meine Träume eindringt, mit welchen Befugnissen, welche Taten verübend. Der lange Gang, der die zwei Flügel des Hauses verbindet, mit seinem Schlafzimmer in dem einen und meinem in dem anderen, wimmelt von nächtlichen Gespenstern, er und ich unter ihnen. Sie sind weder meine Geschöpfe noch seine, sie stammen von uns beiden. Durch sie besitzen wir einander und sind voneinander besessen. Es gibt, das wissen wir beide, eine Ebene, auf der Klein Anna ein Pfand ist, und das wirkliche Spiel findet zwischen uns beiden statt.

73. Ich habe seinem Wunsch nachgegeben und meine Unpäßlichkeit verkündet. Die grünen Fensterläden sind geschlossen. Den ganzen Tag liege ich auf der Steppdecke, die hornigen Zehen in der Luft und über den Augen ein Kissen. Alles, was ich brauche, ist da: unter dem Bett ein Topf, am Bett eine Karaffe Wasser mit einem über den Hals gestülpten Glas. Die alte Anna bringt das Essen und macht das Zimmer sauber. Ich esse wie ein Vögelchen. Ich nehme nichts gegen die Migräne, da ich weiß, daß nichts helfen würde und ich sowieso ein Anhänger des Schmerzes bin. Vergnügen ist Mangelware, aber an Schmerz ist heute überall ranzukommen, ich muß lernen, davon zu leben. Die Luft ist kühl und grün, sogar an den Nachmittagen. Manchmal ist der Schmerz ein massiver Klotz hinter der Wand meiner Stirn, manchmal eine Scheibe in meinem Schädel, sich neigend und summend zu den Bewegungen der Erde, manchmal eine Welle, die, endlos auslaufend, innen an meine Augenlider schlägt. Stunde um Stunde liege ich da und konzentriere mich auf die Geräusche in meinem Kopf. In einer Trance des Versunkenseins höre ich das Pulsieren in meinen Schläfen, das Bersten und Verschwinden der Zellen, das Knirschen von Knochen, das Zerbröseln von Haut zu Staub. Ich horche auf die molekulare Welt in mir mit derselben Aufmerksamkeit, die ich der prähistorischen Welt draußen entgegenbringe. Ich wandele im Flußbett und höre die Kaskade von Tausenden von Sandkörnern oder rieche den eisernen Aushauch von Steinen in der Sonne. Ich bringe Verständnis auf für die Anliegen der Insekten – die Nahrungsteilchen, die über Berggipfel getragen und in Löchern verstaut werden müssen, die Eier, die in Sechsecken untergebracht werden müssen, die rivalisierenden Stämme, die vernichtet werden müssen. Die Gewohnheiten der Vögel sind ebenfalls stabil. Deswegen trete ich dem tastenden Suchen menschlichen Begehrens nur widerstrebend entgegen. Zusammengepreßt unter einem Kissen in einem abgedunkelten Zimmer, konzentriert auf den Kern des Schmerzes, bin ich versunken im Sein meines Seins. Das ist es, was aus mir werden sollte: eine Dichterin der Innerlichkeit, eine Erforscherin der Einwärtsgekehrtheit der Steine, der Gefühle der Ameisen, des Bewußtseins von den denkenden Teilen des Gehirns. Es scheint die einzige Karriere zu sein, für die, den Tod ausgenommen, das Leben in der Wüste mich ausgerüstet hat.

74. Mein Vater wechselt verbotene Worte mit Klein Anna. Ich brauche mein Zimmer nicht zu verlassen, um das zu wissen. *Wir*, sagt er zu ihr, *wir beide*; und das Wort hallt nach in der Luft zwischen ihnen. *Jetzt: komm jetzt mit mir*, sagt er zu ihr. Es sind wenig genug Worte wahr, steinhart genug, um ein Leben darauf aufbauen zu können, und die zerstört er. Er glaubt, daß er und sie sich ihre Worte aussuchen und sich eine Privatsprache schaffen können, mit einem *ich* und *du* und einem *hier* und *jetzt*, die nur ihnen gehört. Aber es kann keine Privatsprache geben. Ihr intimes *du* ist auch mein *du*. Was immer sie zueinander sagen mögen, selbst in der tiefsten Vertraulichkeit der Nacht, sie sagen es in gewöhnlichen Worten, es sei denn, sie gibbern wie Affen. Wie kann ich zu Hendrik wie früher sprechen, wenn sie meine Sprache verderben? Wie soll ich zu ihnen sprechen?

75. Tage und Nächte rollen vorbei, das Licht in meinem abgedunkelten Zimmer erhellt sich zu Graugrün und verdunkelt sich zu Schwarz, die alte Anna erscheint und verschwindet und erscheint wieder in einer Abfolge von Topf und Teller, murmelnd, gluckend. Ich liege hier in Zyklen der Zeit, außerhalb der wahren Zeit der Welt, während mein Vater und Hendriks Frau ihre pfeilgeraden Pfade gehen von der Lust zur Gefangennahme, von der Hilflosigkeit zur Erlösung des Sich-Ergebens. Sie sind jetzt hinaus über Schmeicheleien und Geschenke und scheues Kopfschütteln. Hendrik wird fortgeschickt in die entlegensten Gegenden der Farm, um den Schafen die Zecken wegzubrennen. Mein Vater bindet sein Pferd vor dem Haus seines

Großknechtes an. Er schließt die Tür hinter sich ab. Das Mädchen versucht, seine Hände wegzudrücken, aber sie ist gelähmt von dem, was gleich geschehen wird. Er zieht sie aus und legt sie auf die Kokosfasermatratze seines Knechtes. Sie ist schlaff in seinen Armen. Er liegt ihr bei und wiegt sich mit ihr in einem Akt, von dem ich genug weiß, um zu wissen, daß er ebenfalls Gesetze bricht.

76. »Ich betrachte jeden Armen als total ruiniert«, flüstert eine Stimme (in meiner Einsamkeit höre ich Stimmen, vielleicht bin ich doch eine Hexe), »...als total ruiniert, wenn er das Unglück hat, ein ehrliches Herz zu haben, eine hübsche Frau und einen mächtigen Nachbarn.« Armer Hendrik: ruiniert, ruiniert. Ich weine trunkene Tränen. Dann presse ich die Augen zusammen gegen den Schmerz und warte, daß die drei Gestalten sich auflösen zu Streifen und Lichtstößen und Ringen: Hendrik, seine Mundharmonika spielend unter einem Dornbusch in weiter Ferne, das umschlungene Paar in der stickigen Hütte. Schließlich bin nur noch ich da, in Schlaf sinkend, außer Reichweite des Schmerzes. Auf mich selber einwirkend, verändere ich die Welt. Wo endet diese Macht? Vielleicht ist es das, was ich herauszufinden suche.

77. Anna ist nicht gekommen. Den ganzen Vormittag habe ich dagelegen und auf ihr diskretes Klopfen gewartet. Ich denke an Tee und Zwieback, und das Wasser läuft mir im Munde zusammen. Kein Zweifel, ich bin nicht reiner Geist.

78. Ich stehe in Hausschuhen in der Küche, schwindlig nach meinem langen Winterschlaf. Der Herd ist kalt. Die Sonne blinkt auf den Reihen der Kupfertöpfe.

79. Ich stehe hinter meinem Stuhl, halte mich fest an der Rückenlehne und spreche zu meinem Vater.
»Wo ist Anna? Sie ist heute nicht gekommen.«
Über den Teller gebeugt, schiebt er sich eine Gabel Reis mit Bratensaft in den Mund. Er kaut mit Appetit.
»Anna? Woher soll ich wissen, wo Anna ist. Das ist doch nicht meine Sache. Die Dienstmädchen sind deine Sache. Welche Anna meinst du denn?«
»Ich meine unsere Anna. Unsere Anna, nicht die andere. Ich möchte wissen, wo sie ist. Das Schulhaus ist leer.«
»Sie sind weg. Heute morgen sind sie weggefahren.«
»Wer ist weg?«
»Sie und der alte Jakob. Sie haben den Eselskarren genommen.«
»Und warum sind sie so plötzlich weg? Warum hast du mir nichts gesagt? Wo sind sie hin?«
»Sie sind weg. Sie haben mich gefragt, und ich habe gesagt, sie können fahren. Was willst du sonst noch wissen?«
»Nichts. Mehr will ich nicht wissen.«

80. Oder diese aufragende schwarze Säule gibt bereits Worte von sich, als ich in die Küche komme.
»Anna und Jakob sind weg. Ich habe ihnen Urlaub gegeben. Du wirst eine Weile ohne Anna auskommen müssen.«

81. Oder da ist vielleicht nur die leere Küche, und der Herd ist kalt, und da hängen die glänzenden Kupfertöpfe, und sonst Abwesenheit, zwei Abwesenheiten, drei Abwesenheiten, vier Abwesenheiten. Mein Vater erzeugt Abwesenheit. Wo er auch hingeht, er hinterläßt Abwesenheit. Vor allem die Abwesenheit seiner selbst – eine so kalte, so düstere, so verschlossene Anwesenheit, daß sie eigentlich eine Abwesenheit ist, ein sich bewegender Schatten, der sich wie Mehltau aufs Herz legt. Und die Abwesenheit meiner Mutter. Mein Vater ist die Abwesenheit meiner Mutter, ihr Negativ, ihr Tod. Sie die Weiche, die Blonde; er der Harte, der Dunkle. Er hat alles Mütterliche in mir ermordet und hat mich als diese brüchige, behaarte Hülse zurückgelassen, in der die Erbsen toter Worte rasseln. Ich stehe in der leeren Küche und hasse ihn.

82. Die Vergangenheit. Ich taste in meinem Kopf herum und suche den Eingang zu dem Tunnel, der mich zurückführen wird in die Zeit und die Erinnerung, vorbei an Bildern von mir, auf denen ich jünger und jünger, frischer und frischer bin, durch Jugend und Kindheit zurück bis an die Knie meiner Mutter und zu meinen Anfängen, aber der Tunnel ist nicht da. In meinem Schädel sind die Wände gläsern, ich sehe nur Spiegelbilder meiner selbst, die düster und mürrisch auf mich zurückstarren. Wie kann ich glauben, daß diese Kreatur je ein Kind war, wie kann ich glauben, daß es von Menschen abstammt? Es ist einfacher, sich vorzustellen, wie es in seinem flaschengrünen Überzug unter einem Stein hervorgekrochen kommt, den Eierschleim sich ableckt, bevor es sich orientiert und davonkrabbelt zu diesem Farmhaus, um hinter der Holzverkleidung seine Wohnung zu beziehen.

83. Aber vielleicht finde ich, wenn ich einen Tag auf dem Dachboden damit zubringe, alte Truhen zu leeren, Beweise für eine glaubhafte Vergangenheit: reich verzierte Fächer, Berlocken und Kameen, Tanzschuhe, Angebinde und Andenken, ein Taufkleid, Photographien, sofern es damals schon Photographien gab, Daguerreotypien vielleicht, die ein finster dreinblickendes Baby mit Lockenhaar zeigen, auf dem Schoß einer Frau sitzend, die unschlüssig wirkt, hintergründig, und hinter ihnen die steife Gestalt eines Mannes und, wer weiß, neben ihnen noch einen finster dreinblickenden Buben in einem mit Paspeln besetzten Anzug, einen Bruder, der bei einer der großen Epidemien gestorben sein muß, der Grippeepidemie oder der Pockenepidemie, so daß ich ohne Beschützer, zurückblieb. Und dann, in der Blüte ihrer jungen, noch provisorischen Mutterschaft, muß die Frau gestorben sein bei dem Versuch, ein drittes Kind zu gebären; gestorben sein, wie sie es befürchtet hatte, weil sie Angst gehabt hatte, dem Mann das widerwärtige, unablässige Vergnügen in ihr zu verweigern, und ihr Tod war ein scheußliches Unwetter des Schreckens gewesen, händeringend war die Hebamme im Zimmer herumgegangen und hatte als letztes Mittel Brechwurz empfohlen.

84. Überall in diesem Land muß es geduldige Kinder in mittleren Jahren geben, die darauf warten, daß der Griff ihrer Eltern um die Schlüssel sich lockert. An dem Tag, an dem ich meinem Vater die Hände auf der Brust falten und ihm das Laken über das Gesicht ziehen werde, an dem Tag, an dem ich die Schlüssel übernehme, werde ich den Rollschreibtisch aufschließen und all die Geheimnisse aufdecken, die er vor mir gehabt hat, die Hauptbücher und Banknoten und Dokumente und Testamente, die Photographien von der toten Frau mit der Aufschrift »In Liebe«, das mit rotem Band verschnürte Briefbündel. Und in der dunkelsten Ecke des tiefsten Faches werde ich die einstigen Ekstasen des Leichnams finden, die drei- und vierfach gefalteten und in einem braunen Umschlag verwahrten Verse, die Sonette an Hoffnung und Freude, die Liebesgeständnisse, die leidenschaftlichen Gelöbnisse und Widmungen, die Rhapsodien nach der Eheschließung, die Vierzeiler »An meinen Sohn«; und dann nichts mehr, Schweigen, die versiegende Ader. An irgendeinem Punkt auf der Linie vom Jugendlichen zum Mann, zum Ehemann, zum Vater, zum Herrn muß das Herz zu Stein geworden sein. War es hier, bei der Ankunft des verkümmerten Mädchens? War ich es, die das Leben in ihm getötet hat, wie er das Leben in mir tötet?

85. In grotesken rosaroten Hausschuhen stehe ich mitten in der Küche. Meine Augen sind Schlitze gegen den Dolch des Sonnenlichts. Hinter mir liegt der Hafen des Bettes im verdunkelten Zimmer, vor mir die Irritation eines Tagewerks. Wie soll ich aus der Verschlafenheit und Banalität meines Lebens, aus Unwissenheit und Unfähigkeit heraus mich hochpeitschen zu einer bedrohlichen, zornwütigen Tochter, die einem beschämten oder arroganten Vater, einem unverschämten oder zitternden Dienstmädchen entgegentritt? Ich bin nicht mit dem Herzen dabei, nichts hat mich auf diese Rolle vorbereitet. Das Leben in der Wüste lehrt nichts, höchstens daß alles zulässig ist. Ich möchte nichts weiter als ins Bett zurückkriechen und mit dem Daumen im Mund einschlafen; oder allenfalls meine älteste Sonnenhaube hervorsuchen und davonwandern, das Flußbett hinunter, bis das Haus außer Sicht ist und ich nur noch das Vibrieren der Zikaden höre und die an meinem Gesicht vorbeisausenden Fliegen. Mein Thema ist das endlose Driften der Strömungen von Schlaf und Wachen, nicht die Stürme menschlichen Konfliktes. Wo dieses Haus in der Wüste steht, da ist ein Wirbel, ein Strudel, ein schwarzes Loch, in dem ich lebe, das ich aber verabscheue. Viel glücklicher wäre ich gewesen unter einem Busch, geboren in einem Paket von Eiern, meine Schale aufbrechend gleichzeitig mit tausend Schwestern und über die Welt herfallend in einer Armee scharfer Freßwerkzeuge. Zwischen vier Wänden gerät meine Wut aus dem Konzept. Abprallend von Flächen aus Verputz und Kacheln, Brettern und Tapeten, regnen meine Ergüsse auf mich zurück, bleiben kleben an mir, sickern wieder ein in meine Haut. Wenn ich auch aussehen mag wie eine Maschine mit einander gegenüberstehenden Daumen, die Hausarbeit verrichtet, so bin ich in Wahrheit doch eine vor geballter Energie bebende Kugel, bereit, berstend auf alles loszugehen, was mich anknackst. Und obwohl ein Impuls in mir mich treibt hinauszurollen und draußen im großen Freien harmlos zu explodieren, fürchte ich, daß es da noch einen anderen Impuls gibt – ich bin voller Widersprüche –, der mich drängt, mich in einer Ecke zu verstecken wie die Schwarze Witwe und jeden, der vorbeikommt, mit meinem Gift zu überwältigen. »Da, das ist für die Jugend, die ich nie hatte!« zische ich und spucke, falls Spinnen spucken können.

86. Aber die Wahrheit ist, daß ich schwarze Witwenkleidung länger getragen habe, als ich zurückdenken kann, soviel ich weiß, war ich ein Baby in einer schwarzen Windel, das mit rachitischen Beinchen strampelte und wimmernd nach seinen schwarzen Häkelschuhen grabschte. Mit sechs Jahren trug ich sicherlich tagein tagaus einen scheußlichen flaschengrünen Kittel, der mich vom Hals bis zu den Handgelenken einengte und nichts freiließ als spindeldürre Schienbeine, bis diese dann in schwarze Schnürstiefel gezwängt wurden. Ich muß in diesem Alter photographiert worden sein, ich habe keine andere Erklärung dafür. Es muß eine Photographie von mir in einer dieser Truhen oder Schreibtischschubladen geben, und ich muß sie übersehen haben, als ich die einzelnen Gegenstände auflistete. Woher könnte ein kleines Kind das Wahrnehmungsvermögen gehabt haben, um sich selbst mit derart leidenschaftsloser Klarheit zu sehen, bis hin zu dem verkniffenen Mund und der Gesichtsblässe und dem Rattenschwanz von

Haar? Oder ich hatte vielleicht eine Vision, ich darf mich nicht allzusehr auf Photographien verlassen, denn was sollen all diese Photographen in der Wüste zu suchen gehabt haben, als ich ein Kind war, jedenfalls haben sie auf mich bestimmt nicht Jagd gemacht. Vielleicht bin ich, da ich ein grüblerisches Kind war, für einen Augenblick entrückt worden und hatte eine Vision von mir, wie ich wirklich war, in meinem flaschengrünen Kinderkleid, das ebenfalls noch auf dem Dachboden sein muß, irgendwo weggesteckt, bevor irgend etwas, was mir die Vision zuteil werden ließ, mein Schutzengel oder irgendeine andere Sorte Engel, eine Sorte, die einen vielleicht warnt vor großen Hoffnungen für sich selbst, ein Engel der Realität, ein bedrohlicher Engel, mich meiner gedankenlosen animalischen Unversehrtheit zurückgab. Oder ich hatte vielleicht niemals eine animalische Unversehrtheit, oder ich verlor sie, bevor ich sechs war, vielleicht war ich als Sechsjährige schon eine kleine Körpermaschine, die im Hof herumtrottete und aus Steinen kleine Umfassungsmauern baute oder was sonst Kinder tun, Fliegen die Flügel ausriß, ernst beobachtet von einer kleinen, geisterhaften Doppelgängerin. Vielleicht, bedauerlicherweise, gibt es keine Engel, vielleicht sind all die Schnappschüsse von meinem kindlichen Selbst, die ich mit mir herumtrage, das Werk dieser kleinen Beobachterin (was hatte sie sonst zu tun?), vielleicht hat sie sich von mir abgespalten, als ich noch ganz klein war, vielleicht ist sogar meine Vision von mir als Baby mit Sodbrennen oder Herzeleid oder sonst etwas, wie ich wimmernd nach meinen Schuhchen grabsche, eine Vision dieser Doppelgängerin, die, grübelnd am Kinderbett hockend, ihr eigenes geisterhaftes Herzeleid fühlte (ich vermute natürlich, daß es eine Sie war) und dabei überall sich verzweigende Sackgassen sah, die ich ignoriere, da ich hinter größeren Dingen her bin als Problemen der Philosophie.

87. Ich bin eine schwarze Witwe in Trauer über meine ungenutzten Möglichkeiten. Mein ganzes Leben lang hat man mich herumliegen lassen, vergessen, staubig, wie einen alten Schuh, oder wenn ich benutzt worden bin, dann als Werkzeug, um das Haus in Ordnung zu bringen, die Dienstboten in Zucht zu halten. Aber ich habe einen ganz anderen Begriff von mir, irgendwo zaghaft glimmernd in meiner inneren Dunkelheit: ich als eine Scheide, eine Gebärmutter, Beschützerin eines leeren inneren Raumes. Ich bewege mich durch die Welt nicht als eine den Wind schneidende Messerklinge oder als ein Turm mit Augen, wie mein Vater, sondern als ein Loch, ein Loch mit einem um es herum drapierten Leib, an dem unten die zwei spindeldürren Beine hängen und an dessen Seiten die zwei Arme schlenkern, und oben wackelt der große Kopf. Ich bin ein Loch, das danach schreit, heil zu sein. Ich weiß, dies ist in gewissem Sinne bloß eine Art zu sprechen, eine Art, über mich nachzudenken, aber wenn man sich nicht in Worten denken kann, in Bildern, in was soll man sich sonst denken? Ich denke mich als eine Strohfrau, eine Vogelscheuche, nicht zu fest ausgestopft, mit einem finsteren, auf mein Gesicht gemalten Blick, um die Vögel zu verscheuchen, und in meiner Mitte ein Hohlraum, ein Raum, den die Feldmäuse benutzen könnten, wenn sie sehr klug wären. Aber das ist mehr als ein Bild, ich kann es nicht leugnen, ich bin der Anatomie nicht unkundig, ich bin nicht uninteressiert an meinem Körperbau, ich bin unter anderem ein Bauernmädchen, das mitten im Wirrwarr der Natur lebt, oder in einem so kümmerlichen Wirrwarr, wie wir es in der Wüste haben, mir des Loches zwischen meinen Beinen nicht unbewußt, das nie gefüllt worden ist und das zu einem weiteren Loch führt, das auch nie gefüllt worden ist. Ich bin, wie ich mich manchmal überzeugen lasse, eine Null, es muß so sein, weil ich eine Frau bin. Doch wie empörend, feststellen zu müssen, daß ich, nach Meditationen, die einem Denker Ehre machen würden, verheddert bin in der Falle des Zugeständnisses, daß alles, hätte ich nur einen guten Mann, der an meiner Seite schliefe und mir Babies schenkte, gut wäre, daß ich mich wieder aufrichten und lernen würde zu lächeln, daß meine Gliedmaßen sich füllen, meine Haut leuchten und die Stimme in meinem Innern stotternd und stammelnd verstummen würde. Es ist mir nicht gegeben zu glauben, daß die Paarung von Bauernbursche und Bauernmädchen mich retten würde, was immer retten bedeuten mag, zur Zeit wenigstens ist unklar, zu welchen Tricks ich getrieben werden mag. Vorerst glaube ich einmal, zu Höherem bestimmt zu sein. Sollte also ein Wunder geschehen und eines Tages einer von den rauhbeinigen Nachbarn mit einem Strauß Graslandblumen angetrabt kommen, errötend und schwitzend, um mir wegen meiner Erbschaft den Hof zu machen, werde ich mich ins Bett zurückziehen oder ihm aus meinen fürchterlichen Sonetten vorlesen oder mich vor seinen Füßen in einem Anfall krümmen, jedenfalls alles tun, damit er davongaloppiert; immer vorausgesetzt, wir haben Nachbarn, wofür ich keine Anzeichen sehe, wir könnten ebensogut auf dem Mond leben.

88. Andererseits bin ich fähig gewesen, manchmal tagelang, mein Gefühl des Erwähltseins zu verlieren, mich einfach als eine einsame, häßliche alte Jungfer zu sehen, die bis zu einem gewissen Grade aus Einsamkeit und Alleinsein erlöst werden kann, durch Eheschließung, eine menschliche Einrichtung, mit einer anderen einsamen Seele, einer Seele, die vielleicht habsüchtiger ist als die meisten, dümmer, häßlicher, kein großer Fang, aber was für ein Fang bin ich selber; vor der ein wenig tiefer mich zu beugen, für die ein bißchen härter als andere Frauen zu schuften ich geloben würde, für die ich mich samstag abends zu entkleiden hätte, im Dunkeln, um sie nicht zu erschrecken, und die ich aufgeilen, falls die Künste des Aufgeilens erlernbar sind, und zu dem richtigen Loch führen müßte, das mit einem Klacks Hühnerfett aus einem Topf am Bett penetrabel gemacht worden wäre, und deren Ächzen und Stöhnen ich ertragen würde, um endlich erwartungsgemäß von ihrem Samen gefüllt zu werden und dazuliegen, ihr Schnarchen anhörend, bis der Balsam des Schlummers käme. Was mir an Erfahrung fehlt, mache ich einfach durch Vision wett; sollte der Umgang von Männern mit Frauen nicht so sein, dann ist es auch egal. Ich kann mir auch vorstellen, nach vielen Monden schwanger zu werden, obwohl es mich nicht wundern würde, wenn ich unfruchtbar wäre, ich entspreche dem allgemeinen Bild der Unfruchtbaren, und dann, nach sieben oder acht Monaten, ein Kind zu kriegen, ohne Hebamme, mit meinem Mann sturzbetrunken im Nebenzimmer, die Nabelschnur durchzunagen, mir das bleifarbene Babygesicht an die flache, versauerte Brust zu klatschen; und dann, nach einer Dekade der Brutpflege, die in aller Abgeschiedenheit vor sich geht, aufzutauchen ins Tageslicht, an der Spitze eines Wurfes rattenhafter, zwergwüchsiger Mädchen, alle mir aus dem Gesicht geschnitten, finster in die Sonne blinzelnd, über die eigenen Füße stolpernd, identisch gekleidet in flaschengrüne Kittel und stupsnasige schwarze Schuhe; und sie dann, nach einer weiteren Dekade des Anhörens ihres Keifens und Kratzens, eine nach der anderen hinauszujagen in die Welt, wo sie machen, was immer reizlose Mädchen dort machen, in Mietshäusern wohnen und in Postämtern arbeiten vielleicht und uneheliche Rattenkinder kriegen, um sie zur Farm als Zufluchtsort zurückzuschicken.

89. Vielleicht ist das alles, was Erwähltsein für mich bedeutet: nicht in einer bukolischen Komödie wie der obigen mitspielen zu müssen, nicht durch Armut, Degeneration, Stumpfsinn und Trägheit wegerklärt zu werden. Ich will, daß meine Geschichte einen Anfang, eine Mitte und ein Ende hat, nicht die gähnende Mitte ohne Ende, die, wenn ich vor der Schürzenjägerei meines Vaters die Augen schließe und dafür lebe, über seinen Altersschwachsinn zu wachen, nicht weniger droht, als wenn ich von einem Schäfer zum Altar geführt werde und hochbetagt sterbe, eine verhutzelte Oma in einem Schaukelstuhl. Ich darf in der Mitte meines Lebens nicht einschlafen. Der mich umgebenden Leere muß ich Ereignis um Ereignis um Ereignis entreißen, deren kleine Explosionen mich in Gang halten. Denn die andere Art Geschichte, das Gewebe der Erinnerung im schlummernden Raum des Geistes, kann meine nicht sein. Mein Leben ist nicht Vergangenheit, meine Kunst kann nicht die Kunst des Gedächtnisses sein. Was mir geschehen wird, ist noch nicht geschehen. Ich bin ein blinder Fleck, der mit zwei offenen Augen in den Rachen der Zukunft saust, und meine Parole ist »Und dann?« Und wenn ich in diesem Moment nicht so aussehe, als würde ich sausen, dann nur, weil ich in dem leeren Haus eine Weile zaudere, das Wohltuende des Sonnenlichtes empfinde, das von denselben Reihen Kupfertöpfen aufglänzt, von denen es aufglänzte, bevor ich auf diese Welt kam. Ich wäre nicht ich, wenn ich die Verführungen des kühlen Steinhauses nicht empfände, den alten Komfort, die altertümliche feudale Sprache. Vielleicht bin ich trotz meiner schwarzen Kleidung und dem Stahl in meinem Herzen (falls es nicht Stein ist, wer kann das sagen, wenn es so weit weg ist) eher eine Bewahrerin als eine Zerstörerin, vielleicht ist die Wut auf meinen Vater einfach Wut über die Verletzungen der alten Sprache, der korrekten Sprache, zu denen es kommt, wenn er Küsse und Pronomen der Intimität mit einem Mädchen tauscht, das gestern die Fußböden schrubbte und heute die Fenster putzen sollte.

90. Aber das, wie so vieles um mich herum, ist nur Theorie. Um keinen Preis möchte ich mich auf eine Version meiner selbst als alttestamentarischer Racheengel festlegen, mit blitzenden Augen und hoch erhobenem Schwert. Es ist der Einsiedlerkrebs, an den ich mich aus einem Buch erinnere, der, solange er wächst, von einer leeren Muschel zur nächsten wandert. Die strenge Moralistin mit dem Flammenschwert ist nur eine Station auf dem Wege, zeitlich etwas weniger begrenzt als die hagere, auf der Veranda strickende Ehefrau, und zeitlich etwas begrenzter als die wilde Frau des Graslandes, die mit ihren Freunden, den Insekten, spricht und in der Mittagssonne spazierengeht, aber doch zeitlich begrenzt. In wessen Muschel ich mich zur Zeit verkrochen habe, ist ohne Belang, es ist die Muschel einer toten Kreatur. Wichtig ist, daß mein furchtsames, weichlebiges Selbst eine Zuflucht hat vor den Raubtieren der Tiefe, dem Kalmar, dem Hai, dem Bartenwal und was sonst noch den Einsiedlerkrebs frißt, ich kenne die Meere nicht, obwohl ich mir geschworen habe, eines Tages, wenn ich eine Witwe bin oder eine wohlhabende alte Jungfer, einen Tag am Strand zu verbringen. Ich werde belegte Brote in einen Korb packen, Geld in meine Börse tun und in den Zug steigen und dem Mann sagen, daß ich das Meer sehen möchte: da könnt ihr sehen, wie naiv ich bin. Ich werde die Schuhe ausziehen und durch den Seesand stapfen, der Millionen winziger Tode gedenkend, die nötig waren, damit er entstehen konnte. Ich werde meine Röcke hochwickeln und im Seichten waten und von einem Krebs gezwickt werden, einem Einsiedlerkrebs, als kosmischer Witz, und werde auf den Horizont blicken und seufzen über die Unermeßlichkeit alles dessen, werde meine Sandwiches essen, das frische Sauerteigbrot und die eingemachten süßen grünen Feigen kaum schmeckend, und an meine Bedeutungslosigkeit denken. Dann, geläutert, ernüchtert, werde ich mit dem Zug wieder nach Hause fahren und auf der Veranda sitzen und die flammenden Sonnenuntergänge betrachten, die Karminrots, die Rosas, die Violetts, die Orangerots, die Blutrots, und werde schwer atmen und seufzen und den Kopf auf die Brust sinken lassen und hesperische Tränen weinen um mich, um das Leben, das ich nicht gelebt habe, die Freude und Bereitwilligkeit eines unbenutzten Körpers, der nun staubig ist, vertrocknet, abstoßend, und um das langsamer werdende Pulsieren meines Blutes. Ich werde mich aus dem Segeltuchstuhl erheben und in mein Schlafzimmer schlurfen und mich ausziehen beim letzten Licht, Paraffin sparend, und seufzend, seufzend werde ich sofort einschlafen. Ich werde von einem Stein träumen, einem Kiesel, der auf dem Strand liegt, auf Gefilden weißen Sandes, in den gütigen blauen Himmel schauend, eingelullt von den Wellen; aber ob ich diesen Traum wirklich gehabt haben werde, werde ich niemals wissen, denn alle Ereignisse der Nacht werden mit dem ersten Hahnenschrei aus dem Gedächtnis gelöscht sein. Oder vielleicht werde ich gar nicht schlafen, sondern mich mit Zahnschmerzen im Bett herumwälzen nach all diesen zuckrigen Feigen; denn auf Hygiene achten wir hier nicht, sondern laufen herum mit üblem Mundgeruch und, wenn es soweit ist, mit verrotteten Zahnstümpfen, und fragen uns, was wir mit uns anstellen sollen, bis wir endlich zum Äußersten getrieben werden, zur Zange des Hufschmieds oder zu Gewürznelkenöl auf einem Streichholz oder zum Weinen. Ich habe es bislang vermieden zu weinen, aber alles hat seine Zeit und seinen Ort; ich bin sicher, es wird dazu kommen, daß ich weine, eines Tages, wenn ich allein gelassen bin auf der Farm, wenn sie alle weg sind, Hendrik und seine Frau, Anna und Jakob, mein Vater, meine Mutter, die rattenhaften Enkelkinder, und ich bei meiner Arbeit sorglos im Haus herumwandern kann, in den Hof und wieder hinaus, und in die verlassenen Schafpferche und in die Berge: dann wird eine Zeit sein für das Weinen, für das Haareraufen, für das Zusammenbeißen des zahnlosen Zahnfleisches, ohne Angst haben zu müssen vor Entdeckung oder Strafe, ohne den Schein wahren zu müssen. Das wird die Zeit sein für die Erprobung dieser Lungen, die ich nie erprobt habe, zu hören, ob sie den Bergen Echos entlocken können, und der Ebene, falls auch die Ebene widerhallen kann von ihrem Schreien und Jammern und Klagen. Das kann, wer weiß, auch die Zeit sein, meine Kleider zu zerreißen, vor dem Haus ein großes Freudenfeuer zu errichten aus Kleidern und Möbeln und Bildern, mein Vater und meine Mutter und mein vor langer Zeit verlorener Bruder in den Flammen sich krümmend zwischen Schondeckchen, und die Zeit, zu schreien vor wilder Freude, wenn die Flammen in den Nachthimmel züngeln, und vielleicht sogar, Brandfackeln ins Haus zu tragen und Feuer zu legen an die Matratzen und die Kleiderschränke und die Deckenvertäfelungen aus Gelbholz und an den Dachboden mit seinen Truhen voller Andenken, bis sogar die Nachbarn, wer immer sie sein mögen, die Feuersäule am Horizont sehen und angaloppiert kommen durch die Dunkelheit, um mich in Verwahrung zu bringen, eine keckernde, schwatzende Alte, die wollte, daß man Notiz nimmt von ihr.

91. Das Schulhaus ist leer. Die Asche im Kamin ist kalt. Der Topfrechen über dem Herd ist leer. Das Bett ist abgezogen. Die Fensterläden klappern. Jakob und Anna sind weg. Sie sind weggejagt worden. Ohne ein Wort zu mir zu sagen sind sie gegangen. Ich sehe zu, wie Staubteilchen verträumt einen Sonnenstrahl hinaufsteigen. Da ist etwas, was wie Blut schmeckt hinten in meiner Nase, aber keines ist. Wahrlich, Ereignisse können bewegender sein als die finstersten Vorstellungen. Ich stehe in der Tür, und mein Atem geht rasch.

92. Das Schulhaus. Einst, vor langer Zeit, ist dies ein richtiges Schulhaus gewesen. Aus der Heimstatt sind die Kinder gekommen und haben hier gesessen und die drei Rs gelernt. Im Sommer gähnten sie und reckten sich, unruhig herumrutschend, indes die Hitze ihnen in den Ohren summte. An den Wintermorgen suchten sie sich den Weg über die gefrorene Erde und rieben beim Psalmodieren die nackten Zehen aneinander. Auch die Kinder der Nachbarn sind gekommen, mit Bargeld und Naturalien haben sie gezahlt. Es gab eine Lehrerin, zweifellos die Tochter eines verarmten Geistlichen, die hinausgeschickt worden war, damit sie sich ihren Lebensunterhalt verdiene. Dann ist sie eines Tages mit einem durchreisenden Engländer davongelaufen, und nie wieder hörte man etwas von ihr. Danach gab es keine Lehrerinnen mehr. Viele Jahre stand das Schulhaus unbenutzt, Fledermäuse und Spatzen und Spinnen nahmen es allmählich in Besitz, bis es eines Tages Anna und Jakob zum Wohnen übergeben wurde, oder der Anna und dem Jakob, die vor ihnen kamen. Anders kann es nicht sein, wenn ich mir diese Geschichte einfach aus den Fingern söge, wie sollte ich dann die drei Holzbänke erklären, die am anderen Ende des Raumes aufgestapelt sind, und die Staffelei, an die Jakob immer seine Jacke gehängt hat? Irgendwer muß ein Schulhaus erbaut und ausgestattet und mittels einer Annonce, vielleicht im *Weekly Advertizer* oder in der *Colonial Gazette*, eine Lehrerin gefunden haben. Er hat sie am Zug abgeholt und sie im Gastzimmer untergebracht und ihr ein Gehalt bezahlt, damit die Kinder der Wüste nicht als Barbaren aufwüchsen, sondern Erben seien all der Generationen, die vertraut waren mit der Umdrehung der Erde, Napoleon, Pompeji, den Rentierherden der eisigen Einöden, der regelwidrigen Ausdehnung des Wassers, den sieben Tagen der Schöpfung, den unsterblichen Komödien Shakespeares, geometrischen und arithmetischen Reihen, den Dur- und Molltonarten, dem Jun-

gen, der den Deich mit seinem Finger abdichtete, Rumpelstilzchen, dem Wunder von den Broten und Fischen, den Gesetzen der Perspektive und mit vielem, vielem mehr. Aber wo ist das alles nun hin, diese freudige Unterwerfung unter das Wissen der Vergangenheit? Wie viele Generationen liegen zwischen diesen Kindern, die einst das Einmaleins mit sechs aufsagten, und meinem skeptischen Selbst? Könnte mein Vater eines von ihnen gewesen sein? Wenn ich diese Bänke ins Licht zöge, würde ich unter dem Staub seine mit einem Taschenmesser ins Holz gegrabenen Initialen finden? Doch wenn es so ist, wo ist dann diese ganze humanistische Bildung geblieben? Was hat er gelernt von Hänsel und Gretel über Väter, die ihre Töchter in finstere Wälder führen? Was hat Noah ihn gelehrt über Unzucht? Was hat das Einmaleins mit sechs ihm gesagt über die ehernen Gesetze des Universums? Und selbst wenn nicht er es war, sondern mein Großvater, der auf diesen Bänken saß und sein Einmaleins hersagte, warum hat der dann meinem Vater keine Menschlichkeit mitgegeben, sondern ihn einen Barbaren bleiben lassen, wie auch ich nach ihm eine Barbarin geblieben bin? Oder ist es möglich, daß wir gar nicht von hier stammen? Ist mein Vater oder mein Großvater eines Tages einfach von nirgendwoher angaloppiert gekommen, bewaffnet mit Pistole und Patronengurt, hat haltgemacht beim Farmhaus, einen Tabaksbeutel mit Goldnuggets herabgeworfen, die Lehrerin aus dem Schulhaus gescheucht, seine Landarbeiter an ihre Stelle in das Haus gesetzt und eine Schreckensherrschaft begründet? Oder war es gar nicht so, war es ganz anders? War ich diejenige, die hier zur Schule ging, in der dunkelsten Ecke hockte, mit Spinnenweben behängt, während meine Brüder und Schwestern, meine vielen Brüder und Schwestern wie auch die Kinder von den benachbarten Farmen, sich lärmend darum drängten, mit dem Erzählen der Geschichte Noahs an die Reihe zu kommen? Und habe ich sie alle aus meinem

Gedächtnis gestrichen, weil sie so fröhlich lachen konnten oder weil sie mir hinten in meinen flaschengrünen Kittel Raupen gesteckt haben, um mich zu strafen für mein saures Gesicht und meinen Haß auf Spiele? Und haben sie beschlossen, jeglichen Verkehr mit mir abzubrechen und mich bei meinem Vater in der Wüste zurückzulassen, während sie in der Stadt ihr Glück zu machen suchten? Wie schwer, das zu glauben. Wenn ich Brüder und Schwestern habe, können sie nicht in der Stadt sein, sie müssen alle von der großen Meningitisepidemie hingerafft worden sein; denn ich kann nicht glauben, daß geschwisterlicher Umgang nicht seine Spuren bei mir hinterlassen hätte, und eindeutig hat er keine Spuren bei mir hinterlassen, was statt dessen hinterlassen wurde, sind die Spuren des Umgangs mit den Wilden, mit Einsamkeit und Leere. Ich kann auch nicht glauben, daß mir, mit andern Kindern in einer Runde sitzend, je die Geschichte von Noah erzählt worden ist, um nur von Noah zu sprechen. Meine Bildung riecht nach Druckerschwärze, nicht nach der Resonanz der unmittelbaren menschlichen Stimme, die ihre Geschichten erzählt. Aber vielleicht war unsere Lehrerin keine gute Lehrerin, vielleicht hat sie verdrossen an ihrem Tisch gehockt, mit dem Rohrstock leicht ihre Handfläche schlagend, über Beleidigungen brütend, von Flucht träumend, während ihre Zöglinge sich durch ihre Lesebücher tasteten und man eine Stecknadel fallen hören konnte. Denn wie sonst hätte ich lesen lernen können, ganz zu schweigen vom Schreiben?

93. Oder vielleicht sind es Stiefbrüder gewesen, vielleicht erklärt das alles, vielleicht ist das die Wahrheit, jedenfalls klingt es mehr nach Wahrheit, wenn ich meinen Ohren trauen kann: vielleicht sind es meine Stiefbrüder und Stiefschwestern gewesen, Kinder eines drallen, blonden, vielgeliebten Eheweibes, das in seiner Blüte verschied; vielleicht haben sie, selber kühn und blond und drall und abgestoßen von allem, was schattenhaft und unklar ist, unablässig Krieg geführt gegen das Kind der farblosen ungeliebten zweiten Ehefrau, die im Kindbett starb. Später dann, als sie alles in sich aufgesogen hatten, was ihre Gouvernante ihnen bieten konnte, wurden sie *en masse* von einem gutmütigen Onkel mütterlicherseits mitgerissen, um ein Leben in Freuden zu verbringen, während ich zurückblieb, um über meines Vaters letzte Jahre zu wachen. Und diese Horde habe ich nicht vergessen, weil ich sie haßte, sondern weil ich sie liebte und sie mir weggenommen wurde. Mit offenem Mund hatte ich in meiner dunklen Ecke gesessen und ihre derbe Fröhlichkeit verschlungen, Erinnerungen speichernd an all dieses Geschrei und Gelächter, damit ich in meinem einsamen Bett den Tag noch einmal durchleben und an mich drücken konnte. Aber von all meinen Stiefbrüdern und Stiefschwestern war es Arthur, den ich am meisten liebte. Wenn Arthur mich verdroschen hätte, würde ich mich gewunden haben vor Wonne. Wenn Arthur einen Stein geworfen hätte, wäre ich gerannt, um ihn zu holen. Für Arthur hätte ich Schuhwichse gegessen, Urin getrunken. Aber ach, nie hat der strahlende Arthur Notiz genommen von mir, beschäftigt wie er war mit dem Gewinnen des Wettlaufes und dem Fangen des Balles und dem Aufsagen des Einmaleins mit sechs. An dem Tag, als Arthur ging, versteckte ich mich in der dunkelsten Ecke des Wagenhauses und schwor, daß mir nie wieder ein Bissen über die Lippen kommen würde. Als die Jahre vergingen, und Arthur nicht zurückkam, schob ich die Erinnerung an ihn weiter und weiter von mir weg, bis sie mir heute wieder einfällt, entlegen wie ein Märchen. Ende der Geschichte. Sie birgt Widersprüche, aber ich habe nicht die Zeit, sie aufzuspüren und zu tilgen, da ist etwas, das mir sagt, ich muß hinaus aus diesem Schulhaus und zurück in mein eigenes Zimmer.

94. Ich schließe die Tür und fasse mit tränenlosem Blick den Flecken Tapete über dem Schreibtisch ins Auge, wo kein Bild leuchtet von dem strahlenden Arthur und mir, wie wir Hand in Hand über den Strand laufen, sondern eine hellrote Rose mit zwei grünen Blättern in einem Feld identischer hellroter Rosen, die ihr Licht ewig in den nichts begreifenden Raum der Zelle werfen und auf die Rosen an den anderen Wänden. Dies ist das Unreduzierbare, dies ist mein Zimmer (ich lehne mich zurück in meinem Stuhl), und ich habe nicht den Wunsch, daß es sich je ändere: denn die Genugtuung meiner dunklen Tage, der Trost, der mich davon abhält, die Augen zu schließen, die Arme zu verschränken und mich für immer in die Leere hineinzuschaukeln, ist das Wissen, daß diese Blumen von mir, von mir allein, die Energie beziehen, die sie befähigt, mit sich, miteinander zu kommunizieren in ihrer Ekstase reinen Seins, ebenso wie die Steine und Büsche des Graslandes summen vor Leben, vor solchem Glück, daß Glück nicht das Wort ist, weil ich dazu da bin, sie in die ihnen jeweils eigenen Schwingungen materiellen Gewahrwerdens dessen zu versetzen, daß ich in keinem Augenblick sie bin und sie nicht ich sind, die ich nie die Verzückung des reinen Selbst sein kann, das sie sind, sondern, ach, für immer abgesetzt bin von ihnen durch das Gebrabbel der Worte in mir, die mich zu etwas anderem machen, etwas anderem. Die Farm, die Wüste, die ganze Welt bis zum Horizont ist in einer Ekstase der Kommunion mit sich selbst, verstärkt durch den vergeblichen Drang meines Bewußtseins, sie zu bewohnen. Solche Gedanken denke ich, während ich die Tapete anschaue, darauf wartend, daß mein Atem ruhiger wird, daß die Angst weggeht. Ich wünschte, ich hätte nie lesen gelernt.

95. Aber die Bestie ist nicht bezaubert von meinem Gequassel. Stunde um Stunde schleicht sie sich durch den

Nachmittag an mich heran. Ich höre ihre Samtpfoten, rieche ihren stinkenden Atem. Es ist zwecklos, wenn ich weiter so renne, werde ich nur um so schändlicher verenden, niedergerissen von hinten in einem Sturzbach von Unterröcken, schreiend bis mir das Genick gebrochen ist, wenn die Bestie gnädig ist, oder bis mir die Gedärme herausgezerrt sind, wenn sie es nicht ist. Irgendwo auf der Farm treibt mein Vater sich herum, brennend vor Scham, bereit, jeden auf der Stelle totzuschlagen, der ihm mit dem Finger droht. Ist mein Vater die Bestie? Woanders auf der Farm werden drohend Hendrik und Anna sichtbar, er im Schatten eines Baumes seine Mundharmonika spielend, so stelle ich ihn mir noch immer vor, sie vor sich hinsummend, an ihren Zehen herumzupfend, darauf wartend, was als nächstes geschehen wird. Ist Hendrik die Bestie, der beleidigte Ehemann, der vom Stiefel seines Herrn niedergetretene Leibeigene, der sich erhebt, um nach Rache zu schreien? Anna, mit ihren scharfen kleinen Zähnen, ihren heißen Achselhöhlen – ist sie die Bestie, die Frau, raffiniert, lüstern, unersättlich? Ich rede und rede, um den Mut nicht sinken zu lassen, während sie mich umkreisen, lächelnd, mächtig. Was ist das Geheimnis ihrer Macht über mich? Was wissen sie, was ich nicht weiß? Wie ich mich auch drehe und wende, ich komme nicht weiter. Noch ein Monat, ich sehe es schon kommen, dann werde ich meinem Vater und meinem Dienstmädchen das Frühstück ans Bett bringen, während Hendrik sich in der Küche herumlümmelt, Kekse ißt, sein Klappmesser in die Tischplatte knallt und mich in den Hintern kneift, wenn ich vorbeigehe. Mein Vater wird ihr neue Kleider kaufen, während ich ihre schmutzige Unterwäsche auswasche. Er und sie werden den ganzen Tag im Bett liegen, in sinnlicher Trägheit sich suhlend, während Hendrik süffelt, Schakale die Schafe fressen und das Werk von Generationen zu Ruinen verfällt. Sie wird ihm olivhäutige Kinder gebären, die auf die Teppiche pinkeln und in den Gängen hin und her rennen. Sie wird mit Hendrik konspirieren, um ihm sein Geld und seine silberne Taschenuhr zu stehlen. Sie werden ihre Verwandten kommen lassen, Brüder und Schwestern und entfernte Vettern, und sie auf der Farm ansiedeln. Durch einen Spalt im Fensterladen werde ich zuschauen, wie sie samstag abends in Horden zu Gitarrenmusik tanzen, indes der alte Herr, lächelnd und nickend wie ein Idiot, auf der Veranda sitzt: Präsident des Festes.

96. Wer unter uns ist die Bestie? Meine Geschichten sind Geschichten, sie machen mir keine Angst, sie schieben nur den Moment hinaus, wo ich fragen muß: Ist es mein eigenes Knurren, das ich im Unterholz höre? Bin ich die zu Fürchtende, die Verschlingende, die Maßlose, weil es hier im Herzen des Landes, wo der Raum sich strahlenförmig von mir in alle vier Ecken der Erde erstreckt, nichts gibt, was mich aufhalten könnte? Wie ich da so sitze, ruhig meine Rosen anblicke und darauf warte, daß der Nachmittag zu Ende geht, fällt es mir schwer, das zu akzeptieren. Aber ich bin nicht so blöd zu glauben, was ich sehe. Und wenn ich mich sorgfältig einstimme auf das, was in mir vorgeht, kann ich untrüglich fühlen, wie der verschrumpelte Apfel meiner Gebärmutter, weit weg, sich hebt und schwebt, was nichts Gutes bedeutet. Ich bin vielleicht nur eine fünfundvierzig Kilogramm schwere alte Jungfer, vermutlich bin ich aber nicht harmlos. Also ist das vielleicht eine plausible Erklärung für meine Angst, eine Angst, die auch eine Erwartung ist: Ich habe zwar Angst vor dem, was ich tun werde, werde aber dennoch tun, was immer ich tue, denn wenn ich es nicht tue und mich wegschleiche, bis bessere Zeiten kommen, wird mein Leben weiterhin eine Linie sein, die von nirgendwo nach nirgendwo verläuft, ohne Anfang oder Ende. Ich will ein eigenes Leben, so gewiß, wie ich sicher bin, daß mein Vater sich sagte, daß er ein eigenes Leben wollte, als er das Päckchen mit den Herzen und Diamanten kaufte. Die Welt ist voll von Leuten, die sich ein eigenes Leben gestalten wollen, aber außerhalb der Wüste wird eine solche Freiheit nur wenigen gewährt. Hier in der Mitte von Nirgendwo kann ich mich bis in die Unendlichkeit ausdehnen, wie ich auch auf die Größe einer Ameise schrumpfen kann. Es fehlt mir an vielen Dingen, aber Freiheit ist keines von ihnen.

97. Aber während ich hier tagträumend gesessen habe, vielleicht sogar eingenickt war, die Backen auf die Fäuste gestützt und das Zahnfleisch entblößt, ist der Nachmittag vorbeigeglitten, das Licht ist nicht mehr grün, sondern grau, und es sind Schritte gewesen und Stimmen, die mich wachgerüttelt haben. Ich bin verwirrt, mein Herz hämmert; faulig und klebrig von der Benommenheit des Nachmittags, schwimmt mein Mund von salzigem Speichel.
Ich öffne die Tür einen Spalt. Die Stimmen sind am anderen Ende des Hauses. Die eine kommt von meinem Vater, der Befehle äußert, ich kenne den Ton, obwohl ich die Worte nicht ausmachen kann. Da ist noch eine zweite Stimme, aber von der weiß ich nur durch die Pausen der ersten.
Es ist so, wie ich befürchtet habe. Der Zauber, sich das Schlimmste vorzustellen, hat nicht gewirkt. Das Schlimmste ist eingetreten.
Jetzt kommen diese gestiefelten Schritte den Gang herauf. Ich mache die Tür zu und lehne mich dagegen. Ich kenne diesen Schritt schon mein ganzes Leben, und doch stehe ich da mit aufgerissenem Mund und jagendem Puls. Er macht mich wieder zu einem Kind! Stiefel, das Stampfen der Stiefel, die schwarzen Brauen, die schwarzen Löcher der Augen, die schwarze Höhle des Mundes, aus der das große Nein gebrüllt wird, eisern, kalt, donnernd, das mich

erstarren läßt, mich begräbt und mich einschließt. Ich bin wieder ein Kind, ein Winzling, eine Larve, ein weißes formloses Leben ohne Arme, ohne Beine, sogar ohne etwas, womit ich mich an die Erde klammern könnte, Saugnapf, Kralle; ich winde mich, wieder ist der Stiefel über mir, die Mundhöhle öffnet sich, und der große Wind weht, vereist mich bis in mein breiiges Herz hinein. Auch wenn ich mich gegen die Tür lehne, er braucht nur zu drücken, und ich werde fallen. Der Kern der Wut in mir ist weg, ich habe Angst, es gibt keine Gnade für mich, ich werde bestraft werden und dann für immer ohne Trost sein. Vor zwei Minuten hatte ich recht und er unrecht, ich war die schlummernde Furie auf dem harten Stuhl, die darauf wartete, ihn mit Schweigen, Abwesenheit, Verachtung und mit wer weiß was sonst noch zu konfrontieren; aber jetzt bin ich wieder im Unrecht, Unrecht, Unrecht, wie ich es gewesen bin, seit ich zur unrechten Zeit, am unrechten Ort, im unrechten Körper geboren wurde. Tränen laufen mir über die Wangen, meine Nase ist verstopft, es ist sinnlos, ich warte darauf, daß der Mann auf der anderen Seite der Tür entscheidet, welche Form das Unglück für mich heute abend annehmen soll.

98. Er klopft, drei leichte Klicks mit dem Fingernagel auf Holz. Wieder die Flut salzigen Speichels in meinem Mund. Ich kauere mich hin, den Atem anhaltend. Dann geht er fort: die gleichmäßigen Schritte entfernen sich, eins, zwei, drei... den Gang entlang. Das also ist meine Strafe! Er wollte mich nicht sehen, sondern mich über Nacht einschließen! Grausam, grausam, grausam! Ich weine in meiner Zelle.

Wieder kommen die Stimmen zu mir. Sie sind in der Küche. Er sagt ihr, sie solle das Essen auf den Tisch stellen. Sie nimmt Brot aus dem Brotkasten, Fett und Eingemachtes aus dem Küchenschrank. Er sagt ihr, sie solle Wasser aufsetzen. Sie sagt ihm, sie kenne sich nicht aus mit dem Paraffinkocher. Er zündet ihr den Kocher an. Sie stellt den Kessel auf die Flamme. Sie faltet die Hände und wartet auf das Kochen des Wassers. Er sagt ihr, sie solle sich setzen. Sie wird mit ihm zu Tische sitzen. Er hat eine Scheibe Brot abgeschnitten, die er ihr mit der Messerspitze hinschiebt. Er sagt ihr, sie solle essen. Sein Ton ist barsch. Er kann Zärtlichkeit nicht ausdrücken. Er erwartet, daß die Leute das verstehen und billigen. Aber niemand versteht es, niemand außer mir, die ich mein ganzes Leben in Ecken gesessen und ihn beobachtet habe. Ich weiß, daß seine Zornausbrüche und sein dumpfes Schweigen nur Masken sein können für eine Zärtlichkeit, die er nicht zu zeigen wagt, um nicht von ihren Folgen überwältigt zu werden. Er haßt nur, weil er nicht zu lieben wagt. Er haßt, um sich selbst zusammenzuhalten. Er ist kein schlechter Mensch, trotz allem. Er ist nicht ungerecht. Er ist lediglich ein alternder Mann, der wenig Liebe gehabt hat und meint, sie jetzt gefunden zu haben, wenn er Brot und Pfirsiche mit seinem Mädchen ißt und darauf wartet, daß das Kaffeewasser kocht. Keine friedvollere Szene ist vorstellbar, wenn man das verbitterte Kind ignoriert, das am anderen Ende des Hauses hinter der Tür die Ohren spitzt. Es ist ein Liebesfest, das sie feiern; aber ein Fest gibt es, das edler ist als das Fest der Liebe, und das ist das Familienmahl. Ich hätte auch eingeladen werden sollen. Ich hätte an diesen Tisch gesetzt werden sollen, ans Kopfende, wie es sich gehört, denn ich bin die Hausherrin; und sie, nicht ich würde aufzutragen und fortzuräumen haben. Dann könnten wir das Brot in Frieden brechen und liebevoll miteinander umgehen, jeder auf seine Weise, sogar ich. Aber es sind Trennungslinien gezogen worden, ich bin ausgeschlossen von der Kommunion, und so ist dies ein Haus zweier Geschichten geworden, einer Geschichte des Glücks oder eines

Sprunges nach dem Glück, und einer Geschichte des Leidens.

99. Ihre Löffel klimpern im Konzert. Sie sind Schleckermäuler, alle beide. Durch Schwaden von Dampf begegnen sich ihre Blicke. Hinter ihr liegt eine Woche, in der sie diesen sonderbaren Mann kennengelernt hat, der riesig ist, behaart, wabbelig, hinfällig, mächtig, und der heute abend herausfordernd auf den Plan getreten ist, um sie als seine Konkubine bekanntzugeben, als sein Eigentum. Denkt sie überhaupt an ihren Mann, der, in eine Decke gewickelt, unter kalten Sternen liegt oder stöhnend in seiner verlassenen Hütte, während die Knie ihres neuen Besitzers sie unter dem Tisch umfassen? Fragt sie sich, wie lange der sie schützen wird vor dem Zorn ihres Mannes? Denkt sie überhaupt an die Zukunft, oder hat sie an der Brust ihrer Mutter gelernt, im Überfluß der Gegenwart zu leben und darin verflucht zu sein? Macht sie die Beine bloß breit, stupide und stumpfsinnig, weil er der Herr ist, oder gibt es Verfeinerungen der Lust in der Unterwerfung, welche die eheliche Liebe niemals zu geben vermag? Ist ihr schwindelig durch ihre plötzliche Erhebung? Haben seine Geschenke sie berauscht, die Münzen, die Süßigkeiten, was immer er ihr herausgesucht hat aus der Hinterlassenschaft seiner Frau, eine Federboa, eine Rheinkieselkette? Warum sind diese Reliquien nie auf mich gekommen? Warum bleibt alles geheim vor mir? Warum sitze ich nicht auch am Küchentisch, lächelnd und angelächelt im warmen Dunst des Kaffeeduftes? Was erwartet mich nach meinem Fegefeuer der Einsamkeit? Werden sie das Geschirr spülen, bevor sie sich zurückziehen, oder werde ich mitten in der Nacht hervorkommen müssen wie eine Küchenschabe, um hinter ihnen herzuräumen? Wann wird sie anfangen, ihre Macht zu erproben, wann wird sie seufzen und vom Tisch aufstehen und sich recken und sich verziehen und die Unordnung dem Dienstmädchen überlassen? An dem Tag, da sie das tut – wird er es wagen, sie anzuschnauzen, oder wird er so vernarrt sein, daß nur noch die Verlockung ihrer Hinterbacken, wenn sie ins Schlafzimmer wackelt, für ihn zählt? Wenn sie aufhört, das Dienstmädchen zu sein, wer wird dann das Dienstmädchen sein, wenn nicht ich, es sei denn, ich laufe davon in die Nacht und komme nie mehr zurück, sondern sterbe in der Wüste und werde saubergepickt von den Vögeln, dann von den Ameisen, als ein Vorwurf? Wird er es überhaupt bemerken? Hendrik wird auf seinen Streifzügen über mich stolpern und mich in einem Sack zurückbringen. Sie werden mich in ein Loch kippen und mich abdecken und ein Gebet sprechen. Dann wird sie das Feuer anmachen und sich eine Schürze umbinden und das Geschirr spülen, den großen Berg Geschirr, Kaffeetasse um Kaffeetasse, den ich zurückgelassen habe, und seufzen wird sie und mich beneiden um meinen Tod.

100. Ich wälze mich herum in der Dunkelheit und geißele mich bis zum Wahnsinn. Zuviel Elend, zuviel Einsamkeit macht einen zum Tier. Ich verliere jede menschliche Perspektive. Einst, vor langer Zeit, hätte ich den Anfall vielleicht abgeschüttelt und mich, blaß und tränenverschmiert, durch den Gang geschleppt, um ihnen entgegenzutreten. Dann wäre der erotische Bann gebrochen gewesen, das Mädchen wäre von ihrem Stuhl gerutscht, mein Vater hätte mich hingesetzt und mir etwas zu trinken gegeben, damit ich mich erholte. Das Mädchen wäre vielleicht sogar in die Nacht verschwunden: alles wäre wieder gut gewesen, verschoben der Moment, da die Tür hinter den beiden zuschnappt und ich endlich weiß, daß ich ausgeschlossen bin von einem Zimmer, das zu betreten ich nie gut genug war. Aber heute abend habe ich das Wasser zu lange geschlagen, ich bin schwach, ich bin es leid, mir dauernd etwas zu erzählen, heute abend werde ich mich entspannen, aufgeben, die Lust des Ertrinkens erkunden, das Gefühl, wie mein Körper aus mir hinausgleitet und ein anderer hineingleitet, Glieder in meine Glieder, Mund in meinen Mund. Ich begrüße den Tod als eine Version des Lebens, in der ich nicht ich selber sein werde. Darin liegt ein Trugschluß, den ich sehen sollte, aber nicht sehen will. Denn wenn ich auf dem Meeresgrund erwache, wird es dieselbe alte Stimme sein, die aus mir brummelt, brummelt oder blubbert oder was immer es ist, was Worte unter Wasser machen. Wie langweilig! Wann wird das je aufhören? Der Mond scheint auf die schwarzen Falten einer Frau auf einem kalten Fußboden. Wie ein Miasma steigt von ihr eine Besessene auf mit aschigem Gesicht. Die Worte, die durch diese blauen Lippen geflüstert werden, sind meine. Ertrinkend, ertrinke ich in mir. Ein Phantom, bin ich kein Phantom. Ich bücke mich. Ich berühre diese Haut, und sie ist warm, ich kneife in dieses Fleisch, und es tut weh. Welcher Beweise bedarf es noch? Ich bin ich.

101. Ich stehe vor der Tür ihres Zimmers: drei neutrale Holzfelder und ein Porzellangriff, über dem meine Hand schwebt. Sie wissen, daß ich hier bin. Die Luft vibriert von meiner Anwesenheit. Sie erstarren in ihrer schuldbewußten Haltung und warten, daß ich etwas tue.
Ich klopfe an die Tür und spreche.
»Papa… Kannst du mich hören?«
Sie sagen nichts, horchen auf die Ungeheuerlichkeit ihres Atmens.
»Papa, ich kann nicht schlafen.«
Sie blicken einander in die Augen, sein Blick sagt: Was soll ich tun? Ihr Blick sagt: Sie ist nicht meine Tochter.
»Papa, mir ist so seltsam zumute. Was soll ich bloß machen?«

102. Ich schlurfe wieder in die Küche. Mondlicht fällt durch das gardinenlose Fenster auf den leeren Tisch. Im Spülbecken liegen ein Teller und zwei Tassen, darauf wartend, abgewaschen zu werden. Die Kaffeekanne ist noch warm. Ich könnte auch Kaffee trinken, wenn mir danach wäre.

103. Ich liebkose den weißen Türgriff. Meine Hand ist feucht.

»Papa... Kann ich was sagen?«

Ich drehe den Türgriff. Die Sperre bewegt sich, aber die Tür geht nicht auf. Sie haben abgeschlossen.

Ich höre ihn auf der anderen Seite der Tür atmen. Ich klopfe laut, mit der Unterseite der Faust. Er räuspert sich und spricht ruhig.

»Es ist spät, Kind. Laß uns lieber morgen reden. Geh jetzt erst mal schlafen.«

Er hat gesprochen. Da er es für nötig hielt, die Tür vor mir abzuschließen, hat er es nun für nötig gehalten, zu mir zu sprechen.

Ich bumse noch einmal laut an die Tür. Was wird er machen?

Das Schloß schnappt auf. Durch den Spalt schlängelt sein Arm sich heraus gegen mich, milchweiß trotz der schwarzen Behaarung. Sofort hat er mein Handgelenk gepackt und quetscht es mit der ganzen Kraft dieser großen Hand. Ich winde mich, werde aber niemals losschreien. Was klingt wie ein Sturzbach Spreu, ist sein Flüstern, rauh, wütend.

»Geh ins Bett! Hast du verstanden?«

»Nein! Mir ist nicht nach Schlafen!«

Dies sind nicht meine Tränen, es sind lediglich Tränen, die aus mir herauskommen, wie der Urin, den ich ausscheide, nichts ist als Urin.

Die große Hand gleitet an meinem Arm hinauf, bis sie

meinen Ellbogen findet und packt. Ich werde niedergezwungen; mein Kopf stemmt sich gegen den Türpfosten. Ich spüre keinen Schmerz. Es geschieht etwas in meinem Leben, das ist besser als Einsamkeit, ich bin zufrieden.
»Jetzt reicht's aber! Hör auf, mich zu reizen! Verschwinde!«
Ich werde zurückgestoßen. Die Tür knallt zu. Der Schlüssel dreht sich.

104. Ich kauere an der Wand gegenüber der Tür. Mein Kopf wackelt hin und her. Aus meiner Kehle kommt etwas, was nicht ein Schrei, ein Stöhnen, eine Stimme ist, sondern ein Wind, der von den Sternen her über die polaren Einöden hinweg durch mich hindurchbläst. Der Wind ist weiß, der Wind ist schwarz, er sagt nichts.

105. Mein Vater steht vor mir. Angezogen, ist er ganz sein herrisches Selbst. Mein Kleid ist hochgerutscht, er kann meine Knie sehen und die schwarzen Socken und Schuhe, in denen meine Beine enden. Im Grunde ist mir egal, was er sieht. Der Wind pfeift noch immer durch mich hindurch, aber leise jetzt.
»Komm, Kind, nun aber ab mit dir ins Bett.«
Der Ton ist ruhig, aber ich, die ich alles höre, höre den gereizten Unterton heraus und weiß, daß er unecht ist.
Er schnappt sich mein Handgelenk und zieht meinen schlaffen Marionettenkörper hoch. Wenn er losläßt, falle ich. Was mit diesem Körper geschieht, ist mir egal. Wenn er ihn mit den Absätzen zu Brei stampfen will, werde ich nicht protestieren. Ich bin ein Ding, das er bei den Schultern hält und durch den Gang zu der Zelle am entferntesten Ende steuert. Der Gang ist endlos, unsere Schritte donnern, unablässig beißt kalter Wind mir ins Gesicht, die

Tränen fressend, die mir von den Wangen tropfen. Der Wind bläst überall, er kommt aus jedem Loch, er verwandelt alles in Stein, in den eiszeitlichen, bis in den Kern erstarrten Stein der fernsten Sterne, der Sterne, die wir nie zu Gesicht bekommen und die von Unendlichkeit zu Unendlichkeit ein Leben in Finsternis und Unwissenheit zubringen, sofern ich sie nicht mit Planeten verwechsele. Der Wind bläst aus meinem Zimmer, durch das Schlüsselloch, durch die Ritzen; wenn die Tür aufgeht, werde ich von ihm verzehrt werden, ich werde am Eingang dieses schwarzen Strudels stehen, ohne Gehör, ohne Berührung, verschlungen von dem Wind, der durch die Räume zwischen den Atomen meines Körpers braust, in den Höhlen hinter meinen Augen heult.

106. Auf die vertraute grüne Steppdecke legt er mich. Er hebt meine Füße an und zieht mir die Schuhe aus. Er zieht mein Kleid glatt. Was kann er noch tun? Was wagt er noch zu tun? Wieder kommt dieser ruhige Ton.
»Komm, schlaf jetzt, mein Kind, es ist schon spät.«
Seine Hand liegt auf meiner Stirn, die schwielige Hand eines Mannes, der Zaundraht biegt. Wie zart, wie tröstend! Aber er will nur wissen, ob ich Fieber habe, ob an der Wurzel meiner Verzweiflung eine Mikrobe sitzt. Soll ich ihm sagen, daß keine Mikroben in mir sind, daß ihnen mein Fleisch zu sauer ist, als daß sie darin Unterschlupf suchten?

107. Er hat mich verlassen. Erschöpft liege ich da, indes sich die Welt um mein Bett dreht und dreht. Ich habe gesprochen, und es ist zu mir gesprochen worden, habe berührt und bin berührt worden. Folglich bin ich mehr als bloß die Spur dieser Worte, die mir auf ihrem Weg von nirgendwo nach nirgendwo durch den Kopf gehen, ein Lichtstreifen gegen die Leere des Raumes, eine Sternschnuppe (wie voll von Astronomie ich heute abend bin). Was also ist der Grund dafür, daß ich mich nicht einfach auf die Seite drehe und einschlafe, so wie ich bin, ganz angezogen, und morgen früh aufwache und das Geschirr spüle und bescheiden im Hintergrund auf meine Belohnung warte, die zweifellos kommen muß, wenn Gerechtigkeit im Universum herrschen soll? Was, andererseits, ist der Grund dafür, daß ich nicht einschlafe, sondern in Gedanken immer wieder die Frage wälze, warum ich nicht einschlafe, so wie ich bin, ganz angezogen?

108. Die Tischglocke steht an ihrem Platz auf dem Büfett. Ich hätte lieber etwas Größeres gehabt, eine laute, scheppernde Glocke, eine Schulglocke. Vielleicht liegt die alte Schulglocke auf dem Dachboden herum, staubbedeckt, ihrer Auferstehung harrend, falls es je eine Schule gab. Aber ich habe keine Zeit, sie hervorzusuchen (obwohl, würde ihnen nicht das Herz schier stehenbleiben, wenn sie das Huschen von Mäusepfoten vernähmen, das Schlappen von Fledermausflügeln, den geisterhaften Schritt der Rächerin über ihrem Bett?). Leise wie eine Katze, barfüßig, den Klöppel festhaltend, schleiche ich durch den Gang und lege das Ohr ans Schlüsselloch. Alles ist still. Liegen sie mit angehaltenem Atem da, beide den Atem anhaltend, darauf wartend, daß ich in Aktion trete? Schlafen sie schon? Oder liegen sie einander in den Armen? Wird es so gemacht, mit so winzigen Bewegungen, daß das Ohr sie nicht hören kann, wie zusammenklebende Fliegen?

109. Die Glocke tönt mit einem feinen, anhaltenden, vornehmen Klingeln. Wenn ich es leid bin, sie mit der rechten Hand zu läuten, nehme ich sie in die linke.

Ich fühle mich besser als das letzte Mal, als ich hier stand. Ich bin ruhiger. Ich fange an zu summen, zuerst schwankend von dieser auf die andere Seite des Glockentones, dann finde ich seine Höhe und halte sie.

110. Die Zeit verstreicht, ein Nebel, der sich lichtet, verdichtet und in die vor ihm liegende Dunkelheit gesaugt wird. Was ich für meinen Schmerz halte, obwohl es nur Einsamkeit ist, beginnt zu vergehen. Meine Gesichtsknochen tauen auf, ich werde wieder weich, ein weiches menschliches Tier, ein Säugetier. Die Glocke hat einen Takt gefunden, viermal leise, viermal laut, zu dem ich anfange zu schwingen, zuerst die gröberen Muskeln, dann die feineren. Meine Kümmernisse verlassen mich. Kleine, stockartige Geschöpfe, kriechen sie aus mir heraus und verziehen sich.

111. Alles wird noch gut werden.

112. Ich bin geschlagen worden. Das ist es, was geschehen ist. Man hat mir einen heftigen Schlag auf den Kopf versetzt. Ich rieche Blut, mir dröhnen die Ohren. Die Glocke wird mir aus der Hand gerissen. Ich höre sie zu Boden fallen, lärmend, weit hinten im Gang, und sehe sie mal nach links, mal nach rechts rollen, wie Glocken das tun. Der Gang hallt wider, eintönig, von Schimpfworten, die keinen Sinn für mich ergeben. Ich rutsche an der Wand herunter und setze mich behutsam auf den Fußboden. Jetzt kann ich das Blut schmecken. Meine Nase blutet. Ich schlucke Blut. Auch wenn ich die Zunge herausstrecke, schmecke ich es auf meinen Lippen.
Wann bin ich zuletzt geschlagen worden? Ich weiß es nicht

mehr. Vielleicht bin ich nie geschlagen worden, vielleicht bin ich nur gehegt worden, obwohl das schwer zu glauben ist, gehegt, gescholten und vernachlässigt. Der Schlag tut nicht weh, aber er beleidigt. Ich bin beleidigt und empört. Eben war ich, was Schläge betrifft, noch eine Jungfrau, nun nicht mehr.

Das Geschimpfe hängt noch in der Luft, wie Hitze, wie Rauch. Wenn ich will, kann ich hinauflangen und die Hand in seiner Dichte schwenken.

Über mir ragt ein riesiges weißes Segel auf. Die Luft ist vollgepackt mit Lärm. Ich schließe die Augen und jede andere Öffnung, die ich schließen kann. Der Lärm sickert in mich hinein. Ich fange an zu zittern. Mein Magen revoltiert.

Es erfolgt noch ein Schlag, Holz auf Holz. Weit, weit weg klappert ein Schlüssel. Die Luft dröhnt noch immer, obwohl ich nun allein bin.

Man hat es mir gegeben. Ich war ein Ärgernis, und nun hat man's mir gegeben. Das ist etwas, worüber ich nachdenken kann, solange mir noch Zeit bleibt.

Ich finde meinen alten Platz an der Wand wieder, behaglich, diesig, zu mattem Schmachten ladend. Ob es, wenn das Denken einsetzt, Sinnen oder Träumen sein wird, weiß ich nicht.

Es gibt ungeheuer große Gebiete in der Welt, wo es, wenn man glauben kann, was man liest, immer schneit.

Irgendwo, in Sibirien oder Alaska, gibt es ein Feld, schneebedeckt, und in dessen Mitte einen Pfahl, schief, verwittert. Obwohl es vielleicht erst Mittag ist, ist das Licht so trübe, daß es Abend sein könnte. Der Schnee rieselt endlos. Sonst gibt es nichts, so weit das Auge sehen kann.

113. Dort, wo eigentlich die Garderobe ist, an der Haustür, an der Stelle, wo die Schirme stünden, wenn wir je

Schirme benutzten, wenn unsere Reaktion auf Regen hier nicht die wäre, unsere Gesichter ihm entgegenzuheben und jubelnd die schweren Tropfen mit dem Mund aufzufangen – da stehen die Gewehre; die doppelläufige Schrotflinte für das Rebhuhn und den Hasen, und das andere, die Lee-Enfield-Büchse. Das Visier der Lee-Enfield ist bis auf Zweitausend Yards einstellbar. Ich staune.

Wo die Schrotpatronen aufbewahrt werden, weiß ich nicht. Aber in der kleinen Schublade der Garderobe, wo sie seit Jahren zwischen Knöpfen und Nadeln gelegen haben, sind sechs 303-Patronen mit spitzen Bronzenasen. Ich finde sie durch Tasten.

Auf den ersten Blick würde man mir nicht zutrauen, daß ich mit einem Gewehr umgehen kann, aber ich kann es. Es gibt mehrere Dinge, die man mir nicht zutraut. Ich bin nicht sicher, ob ich im Dunkeln ein Magazin laden kann, aber ich kann eine einzelne Patrone in die Ladeöffnung schieben und den Verschluß spannen. Meine Handflächen sind unangenehm feucht für jemanden, der normalerweise so trocken ist, daß die Haut sich schuppt.

114. Ich bin nicht entspannt, obwohl ich mich in Aktion befinde. Irgendwo hat sich eine Leere in mich hineingeschlichen. Nichts, was zur Zeit geschieht, befriedigt mich. Ich war befriedigt, als ich die Glocke schwingend und im Dunkeln summend dastand, aber ich bezweifele, daß ich, wenn ich zurückginge und herumtastete und die Glocke unter einem Möbelstück wiederfände und die Spinnweben wegwischte und läutend und summend dastünde – daß ich dieses Glücksgefühl wiedererlangen könnte. Gewisse Dinge scheinen nicht wiedererlangbar zu sein. Vielleicht beweist das die Realität der Vergangenheit.

115. Ich bin nicht entspannt. Ich kann nicht glauben, was mir geschieht. Ich schüttele kurz den Kopf und kann plötzlich nicht verstehen, warum ich die Nacht nicht schlafend in meinem Bett verbringe; ich kann nicht verstehen, warum mein Vater die Nacht nicht schlafend in seinem eigenen Bett verbringt und Hendriks Frau die Nacht nicht in ihrem und Hendriks Bett, schlafend. Ich sehe nicht die Notwendigkeit hinter dem, was wir tun, jeder von uns. Wir sind nicht mehr als eine Laune, eine Laune nach der anderen. Warum können wir nicht akzeptieren, daß unser Leben leer ist, so leer wie die Wüste, in der wir leben, und daß wir es damit verbringen, fröhlichen Herzens Schafe zu zählen oder Tassen abzuwaschen? Ich sehe nicht ein, warum unsere Lebensgeschichte interessant sein sollte. Alles überlege ich zweimal.

116. Die Kugel ruht behaglich in ihrer Kammer. Worin besteht meine eigene Verderbtheit? Denn nachdem ich innegehalten habe, um nochmals zu überlegen, werde ich mit Sicherheit doch so weitermachen wie vorher. Vielleicht ist, was mir fehlt, der Entschluß, nicht der Langweiligkeit der Töpfe und Pfannen und desselben alten Kissens jede Nacht ins Auge zu sehen, sondern einer Geschichte, die so langweilig ist im Gang der Erzählung, daß sie ebensogut eine Geschichte des Schweigens sein könnte. Was mir fehlt, ist der Mut, aufzuhören zu reden, mich zu verlieren in dem Schweigen, aus dem ich kam. Die Geschichte, die ich mache, indem ich diese schwere Büchse lade, ist nur ein rasendes, falsches Gebrabbel. Bin ich einer von diesen Menschen, die so substanzlos sind, daß sie nur mit Kugeln aus sich herausgehen können? Das ist es, was ich fürchte, während ich, eine unglaubwürdige Gestalt, eine bewaffnete Dame, mich hinausschleiche in die sternenhelle Nacht.

117. Der Hof ist in silberblaues Licht getaucht. Die weißgetünchten Wände des Vorratshauses und des Wagenhauses leuchten gespenstisch fahl. Weit weg im Gelände glänzen die Windblätter der Wasserpumpe auf. Das Ächzen und Stampfen des Kolbens wird schwach, aber deutlich von der Nachtbrise zu mir getragen. Die Schönheit der Welt, in der ich lebe, nimmt mir den Atem. Ähnlich, so liest man, fällt es Verurteilten wie Schuppen von den Augen, wenn sie zum Galgen oder zum Richtblock gehen, und in einem Moment großer Reinheit, durchdrungen von dem Schmerz, sterben zu müssen, danken sie dafür, gelebt zu haben. Vielleicht sollte ich meine Anhänglichkeit an die Sonne auf den Mond übertragen.

Ein Geräusch, das ich vernehme, gehört allerdings nicht hierher. Einmal schwächer, einmal stärker, ist es das Geräusch eines Hundes, der die Staupe hat und unablässig am Winseln und Knurren und Hecheln ist; aber es kommt nicht von einem Hund, sondern von einem Affen oder einem menschlichen Wesen oder von mehreren menschlichen Wesen hinter dem Haus.

Das Gewehr vor mich haltend wie ein Tablett, gehe ich auf Zehenspitzen durch den Kies, um das Wagenhaus herum, und komme hinten heraus. An der ganzen Hauswand entlang verläuft schräg ein Schattenstreifen. Im Schatten vor der Küchentür liegt, was immer es ist, jedenfalls kein Hund oder Affe, sondern ein Mann, tatsächlich ist es (wie ich näher kommend sehe) Hendrik, genau der Mann, der nicht hier sein sollte. Sein Lärm, sein Gebrabbel, falls das das Wort ist, hört auf, als er mich erblickt. Er tut so, als wollte er sich erheben, als ich mich nähere, sinkt aber wieder zurück. Abwehrend streckt er mir die Hände entgegen.

»Nicht schießen!« sagt er. Das ist seine Art, Witze zu machen.

Mein Finger bleibt auf dem Abzug. Vorerst lasse ich mich durch äußeren Schein nicht irreführen. Gestank steigt auf

von ihm, nicht Wein, sondern Brandy. Nur von meinem Vater kann er Brandy bekommen haben. Also bestochen, nicht getäuscht.
Mit einer Hand hinter sich an der Küchentür, versucht er erneut, sich zu erheben. Sein Hut fällt ihm vom Schoß auf die Erde. Er greift danach und kippt langsam auf die Seite.
»Ich bin's«, sagt er, die freie Hand zur Gewehrmündung hebend, die außerhalb seiner Reichweite ist. Ich trete einen Schritt zurück.
Auf der Seite liegend, auf der Stufe vor der Tür, die Knie angezogen, vergißt er mich und fängt an zu schluchzen. Das also war der Lärm. Bei jeder Zuckung schlagen seine Füße leicht aus.
Es gibt nichts, was ich für ihn tun könnte.
»Du wirst dich erkälten, Hendrik«, sage ich.

118. Die Tür zum Zimmer meines Vaters ist mir verschlossen, aber das Fenster ist offen wie immer. Heute nacht habe ich mir lange genug die Geräusche anderer Leute angehört. Darum ist es notwendig, rasch zu handeln, ohne zu denken, und, da ich mir die Ohren nicht verstopfen kann, leise vor mich hinzusummen. Ich schiebe den Gewehrlauf zwischen die Vorhänge. Den Schaft auf die Fensterleiste legend, senke ich den Kolben, so daß der Lauf ganz bestimmt an die Decke auf der anderen Seite des Zimmers gerichtet ist, und, die Augen schließend, ziehe ich den Abzug.
Ich hatte noch nie das Vorrecht zu hören, wie eine Schußwaffe in einem Haus abgefeuert wird. Ich bin es gewohnt, Welle um Welle von Echos aus den Bergen zurückkommen zu hören. Aber jetzt gibt es einfach nur den Ruck des Kolbens gegen meine Schulter, den Knall, platt, nicht bemerkenswert, und dann den Augenblick der Stille vor dem ersten der Schreie.

Während ich zuhöre, schnuppere ich den Pulverdampf. Feuerstein gegen Feuerstein geschlagen, ruft einen Funken hervor und ein Wölkchen desselben zu Kopf steigenden Rauches.

119. So einen Schrei habe ich tatsächlich noch nie gehört. Er füllt die dunkle Kammer mit seinem Glanz und strahlt durch die Wände, als wären sie aus Glas. In kleinen Jip-jips sich erschöpfend, bricht er sofort wieder aus. Ich staune. Ich hätte nicht gedacht, daß man so laut schreien kann.
Der Verschluß geht auf, die leere Patronenhülse fällt mir klimpernd vor die Füße, die zweite Patrone, kühl, fremd, gleitet in die Kammer.
Die Schreie werden kürzer, sie nehmen einen Rhythmus an. Es gibt auch zahlreiche zornige, tiefere Laute ohne Rhythmus, auf die ich später gesondert eingehen werde, wenn ich Zeit habe, falls ich mich dann noch an sie erinnern kann.
Ich hebe den Lauf, schließe die Augen und ziehe den Abzug. Im selben Moment flitzt mir die Flinte aus den Händen. Der Knall ist noch platter als der vorige. Das ganze Gewehr verläßt mich überraschenderweise. Mit einer Schlängelbewegung ist es durch die Vorhänge verschwunden. Mit leeren Händen ruhe ich auf den Knien.

120. Ich sollte jetzt gehen. Ich habe genug Ärger gemacht, mein Magen ist unangenehm erregt, die Nacht ist ihnen verdorben, ich werde zweifellos dafür zahlen müssen. Es wäre jetzt erst einmal das beste für mich, allein zu sein.

121. Hendrik steht mitten auf dem Hof im Mondlicht und beobachtet mich. Ich habe keine Ahnung, was er denkt.

In kühlen, wohlgesetzten Worten spreche ich zu ihm: »Geh schlafen, Hendrik. Es ist spät. Morgen ist auch noch ein Tag.«
Er schwankt, das Gesicht vom Hut verschattet.
Das Schreien ist zum Schimpfen übergegangen. Es wäre das beste für uns alle, wenn ich verschwände.
Ich mache einen Bogen um Hendrik und nehme den Weg, der vom Farmhaus wegführt oder, wenn man es anders sehen will, der in die weite Welt führt. Anfangs habe ich das Gefühl, einen verwundbaren Rücken zu haben, aber das vergeht bald.

122. Ist es möglich, daß es eine Erklärung gibt für all die Dinge, die ich tue, und daß diese Erklärung in mir selber liegt, wie ein in einer Büchse klappernder Schlüssel, der darauf wartet, herausgenommen und benutzt zu werden, um das Geheimnis zu lüften? Ist folgendes der Schlüssel: Durch Austragen des Konfliktes mit meinem Vater hoffe ich, mich herauszureißen aus der ewigen Mitte der Meditation über unabhängige Existenz und hineinzukommen in einen echten Agon mit Krise und Lösung? Falls ja, möchte ich den Schlüssel benutzen, oder möchte ich ihn beiläufig am Wegrand fallenlassen und nie wiedersehen? Und ist es nicht bemerkenswert, wie ich im einen Moment von einem Schauplatz der Krise weggehen kann, von Gewehrfeuer und Schreien und abgebrochenen Lüsten, mit den Schuhen über die Kiesel schlurfend, indes die Mondstrahlen über mich herfallen wie Stangen aus Silber, die Nachtbrise kalt wird, und wie ich im nächsten Moment unempfindlich gegenüber den Dingen und wieder im Geplätscher der Worte sein kann? Bin ich, frage ich mich, ein Ding unter Dingen, ein von Sehnen und knöchernen Hebeln auf einer Fährte vorangetriebener Körper, oder bin ich ein durch die Zeit sich bewegender Monolog, etwa fünf Fuß über dem

Boden, sofern sich nicht herausstellt, daß der Boden auch wieder nur ein Wort ist, in welchem Falle ich tatsächlich verloren wäre? Was immer der Fall sein mag, ich bin einfach nicht in so eindeutiger Weise ich selber, wie ich es für wünschenswert halte. Wann werde ich mein Verhalten von heute nacht wiedergutmachen? Ich hätte friedlich bleiben oder nicht so halbherzig sein sollen. Mein Ekel vor Hendriks Kummer hat meine Halbherzigkeit gezeigt. Eine Frau mit rotem Blut in den Adern (was für eine Farbe hat meines? Ein wässeriges Rosa? Ein tintiges Violett?) hätte ihm ein Hackmesser in die Hand gedrückt und ihn ins Haus verfrachtet, damit er Rache übe. Eine Frau, die entschlossen ist, ihr Leben selbst in die Hand zu nehmen, wäre nicht davor zurückgescheut, die Vorhänge aufzureißen und die schuldschwere Tat mit Licht zu überfluten, dem Licht des Mondes, dem Licht von Brandfackeln. Aber ich, wie ich befürchtete, schwebe ewig zwischen der Ausführung des Dramas und dem Schmachten der Meditation. Obwohl ich zielte und abzog, schloß ich die Augen. Es war nicht nur die Schwäche einer Frau, die mich so handeln ließ, es war eine private Logik, eine Psychologie, die mich daran hindern sollte, meinen Vater nackt zu sehen. (Vielleicht war es dieselbe Psychologie, die mich unfähig machte, aus mir herauszugehen, um Hendrik zu trösten.) (Von der Nacktheit des Mädchens habe ich nichts gesagt. Warum?) Es ist tröstlich, eine Psychologie zu haben – denn hat es je ein Geschöpf gegeben, das mit einer Psychologie gesegnet war, ohne eine Existenz zu haben? –, aber auch das bannt die Sorge nicht. Wessen Geschöpf, in einer Erzählung von unbewußten Motiven, würde ich sein? Meine Freiheit steht auf dem Spiel. Ich werde in eine Ecke gedrängt von Kräften, die sich meiner Kontrolle entziehen, bald wird mir nichts mehr bleiben, als weinend in einer Ecke zu sitzen und mit den Muskeln zu zucken. Es macht keinen Unterschied, daß die Ecke sich mir in diesem Moment darstellt als ein langer Spaziergang auf offenem Weg: an dessen Ende werde ich entdecken, daß die Erde rund ist: Ecken haben viele Formen. Ich bin nicht ausgerüstet für ein Leben unterwegs. Das heißt, ich habe wohl Füße und Beine, und auch ernähren könnte ich mich, das Gegenteil zu behaupten wäre Selbstbetrug – mit Heuschrecken und Regengüssen und einem Paar Schuhen zum Wechseln könnte ich endlos weiterlaufen –, aber die Wahrheit ist, daß ich die Leute, denen ich begegnen werde, nicht verkraften kann, die Gastwirte und Postkutscher und Wegelagerer, falls das das Jahrhundert ist, in dem ich mich befinde, und die Abenteuer, die Schändungen und Raubüberfälle, nicht daß ich etwas hätte, was zu rauben sich lohnte, nicht daß ich etwas hätte, was zu schänden sich lohnte, das wäre eine denkwürdige Szene, obwohl es den unwahrscheinlichsten Leuten widerfährt. Falls andererseits der Weg aber allezeit so ist wie der Weg jetzt ist, dunkel, gewunden, steinig, falls ich immerzu dahinstolpern kann bei Mondlicht oder bei Sonnenlicht, je nach dem, ohne an solchen Orten herauszukommen wie Armoede oder der Bahnstation oder der Stadt, wo Töchter unter die Räder geraten, falls, Wunder aller Wunder, der Weg weitergeht nach nirgendwo, Tag für Tag, Woche für Woche, Jahreszeit für Jahreszeit, außer vielleicht, wenn ich Glück habe, bis ans Ende der Welt, dann könnte ich mich ihr hingeben, der Geschichte des Lebens unterwegs, ohne Psychologie, ohne Abenteuer, ohne Gestaltung oder Form, schlapp-schlapp, in meinen alten Knöpfschuhen, die irgendwann zerfetzt sind, aber sogleich ersetzt werden durch die neuen Knöpfschuhe, die mir an einer Schnur um den Hals hängen wie zwei schwarze Brüste, mit seltenen Pausen wegen der Suche nach Heuschrekken und Regenwasser und noch selteneren Pausen, wenn mich ein natürliches Bedürfnis überkommt, und anderen Pausen für den Schlummer und für Traumreisen, ohne die wir sterben, und das Band meiner Meditation, Schwarz auf

Weiß, fünf Fuß über dem Boden schwebend wie Nebel, bis an den Horizont sich erstreckend – ja, einem solchen Leben könnte ich mich hingeben. Wenn ich wüßte, daß das alles ist, was von mir verlangt wird, würde mein Schritt sich sofort beschleunigen, weiter würde ich ausschreiten, schwingen würden meine Hüften, frohen Herzens und mit einem Lächeln auf den Lippen würde ich dahinwallen. Aber aus vernünftigem Grund habe ich den Verdacht, oder vielleicht ohne vernünftigen Grund, diese Sphäre ist keine Sphäre der Vernunft, habe ich einen Verdacht, einen reinen und einfachen Verdacht, einen grundlosen Verdacht, daß dieser Weg, nehme ich die rechte Abzweigung, zu der Ansiedlung Armoede führt, und nehme ich die linke, zur Bahnstation. Und wähle ich den Weg nach Süden, über die Schienenschwellen, werde ich mich eines Tages am Meer wiederfinden, werde am Strand entlangwandern und der Brandung lauschen oder auch geradewegs ins Meer hineinmarschieren können, wo mein Kopf, da ein Wunder ausbleibt, unerbittlich vorangetrieben von seinen Hilfsmechanismen, untergetaucht werden wird und das Band der Worte endlich für immer in einem Gewurl von Blasen sich verliert. Und was werde ich zu den Leuten im Zug sagen, die mich so seltsam beäugen wegen der Ersatzschuhe um meinen Hals, wegen der Heuschrecken, die mir aus der Handtasche hüpfen – zu dem freundlichen alten silberhaarigen Herrn, der dicken Dame in schwarzem Kattun, die sich ihre transpirierende Oberlippe mit dem zierlichsten aller Taschentücher betupft, dem steifen jungen Mann, der mich so intensiv anblickt und mir jeden Moment als mein vor langem verlorener Bruder oder mein Verführer oder gar als beides, das hängt vom Jahrhundert ab, offenbart werden könnte? Was für Worte habe ich für sie? Ich öffne die Lippen, sie sehen meine marmorierten Zähne, sie riechen mein kariöses Zahnfleisch, sie erbleichen, da sie anfaucht der alte kalte schwarze Wind, der aus mir von nirgendwo nach nirgendwo bläst, unaufhörlich.

123. Mein Vater sitzt auf dem Fußboden, mit dem Rükken am Fußteil des großen Doppelbettes, in dem so viel des Zeugens in unserer Familie vonstatten gegangen ist. Bis zur Hüfte ist er nackt. Sein Fleisch ist lilienweiß. Sein Gesicht, das dasselbe Backsteinbraun haben sollte wie seine Unterarme, ist gelb. Er sieht mir gerade in die Augen, wie ich dastehe, die Hand vor dem Mund, im ersten Frühlicht.
Sein übriger Körper ist grün verhüllt. Er hat die grünen Vorhänge heruntergerissen, mitsamt der Vorhangstange, deswegen ist es so hell im Zimmer. Es ist der Vorhang, den er sich um seine Mitte hält.
Wir blicken einander an. Sosehr ich es auch versuche, ich kann nicht entziffern, was für Gefühle sein Gesicht ausdrückt. Mir fehlt die Fähigkeit, in Gesichtern zu lesen.

124. Ich gehe durch das Haus und schließe Türen: zwei Wohnzimmertüren, zwei Eßzimmertüren, Schlafzimmertür, Schlafzimmertür, Nähzimmertür, Kontortür, Badezimmertür, Schlafzimmertür, Küchentür, Speisekammertür, Tür meines Zimmers. Einige Türen sind bereits geschlossen.

125. Die Tassen sind noch nicht abgewaschen.

126. Es sind Fliegen im Zimmer meines Vaters. Die Luft ist dick von ihrem Gebrumm. Sie krabbeln auf seinem Gesicht herum, und er wischt sie nicht weg, er, der stets ein mäkeliger Mensch gewesen ist. Sie wimmeln auf seinen Händen, die rot sind von Blut. Auf dem Fußboden sind Spritzer von getrocknetem Blut, und der Vorhang ist verklebt von Blut. Ich bin nicht zimperlich bei Blut, ich habe gelegentlich Blutwurst gemacht, aber in diesem Fall bin ich

mir nicht sicher, ob es nicht besser wäre, das Zimmer für eine Weile zu verlassen, einen kleinen Rundgang zu machen, um den Kopf klarzukriegen. Ich bleibe jedoch, ich werde hier festgehalten.
Er spricht, nachdem er sich ausgiebig geräuspert hat. »Hol Hendrik«, sagt er. »Sag Hendrik, er soll kommen, bitte.«
Er wehrt sich nicht, als ich ihm die Finger von dem blutigen Knäuel Vorhang löse, das er an sich drückt. In seinem Bauch ist ein Loch, so groß, daß ich meinen Daumen hineinschieben könnte. Das Fleisch um es herum ist versengt. Seine Hand schnappt sich eine Ecke von dem Vorhang und bedeckt sein Geschlecht.
Wieder ist es meine Schuld. Nichts kann ich richtig machen. Ich lege das Knäuel zurück.

127. Ich renne jetzt, wie ich seit meiner Kindheit nicht mehr gerannt bin, mit geballten Fäusten, pumpenden Armen und mit Füßen, die sich durch den grauen Sand des Flußbettes schaufeln. Ich gehe völlig auf in meiner Mission, Aktion ohne Reflektion, ein Fünfundvierzig-Kilo-Tier, kraft Katastrophe durch den Raum sich werfend.

128. Hendrik schläft auf der unbezogenen Matratze. Ich beuge mich über ihn, Gestank von Schnaps und Urin überflutet mich. In sein taubes Ohr keuche ich meine Botschaft: »Hendrik, wach auf, steh auf! Der Baas hat einen Unfall gehabt! Komm und hilf!«
Er wirft die Arme hoch, trifft mich, schimpft lallend vor sich hin und sinkt zurück in seinen Stupor.
Das Mädchen ist nicht da. Wo ist sie?
Ich fange an, Dinge nach Hendrik zu schleudern, einen Wasserkessel, händeweise Löffel und Messer, Teller. Ich nehme den Besen und ramme ihm die Borsten ins Gesicht.

Schwankend steht er vom Bett auf, hält sich schützend die Arme vors Gesicht. Ich stoße und stoße. »Hör zu, wenn ich mit dir rede!« keuche ich. Ich bin außer mir vor Wut. Wasser läuft aus dem Kessel auf die Matratze. Rückwärts kriecht er aus der Tür. Geblendet von der Sonne, rollt er sich im Staub wieder zusammen.
»Wo ist die Flasche? Sag's mir! Wo ist der Brandy? Wo hast du den Brandy her?« Ich stehe mit dem Besen über ihm, einigermaßen froh, daß niemand uns beobachtet, einen erwachsenen Mann, eine erwachsene Frau.
»Lassen Sie mich in Ruhe, Miss! Ich habe nichts gestohlen!«
»Wo hast du den Brandy her?«
»Den hat mir der Baas gegeben, Miss! Ich stehle nicht.«
»Steh auf und hör zu. Der Baas hat einen Unfall gehabt. Verstehst du? Du mußt kommen und helfen.«
»Ja, Miss.«
Er rappelt sich auf, schwankt, stolpert, fällt hin. Ich hebe den Besen hoch in die Luft. Beleidigt hebt er ein Bein zur Abwehr.
»Los, komm jetzt, beweg dich, verdammt noch mal«, schreie ich, »der Baas stirbt, wenn du nicht hilfst, und das ist dann nicht meine Schuld!«
»Gleich, Miss, Augenblick, so leicht ist das nicht.«
Er macht keinerlei Anstrengung, sich zu erheben. Auf dem Boden liegend, fängt er an zu grinsen.
»Du Säufer, du dreckiger Säufer, mit dir ist jetzt Schluß hier, das schwör ich dir! Pack deine Sachen und verschwinde! Ich will dich hier nicht mehr sehn.« Der Besenstiel knallt gegen seine Schuhsohle und wirbelt mir aus den Händen.

129. Wieder arbeite ich mich keuchend durch das Flußbett. Ich wünschte, der Fluß käme in einer Flutwelle herabgebraust und schwemmte uns weg, Schafe und alles, und säuberte die Erde! Vielleicht wird so die Erzählung enden, falls nicht vorher das Haus abbrennt. Aber der Rest des malvenfarbenen Frühlichts ist weggesengt, wieder haben wir einen schönen Tag vor uns, ich würde sagen, der Himmel ist gnadenlos, wenn ich nicht wüßte, daß der Himmel lediglich klar ist, die Erde lediglich trocken, die Felsen lediglich hart sind. Was für ein Fegefeuer, in diesem empfindungslosen Universum zu leben, wo alles, bis auf mich, lediglich es selbst ist! Ich allein, das einzige Pünktchen, das nicht blindlings dahintrudelt, sondern versucht, sich ein eigenes Leben zu erschaffen, mitten in diesem Sturm der Materie, diesen von Verlangen getriebenen Leibern, dieser bäurischen Idiotie! Mir wird übel, ich bin es nicht gewohnt zu rennen, mitten im Laufen entfährt mir ein lauter Furz. Ich hätte in der Stadt leben sollen; Habsucht, das ist ein Laster, das ich verstehen kann. In der Stadt hätte ich Platz, um mich auszubreiten; vielleicht ist es noch nicht zu spät; vielleicht kann ich immer noch weglaufen in die Stadt, verkleidet als Mann, als verhutzeltes bartloses Männchen, um Habsucht zu praktizieren, ein Vermögen zu verdienen und das Glück zu finden, obwohl letzteres unwahrscheinlich ist.

130. Ich stehe japsend am Schlafzimmerfenster. »Hendrik kommt nicht. Er ist betrunken. Papa hätte ihm keinen Brandy geben sollen, er ist das Zeug nicht gewöhnt.«
Das Gewehr von letzter Nacht liegt auf dem Fußboden, nicht weit vom Fenster.
Sein Gesicht hat eine ungesunde gelbe Farbe. Er sitzt da wie zuvor, den Vorhang an sich drückend. Er wendet den Kopf nicht. Ich weiß nicht, ob er mich gehört hat.

131. Ich knie über ihm. Er blickt an die leere Wand, aber sein Blick ist auf etwas dahinter gerichtet, auf die Unendlichkeit vielleicht oder gar auf seinen Erlöser. Ist er tot? Trotz aller Pocken und Grippen in meinem Leben habe ich nie etwas Größeres sterben sehen als ein Schwein.
Sein Atem trifft meine Nasenlöcher, fiebrig, faul.
»Wasser«, flüstert er.
Es schwimmen Mücken im Wassereimer. Ich schöpfe sie ab und trinke einen Becher. Dann gehe ich mit dem vollen Becher zurück und halte ihn an seine Lippen. Er trinkt mit beruhigender Energie.
»Kann ich Papa ins Bett helfen?«
Er ächzt vor sich hin, zähneknirschend, ein Ächzer zwischen jedem flachen Atemzug. Seine Zehen, die unter dem Vorhang herausragen, krümmen sich und strecken sich abwechselnd.
»Hilf mir«, flüstert er, »hol schnell den Arzt.« Tränen rinnen ihm über die Backen.
Ich stehe mit gespreizten Beinen über ihm, packe ihn unter den Achselhöhlen, versuche ihn auf die Beine zu kriegen. Er hilft kein bißchen mit.
Er schreit wie ein Baby.
»Hilf mir, hilf mir, die Schmerzen sind furchtbar! Schnell, besorg was, damit die Schmerzen aufhören!«
»Wir haben keinen Brandy mehr. Papa hat alles Hendrik gegeben. Jetzt, wo wir ihn brauchen, ist keiner mehr da.«
»Hilf mir, Kind, ich halt's nicht aus, solche Schmerzen hab ich noch nie gehabt!«

132. Meine Schuhsohlen kleben unangenehm am Fußboden. Ziel- und planlos wandere ich im Haus umher, Fußabdrücke hinterlassend, die ich wegputzen muß.
Er sitzt in einer Blutlache wie ein Kind, das sich naß gemacht hat.

133. Ein drittes Mal durchquere ich das Flußbett, schwer stapfend jetzt, müde, es reicht mir. Ich habe mir das Gewehr über die Schulter gehängt. Der Kolben schlägt mir an die Waden. Ich komme mir vor wie ein alter Krieger, frage mich aber, wie ich wohl aussehe.
Hendrik liegt flach auf dem Rücken und schnarcht. Noch ein stinkender Mann.
»Hendrik, steh sofort auf, oder ich schieße. Ich bin deine Spielchen jetzt leid. Der Baas braucht dich.«
Wenn man wirklich meint, was man sagt, wenn man nicht in Panik herumbrüllt, sondern ruhig, überlegt, entschieden spricht, wird man verstanden und es wird einem gehorcht. Wie erfreulich, eine universale Wahrheit erkannt zu haben. Hendrik rappelt sich benommen auf und folgt mir. Ich gebe ihm das Gewehr zu tragen. Die Patrone ist schon seit voriger Nacht nicht mehr in der Kammer. Ich bin harmlos, auch wenn es anders aussieht.

134. »Hendrik, faß ihn unter den Schultern, dann können wir ihn aufs Bett heben.«
Ich fasse ihn an den Kniekehlen, und zusammen heben wir meinen Vater auf das zerwühlte Bett. Er stöhnt und spricht im Fieber mit sich selber. Ich hole eine Schüssel mit Wasser, einen Schwamm, Karbolsäure.
Was ich nicht gesehen habe, ist die klaffende Wunde in seinem Rücken, aus der gleichmäßig Blut sickert. Blütenblätter aus Fleisch stehen aus ihr heraus. Behutsam wasche ich um sie herum. Wenn der Schwamm an rohes Fleisch kommt, zuckt er zusammen. Aber die Kugel ist wenigstens raus.
Es gibt nicht genügend Verbandzeug für eine so große Wunde. Mit der Schneiderschere fange ich an, ein Laken in Streifen zu schneiden. Das dauert lange. Hendrik steht unruhig herum, bis ich ihm sage, er soll die Fliegen von

seinem Herrn verscheuchen. Er tut es mit einiger Befangenheit.

Während Hendrik den Oberkörper aufgerichtet hält, bedecke ich die zwei Löcher mit zerzupfter Leinwand und wickele die Bindenstreifen rund um die dicke Taille. Sein Geschlecht ist kleiner, als ich dachte, fast verloren in einem Busch schwarzen Haars, das hinaufwuchert bis zum Nabel: ein blasses Bübchen, ein Knirps, ein Zwerg, ein schwachsinniger Sohn, der, nachdem er jahrelang eingesperrt in einem Keller überlebt hat, nur Brot und Wasser schmeckte, mit den Spinnen sprach, vor sich hinsang, eines Abends in neue Kleider gesteckt wird, freigelassen, in den Mittelpunkt gestellt, verhätschelt, festlich bewirtet und dann hingerichtet. Armes, kleines Ding. Unmöglich zu glauben, daß ich da herkam oder von dem, was diese gedunsene Masse darunter auch immer ist. Wenn man mir sagen würde, daß ich eine Idee bin, die mein Vater vor vielen Jahren hatte, dann langweilig fand und vergaß, wäre ich weniger ungläubig, obschon immer noch skeptisch. Ich werde besser erklärt als eine Idee, die ich selber hatte, ebenfalls vor vielen Jahren, und die ich nicht mehr abschütteln konnte.

Hendrik ist in Verlegenheit gebracht durch meine gewissenhaften Hände und Augen, meine pflichtschuldigen Hände und Augen, aber doch weiblichen Hände und Augen, die dieser ungeschützten blassen Männlichkeit so nahe kommen. Ich gewahre seine Verlegenheit, wende mich ihm zu und schaue ihn lächelnd an. Es ist das erste freimütige Lächeln, das ich ihm heute geschenkt habe, oder vielleicht in all den Jahren, die ich ihn kenne. Er schlägt die Augen nieder. Können braunhäutige Menschen erröten?

Über den Kopf meines Vaters ziehe ich ein sauberes Nachthemd. Mit Hendriks Hilfe rolle ich es über seine Knie herunter. Jetzt sieht er sauber und anständig aus.

»Jetzt können wir nur noch abwarten. Geh in die Küche, ich komme gleich und mache Kaffee.«

135. Mit einemmal befinde ich mich also in einem Feld moralischer Spannungen, nichts weniger als das sind sie, auf die meine Erziehung mich nur dürftig vorbereitet hat. Was werde ich tun? Wenn er sein Gleichgewicht wiedergefunden hat, wird Hendrik wissen wollen, ob der Unfall eine Exzentrität der herrschenden Kaste ist, oder ob ich schuldig und ausbeutbar bin. Er wird wissen wollen, wer sich am meisten schämt, er oder ich, wir oder sie, und wer mehr Schweigegeld zahlen wird. Klein Anna, falls sie je wieder auffindbar ist, wird wissen wollen, ob ihre Liaison mit meinem Vater mich erzürnt oder erschreckt hat. Sie wird wissen wollen, ob ich bereit bin, sie vor Hendrik zu schützen, und ob ich künftig versuchen werde, sie von meinem Vater fernzuhalten. Sie wie Hendrik, beide werden wissen wollen, ob sie die Farm verlassen müssen, oder ob der Skandal vertuscht werden soll. Mein Vater wird wissen wollen, welche Buße mir auferlegt werden kann; ob ich auf das Mädchen einwirken werde, solange er außer Gefecht ist; ob wir vier uns irgendeine Fiktion ausdenken müssen, um seine Verwundung zu erklären, einen Jagdunfall beispielsweise. Ich werde mit verstohlenen Blicken beobachtet werden, jedes meiner Worte wird auf die Goldwaage gelegt werden, und ich werde Worte zu hören bekommen, deren zarter Geschmack, deren neutrale Farbe, deren opake Oberfläche einen subtilen Spott nicht werden verhehlen können. Hinter meinem Rücken wird gelächelt werden. Ein Verbrechen ist verübt worden. Es muß einen Verbrecher geben. Wer ist der Schuldige? Ich bin schrecklich im Nachteil. Kräfte in mir, die zu der Psychologie gehören, die ich so verabscheue, werden Besitz ergreifen von mir und mich nötigen zu glauben, daß ich das Verbrechen wollte, daß ich den Tod meines Vaters wünschte. Angesichts der dunklen, gewitzten Gestalten von Hendrik und Klein Anna, die hinter mir mit dem Finger drohen, werde ich feststellen, daß meine Tage sich in einen Bußgang verwandelt haben. Ich werde feststellen, daß ich meinem Vater die Wunden lecke, Klein Anna bade und ins Bett bringe, Hendrik jeden Schritt und Handgriff abnehme. Im Dunkeln, vor Tagesanbruch, werde ich, Aschenputtel eines Aschenputtels, das Feuer schüren, ich werde ihnen das Frühstück ans Bett bringen und sie segnen, wenn sie mich schmähen. Schon ist die Schlange gekommen, und das alte Eden ist tot!

136. Ich mache mir selber etwas vor. Es ist schlimmer als das, viel schlimmer. Er wird nie wieder auf die Beine kommen. Was einst ein Schäferspiel war, ist eine von diesen erstickenden Geschichten geworden, in denen Bruder und Schwester, Ehefrau und Tochter und Konkubine knurrend ums Bett schleichen und auf das Todesröcheln warten oder sich gegenseitig in den düsteren Gängen des angestammten Heimes belauern. Das ist nicht fair! Hineingeboren in ein Vakuum in der Zeit, habe ich kein Verständnis für sich wandelnde Formen. Mein ganzes Talent brauche ich für Immanenz, für das Feuer oder Eis der Identität im Herzen der Dinge. Die Lyrik ist mein Medium, nicht die Chronik. Wie ich in diesem Zimmer stehe, sehe ich nicht den Vater und Herrn auf dem Bett sterben, sondern das mit unheiligem Glanz von den Schweißperlen auf seiner Stirn reflektierte Sonnenlicht. Ich rieche den Geruch, den Blut gemein hat mit Stein und Öl und Eisen, den Geruch, den Menschen riechen, die durch Zeit und Raum reisen und das Schwarze, das Leere, das Unendliche ein- und ausatmen, den sie riechen, wenn sie die Umlaufbahnen von toten Planeten passieren, von Pluto, Neptun oder denen, die noch nicht entdeckt sind, so winzig sind sie und so entlegen, den Geruch, den Materie abgibt, wenn sie sehr alt ist und schlafen will. Oh, Vater, Vater, könnte ich nur deine Geheimnisse erfahren, durch die Honigwabe deiner Knochen kriechen, auf den Tumult deines Marks lauschen, das Singen deiner Nerven, auf der Flut deines Blutes treiben und endlich zu dem stillen Meer kommen, wo meine zahllosen Brüder und Schwestern schwimmen, mit den Schwänzen schlagend, lächelnd, von einem künftigen Leben mir flüsternd! Ich will eine zweite Chance! Laß mich in dir mich vernichten und ein zweites Mal hervorkommen, sauber und neu, ein lieblicher Fisch, ein hübsches Baby, ein lachender Säugling, ein glückliches Kind, ein fröhliches Mädchen, eine errötende Braut, eine liebende Ehefrau, eine sanfte Mutter in einer Geschichte mit Anfang und Ende, in einer Kleinstadt mit freundlichen Nachbarn, einer Katze auf der Fußmatte, Geranien auf dem Fenstersims, einer duldsamen Sonne! Ich war durch und durch ein Fehler! Da gab es einen schwarzen Fisch, der unter all diesen weißen Fischen schwamm, und dieser schwarze Fisch war ausgerechnet ich. Keinem war ich verschwistert, ich war das Pech selber, ich war ein Hai, ein junger schwarzer Hai. Warum hast du ihn nicht erkannt und ihm den Hals durchgeschnitten? Was für ein gnädiger Vater warst du, der du dich nie um mich gekümmert hast, sondern mich hinausschicktest in die Welt als ein Ungeheuer? Zermalme mich, verschlinge mich, vernichte mich, bevor es zu spät ist. Wisch mich sauber, wisch auch diese flüsternden Beobachter weg und dieses Haus in der Mitte von nirgendwo und laß es mich noch einmal in zivilisierter Umgebung versuchen! Wach auf und umarme mich! Zeige mir nur einmal dein Herz, und ich schwöre dir, ich werde nie wieder hinschauen, in dein Herz nicht und in kein anderes, sei es auch das Herz des gemeinsten Steines! Ich werde auch diese Art zu reden aufgeben, jedes Wort! Wenn die Worte kommen, werde ich sie in Brand setzen! Siehst du nicht, daß es nur Verzweiflung ist, Verzweiflung und Liebe, was mich so reden läßt? Sprich zu mir! Muß ich mich an dich wenden mit Worten aus Blut, um dich zum Sprechen zu bringen?

Was für Schrecklichkeiten verlangst du noch von mir? Muß ich mein flehentliches Bitten mit einem Messer in dein Fleisch schnitzen? Denkst du, du kannst sterben, bevor du Ja gesagt hast zu mir? Denkst du, ich kann den Atem deiner Lungen nicht für dich atmen oder dein Herz in meiner Faust pumpen? Denkst du, ich werde Pennies auf deine Augen legen, bevor du mich angeschaut hast, oder dir den Unterkiefer hochbinden, bevor du gesprochen hast? Du und ich, wir werden zusammen in diesem Zimmer leben, bis ich meinen Willen habe, bis zum Anbruch des Jüngsten Gerichts, bis die Sterne vom Himmel fallen. *Ich bin ich!* Ich kann warten!

137. Sein Zustand ist unverändert.
Ich verliere mit allem die Geduld. Ich kann mich nicht dazu aufraffen, von Zimmer zu Zimmer zu traben, realistische Aufgaben zu erledigen und dumme Konversation mit Hendrik zu führen. Nichts geschieht oder kann dazu gebracht werden zu geschehen. Wir haben Flaute. Ich drehe Däumchen und bin gereizt. Wenn es nur regnen würde! Wenn nur der Blitz einschlagen und das Grasland in Brand setzen würde! Wenn nur das letzte der großen Reptilien sich aus dem Schlamm am Grunde des Staubeckens erheben würde! Wenn nur nackte Männer auf Ponys von den Bergen herabgestürmt kämen und uns massakrierten! Was muß ich tun, um mich zu erlösen aus der Eintönigkeit der Existenz an diesem Tag der Tage? Warum hat Hendrik nicht ein Brotmesser in die Brust des Mannes gestoßen, der ihm die Freude seines Lebens verdarb? Warum kommt Klein Anna nicht aus ihrem Schlupfloch, wo immer das ist, und kniet vor ihrem Mann nieder und fleht um Vergebung und wird geohrfeigt und bespuckt und erlangt Versöhnung? Warum weint sie nicht am Bett ihres Buhlen? Warum ist Hendrik so in sich gekehrt? Warum wartet er unermüdlich in der

Küche, anstatt in meiner Nähe herumzulungern und, insgeheim mir zulächelnd, den Preis für das Schweigen anzudeuten? Warum rafft mein Vater sich nicht dazu auf, uns zu verfluchen? Warum ist es mir überlassen, nicht nur mir selber Leben zu verleihen, Minute um verdrießliche Minute, sondern auch jedem anderen auf der Farm und der Farm selber mit Stock und Stein? Ich habe einmal gesagt, ich schliefe, aber das war eine Lüge. Ich habe gesagt, ich zöge jeden Abend mein weißes Nachthemd an und schliefe ein, und meine verhornten Zehen zeigten auf die Sterne. Aber das kann nicht wahr sein. Wie kann ich es mir leisten zu schlafen? Sollte ich auch nur einen Augenblick die Welt aus dem Griff verlieren, sie würde auseinanderfallen: Hendrik und seine scheue Braut würden, einander umarmend, zu Staub sich auflösen und zu Boden rieseln, die Grillen würden aufhören zu zirpen, das Haus würde verschwimmen zu einem fahlen Abstraktum aus Linien und Winkeln vor einem fahlen Himmel, mein Vater würde schweben wie eine schwarze Wolke und hineingesaugt werden in die Lagerstatt in meinem Kopf, um gegen die Wände zu schlagen und zu brüllen wie ein Bär. Alles, was bliebe, wäre ich, für diesen verhängnisvollen Augenblick in schlafender Haltung auf einem immateriellen Bett liegend, über einer immateriellen Erde, bevor alles verschwände. Ich erfinde das alles, damit es mich erfinde. Ich kann jetzt nicht aufhören.

138. Aber ich habe Träume. Ich schlafe nicht, aber ich habe Träume: wie ich das bewerkstellige, weiß ich nicht. In einem meiner Träume geht es um einen Busch. Wenn die Sonne untergegangen ist und Neumond ist und die Sterne so wenig Licht spenden, daß man die Hand vor den Augen nicht sehen kann, glüht der Busch, von dem ich träume, in einem unirdischen Licht. Ich stehe vor dem Busch und betrachte ihn, und der Busch betrachtet auch mich, durch

die Tiefen der tiefsten Nacht hindurch. Dann werde ich schläfrig. Ich gähne und lege mich hin und schlafe, im Schlaf, und der letzte Stern über mir am Himmel geht aus. Aber der Busch, allein im Universum bis auf mich, die ich nun schlafe und folglich auch weiß wo, gießt weiterhin seinen Strahlenglanz auf mich.
So ist mein Traum über den brennenden Busch. Es gibt, dessen bin ich sicher, ein Deutungsschema, demzufolge mein Traum von dem Busch ein Traum von meinem Vater ist. Aber wer kann sagen, was ein Traum von meinem Vater ist?

139. »Muß ich die Esel anschirren, Miss?«
»Nein, laß uns warten, es verschlimmert die Schmerzen nur, wenn wir den Baas jetzt transportieren.«

140. Das Mädchen ist im Nähzimmer. Sie muß sich die ganze Nacht da versteckt haben, in einer Ecke kauernd, auf das Stöhnen aus dem Schlafzimmer lauschend und auf die Schritte im Kies draußen, bis sie auf dem Fußboden einschlief in einem Nest von Stoffen, wie eine Katze. Nachdem ich beschlossen hatte, sie zu finden, fand ich sie sofort: Man wächst nicht auf in einem Haus, ohne die Feinheiten seines Atmens zu erkennen.
»So, jetzt ist Schluß mit Spaß und Spielen! Und wo sind deine Sachen? Laß meine Tücher bitte in Ruhe, du hast selber was zum Anziehn. Na, komm schon, was willst du jetzt machen? Was wirst du deinem Mann sagen? Was wirst du ihm sagen über die letzte Nacht? Komm, mach den Mund auf, was wirst du deinem Mann erzählen? Was hast du zu suchen gehabt hier im Haus? Du Schlampe! Du Miststück! Sieh dir an, was du für Unheil angerichtet hast! Du bist schuld, du bist schuld an dem ganzen Unheil! Aber

eins sag ich dir, du verschwindest noch heute, du und Hendrik, ich bin fertig mit euch! Und hör auf zu heulen, dazu ist es jetzt zu spät, gestern hättest du heulen sollen, heute hilft es nichts mehr! Wo sind deine Sachen? Zieh dich an, steh nicht nackt vor mir rum, zieh dich an und verschwinde, ich will dich nicht mehr sehn! Ich werde Hendrik sagen, er soll dich holen kommen.«
»Bitte, Miss, meine Sachen sind weg.«
»Lüg mich nicht an, deine Sachen sind in dem Schlafzimmer, wo ihr wart!«
»Ja, Miss. Bitte, Miss, er wird mich schlagen.«
Solcherart das Mädchen mit einem Wortschwall niederträchtiger Gereiztheit überschüttend, schwellend vor Geifer und Selbstgerechtigkeit, werde ich tatsächlich für eine gesegnete Zeitspanne eine Frau unter Frauen, ein zänkisches Weib unter wackeren, zänkischen Landweibern. Es kommt von selber, man braucht keine Lektionen, nur sanftmütiges Volk und Groll gegen es, weil es keine Widerrede wagt. Ich bin zänkisch, aber nur, weil unendlicher Raum um mich herum ist und Zeit davor und danach, von der die Geschichte sich zurückgezogen zu haben scheint, und die Offenkundigkeit unbeschränkter Macht in diesen gebeugten Köpfen. Überall schlage ich mit meinen Fäusten ins Leere. Was gibt es für mich anderes als trübselige Ausweitung an die Grenzen des Universums? Ist es ein Wunder, daß nichts sicher ist vor mir, daß die einfachste Graslandblume Gefahr läuft, in ihrem Sein geschändet zu werden, oder daß ich sehnsüchtig von einem Busch träume, der meiner metaphysischen Eroberung widersteht? Armer Hendrik, arme Anna, was für eine Chance haben sie?

141. »Hendrik, hör genau zu. Anna ist im Haus. Es tut ihr alles leid, was passiert ist. Sie sagt, es wird nicht wieder vorkommen. Sie möchte dich um Verzeihung bitten. Was ich wissen will, ist: Muß ich sie wegschicken, oder wird es Ärger geben? Denn das sag ich dir, Hendrik, hier und jetzt, wenn du Ärger machst, will ich mit euch beiden nichts mehr zu tun haben, dann könnt ihr verschwinden, heute noch. Ich möchte, daß das ganz klar ist. Was sich zwischen dir und Anna abspielt, ist nicht meine Sache; aber wehe, sie kommt zu mir und sagt, du bist grausam zu ihr gewesen! Anna! Komm sofort her! Komm schon, mach, er tut dir nichts!«

Das Kind schlurft heraus. Sie trägt wieder ihre eigenen Sachen, den braunen Kittel bis zu den Knien, die blaue Wolljacke, das scharlachfarbene Schultertuch. Sie steht vor Hendrik, zeichnet mit dem großen Zeh Muster in den Kies. Ihr Gesicht ist tränenverschmiert. Sie schnieft und schnieft. Hendrik spricht.

»Miss muß sich nicht aufregen, aber Miss mischt sich zuviel ein.«

Er macht einen Schritt zu Klein Anna hin. Seine Stimme ist voller Leidenschaft, ich habe sie noch nie so gehört. Anna huscht hinter mich, wischt sich die Nase am Ärmel. Es ist ein schöner Tag, und ich bin in einen Köterkampf verwikkelt. »Du! Ich bring dich um!« sagt Hendrik. Anna krallt sich an meinem Kleid zwischen den Schulterblättern fest. Ich reiße mich los. Hendrik beschimpft sie mit Worten, deren Bedeutung ich größtenteils nur ahnen kann, ich habe sie noch nie gehört, wie überraschend. »Hör auf!« schreie ich. Mich ignorierend, will er Anna packen. Sofort wirbelt sie auf dem Absatz herum und fängt an zu rennen; und er hinter ihr her. Sie ist flink und barfuß, er beschuht, aber von Wut beflügelt. Ohne Unterlaß schreiend, schlägt sie Haken nach links und nach rechts und versucht, ihn abzuschütteln. Dann, auf halbem Weg zum Schulhaus, hundert Schritt von mir entfernt, fällt sie und rollt sich zusammen zu einer kriecherischen Kugel. Hendrik fängt an zu boxen und zu treten. Sie schreit verzweifelt. Ich raffe meine Röcke und renne zu ihnen. Dies ist wirklich Aktion, und auch noch unzweideutige Aktion. Ich kann nicht leugnen, daß meine Besorgnis mit Frohsinn vermischt ist.

142. Hendrik tritt sie rhythmisch mit seinen weichen Schuhen. Er blickt nicht zu mir auf, sein Gesicht ist schweißnaß, er hat zu tun. Wenn ein Stock zur Hand wäre, würde er ihn benutzen, aber es gibt nicht viele Stöcke in diesem Teil der Welt, seine Frau hat Glück.
Ich zupfe an seiner Weste. »Laß sie!« sage ich. Es ist, als hätte er mich erwartet, denn er schnappt sich mein Handgelenk, dann, gewandt sich umdrehend, auch das andere Handgelenk. Eine Sekunde steht er mir von Angesicht zu Angesicht gegenüber, preßt meine Handgelenke gegen seine Brust. Ich rieche seine Hitze, nicht ohne Abscheu. »Hör auf!« sage ich. »Laß mich los!«
Es folgt eine Reihe von Bewegungen, die ich in der Verwirrung des Augenblicks nicht unterscheiden kann, obwohl ich dazu später in der Lage sein werde, mit kühlem Rückblick, dessen bin ich sicher. Ich werde gerüttelt, vor und zurück, meine Füße taumeln, nicht im Einklang mit dem Körper, hierhin und dahin, mein Kopf wackelt, ich bin aus dem Gleichgewicht und dennoch ist mir nicht gestattet zu fallen. Ich weiß, daß ich lächerlich aussehe. Glücklicherweise braucht man hier im Herzen von nirgendwo vor niemandem das Gesicht zu wahren, nicht einmal vor den Dienern, wie es scheint. Ich bin nicht zornig, obwohl meine Zähne klappern: Es gibt Schlimmeres als einzutreten für die Schwachen, Schlimmeres als gerüttelt zu werden, nicht unfreundlich, ich kann keine Böswilligkeit spüren in diesem Mann, dessen Leidenschaft verzeihlich ist und dessen Augen, wie ich sehe, sowieso geschlossen sind.
Ich stolpere rückwärts, losgelassen von Hendrik, der sich nach dem Mädchen umdreht, das weg ist. Ich falle schwer

auf den Hintern, scheuere mir die Handflächen auf dem Kies auf, die Röcke fliegen in die Luft, mir schwindelt, aber ich bin guten Muts und warte auf mehr, vielleicht ist es das, was die ganzen Jahre falsch gewesen ist, daß ich einfach niemanden zum Spielen hatte. Das Blut pocht mir in den Ohren. Ich schließe die Augen: gleich werde ich wieder ich selbst sein.

143. Hendrik ist nicht mehr zu sehen. Ich klopfe meine Kleidung ab, und der Staub steigt in Wolken auf. Die Tasche meines Rocks ist glatt abgerissen, und der Schlüsselring mit den Schlüsseln zum Vorratshaus, zur Speisekammer und zu den Schränken im Eßzimmer ist weg. Ich suche herum, bis ich ihn finde, ordne mir das Haar und gehe den Schulhausweg hinauf hinter Hendrik her. Ereignis ist auf Ereignis gefolgt, doch die Erregung klingt ab, ich verliere an Schwung, ich weiß nicht, warum ich ihnen noch weiter folge, vielleicht sollte ich sie in Ruhe lassen, damit sie nach eigener Fasson ihre Schulden begleichen und Frieden schließen können. Ich möchte aber nicht allein sein, möchte nicht wieder Trübsal blasen.

144. Hendrik, auf Händen und Knien, beugt sich über das Mädchen auf dem Faltbett, als wäre er drauf und dran, ihr die Zähne in die Kehle zu graben. Sie hebt die Knie, um ihn wegzustoßen. Das Kleid fällt ihr auf die Hüften. »Nein«, fleht sie ihn an, und ich höre das alles, bleibe plötzlich stehen in der Schulhaustür, erblicke zuerst die Glanzlichter auf ihren Schenkeln und seinen Backenknochen, dann, da meine Augen sich an die Düsternis drinnen anpassen, alles andere – »Nein, nicht hier, sie wird uns erwischen!«
Die beiden Köpfe wenden sich gleichzeitig der Gestalt in

der Tür zu. »Gott!« sagt sie. Sie läßt die Beine sinken, streift den Rock herunter und dreht sich mit dem Gesicht zur Wand. Hendrik richtet sich auf den Knien auf. Er grinst mich unverfroren an. Aus seiner Mitte ragt unverhüllt heraus, was sein Organ sein muß, aber auf groteske Weise größer, als es sein sollte, es sei denn, ich irre mich. Er sagt. »Die Miss ist sicher gekommen, um zuzuschauen.«

---

145. Ich öffne die Krankenzimmertür, und der süßliche Gestank steigt mir in die Nase. Das Zimmer ist friedlich und sonnig, aber erfüllt von einem hohen, komplexen Gesumm. Hunderte von Fliegen sind da, die gemeinen Stubenfliegen und die größeren, grünbäuchigen Schmeißfliegen, deren kurzes Schnarren dem allgemeinen Summen unterlegt ist, so daß die Struktur des Geräusches im Zimmer ausgefüllt und polyphon ist.
Meines Vaters Blick liegt auf mir. Seine Lippen formen ein Wort, das ich nicht hören kann. Unwillig stehe ich in der Tür. Ich hätte nicht zurückkommen sollen. Hinter jeder Tür lauert neues Grauen.
Das Wort kommt wieder. Auf Zehenspitzen gehe ich ans Bett. Die Tonlage des Gesumms wird höher, da die Fliegen vor mir zurückweichen. Eine Fliege bleibt auf seinem Nasenrücken sitzen und putzt sich ungestört das Gesicht. Ich verscheuche sie. Sie fliegt auf, kreist und setzt sich auf meinen Unterarm. Ich verscheuche sie. Ich könnte den ganzen Tag so verbringen. Das Summen wird wieder gleichmäßig.
Wasser ist das Wort, das er sagt. Ich nicke.
Ich hebe die Bettdecke an und blicke darunter. Er liegt in einem See aus Blut und Scheiße, der schon angefangen hat zu verkrusten. Ich stopfe ihm die Bettdecke wieder unter die Achselhöhlen.
»Ja, Papa«, sage ich.

146. Ich halte ihm den Becher an die Lippen, und er trinkt geräuschvoll.
»Mehr«, flüstert er.
»Wart erst ein bißchen«, sage ich zu ihm.
»Mehr.«
Er trinkt mehr Wasser und packt meinen Arm, auf etwas wartend, auf etwas weit Entferntes horchend. Ich wedele die Fliegen weg. Er fängt an zu wimmern, lauter und lauter, sein ganzer Körper versteift sich. Ich sollte etwas gegen seine Schmerzen tun. Der Druck auf meinem Arm zwingt mich nieder. Ich gebe nach, hocke mich neben das Bett, da ich nicht auf dem Brei im Bett sitzen möchte. Der Gestank fängt an, Übelkeit zu erregen.
»Armer Papa«, flüstere ich und befühle seine Stirn. Er ist heiß.
Unter der Bettdecke erfolgt eine flüssige Entladung. Keuchend entfährt ihm der Atem. Ich kann das nicht aushalten. Einen nach dem andern pflücke ich die Finger von meinem Arm, aber einer nach dem andern schließen sie sich wieder. Er ist durchaus nicht ohne Kraft. Ich hebele meinen Arm los und stehe auf. Seine Augen öffnen sich. »Der Arzt wird bald da sein«, sage ich zu ihm. Die Matratze ist hin, sie wird verbrannt werden müssen. Ich muß das Fenster schließen. Ich muß auch die Vorhänge wieder aufhängen, die Nachmittagshitze zusammen mit dem Gestank werden zuviel sein für jeden. Noch mehr Fliegen werde ich nicht dulden.

147. Die Fliegen, die hingerissen sein sollten vor Freude, hören sich lediglich gereizt an. Nichts scheint ihnen gut genug zu sein. Auf Meilen im Umkreis haben sie den mageren Dung der Pflanzenfresser verlassen und sind wie Pfeile zu diesem blutigen Fest geflogen. Warum singen sie nicht? Vielleicht ist das, was ich für Gereiztheit halte, das

Geräusch der Insektenekstase. Vielleicht ist ihr Leben von der Wiege bis zum Grabe, sozusagen, eine einzige lange Ekstase, die ich mißdeute. Vielleicht ist auch das Leben der anderen Tiere eine einzige lange Ekstase, die nur in dem Moment unterbrochen wird, da sie klar erkennen, daß das Messer ihr Geheimnis gefunden hat und daß sie die liebe Sonne nie wiedersehen werden, die in ebendiesem Augenblick schwarz wird vor ihnen. Vielleicht ist das Leben von Hendrik und Klein Anna Ekstase, und wenn nicht akute Ekstase, dann doch wenigstens eine Art sanftes Strömen von Ausstrahlung aus Augen und Fingerspitzen, das ich nicht sehe, unterbrochen nur durch Zwischenfälle wie letzte Nacht und heute morgen. Vielleicht ist Ekstase gar nicht so selten. Vielleicht wüßte ich mehr über Ekstase, wenn ich weniger redete und mehr dem Empfinden mich hingäbe. Andererseits würde ich vielleicht in Panik verfallen und die Welt, die ich am besten kenne, aus dem Griff verlieren, wenn ich aufhörte zu reden. Es erstaunt mich, daß ich vor eine Entscheidung gestellt bin, die Fliegen nicht zu treffen haben.

148. Eine nach der anderen fallen die Fliegen unter meiner Klatsche, einige krepieren in Spritzern von Schleim, einige verenden sauber, indem sie die Beine einfalten, einige trudeln wütend auf dem Rücken herum, bis der *coup de grâce* herabkommt. Die Überlebenden kreisen im Zimmer und warten darauf, daß ich müde werde. Aber ich habe das Haus sauberzuhalten, und deswegen bin ich unermüdlich. Wenn ich dieses Zimmer aufgebe, die Tür abschließe, die Ritzen mit Lumpen zustopfe, werde ich bald feststellen, daß ich ein anderes Zimmer aufgebe und dann andere, bis das Haus so gut wie verloren ist, seine Erbauer so gut wie verraten sind, das Dach einsackt, das Gebälk bricht, das Gemäuer verfällt, die Mäuse tanzen, nur noch ein letztes

Zimmer heil ist, ein einziges Zimmer und ein dunkler Gang, wo ich Tag und Nacht, entlangtappend an den Wänden, umherwandele, alter Zeiten eingedenk der verschiedenen Zimmer mich zu erinnern suche, des Gastzimmers, des Eßzimmers, der Speisekammer, in der geduldig die verschiedenen Marmeladen, versiegelt mit Kerzenwachs, des Tages der Auferstehung harren, der nie kommen wird; und ich dann – schwindlig vor Schlaflosigkeit, denn selbst wahnsinnige alte Weiber, unempfindlich gegen Hitze und Kälte, die ihre Nahrung aus der vorbeistreichenden Luft beziehen, von Staubkörnchen leben und wehenden Spinnengewebsfäden und Fliegeneiern, müssen schlafen – mich zurückziehe in das letzte Zimmer, mein eigenes Zimmer mit dem Bett an der Wand und dem Spiegel und dem Tisch in der Ecke, wo, das Kinn in der Hand, ich meine wahnsinnigen Altweibergedanken denke und wo ich, im Sitzen, sterben und verrotten werde und wo die Fliegen an mir saugen werden, Tag für Tag für Tag, ganz zu schweigen von den Mäusen und Ameisen, bis ich ein sauberes weißes Skelett bin, das der Welt nichts mehr zu geben hat und in Ruhe gelassen werden kann, mit den Spinnen, die in meinen Augenhöhlen Fallen weben für die zum Festschmaus zu spät Kommenden.

149. Ein Tag muß hier dazwischengekommen sein. Wo eine Leerstelle ist, muß es einen Tag gegeben haben, an dem mein Vater seiner Verwundung erlag und Hendrik und Klein Anna Frieden schlossen, denn fortan waren sie wieder wie vorher, oder wenn nicht wie vorher, dann waren sie weiser und trauriger geworden, was ich im einzelnen nicht klar trennen konnte. Es muß ein Tag gewesen sein, den ich irgendwie überging. Vielleicht habe ich ihn verschlafen. Vielleicht habe ich, nachdem ich die Fliegen getötet hatte, einen feuchten Schwamm geholt und meinem Vater die

Stirn gekühlt, bis ich den Gestank nicht mehr ertragen konnte. Vielleicht bin ich gegangen und habe, auf sein Rufen wartend, im Gang gestanden, bis ich dort einschlief und vom Regen und vom Grasland träumte, das bedeckt war von Blumen, weißen und violetten und orangeroten, die im Wind sich wiegten, bis ich bei Einbruch der Nacht aufwachte und mich erhob, um die Hühner zu füttern. Vielleicht habe ich dann dagestanden im Dämmerlicht, die Futterschüssel unterm Arm, und habe gelauscht, wie die Nachtbrise in den Blättern raschelte, zugeschaut, wie die Fledermäuse vor dem letzten Licht hin und her flitzten, und habe die tiefe Melancholie jener empfunden, die ihre Tage inmitten unerträglicher Schönheit verbringen, wissend, daß sie eines Tages sterben werden. Vielleicht habe ich da darum gebetet, nicht zum erstenmal, daß ich ruhig sterben und mich der Erde nicht mißgönnen würde, einem Leben als Blume entgegensehend oder auch nur als Pünktchen im Darm eines Wurms, nichts wissend. Ich denke, es ist möglich, daß ein solcher Tag dazwischenkam und daß ich ihn so verbrachte, hilflos angesichts der Schmerzen meines Vaters, sie fortwünschend, dösend, im Hof umherwandernd in der Abendkühle und daran denkend, wie es sein würde, wenn wir alle nicht mehr wären. Ich hätte den Tag jedoch auch anders verbringen können, ich kann das nicht ignorieren. Ich hätte diejenige sein können, die versuchte, ihm aus dem Bett zu helfen, und der es mißlang, da er schwer ist und ich schmächtig bin. Das würde erklären, wie es dazu kam, daß er so scheußlich starb, über die Bettkante gekippt, blaugesichtig, mit hervorquellenden Augen und heraushängender Zunge. Vielleicht wollte ich ihn aus dem Morast ziehen, in dem er lag. Vielleicht wollte ich ihn in ein anders Zimmer bringen. Vielleicht habe ich ihn, von Entsetzen und Ekel erfüllt, im Stich gelassen. Vielleicht habe ich seinen Kopf in meine Arme gebettet und schluchzend gesagt: »Papa, hilf mir bitte, ich schaffe es nicht allein.«

Vielleicht habe ich, als mir klar wurde, daß er nicht helfen konnte, daß er keine Kraft hatte, daß er vor allem mit dem beschäftigt war, was in ihm vorging, vielleicht habe ich dann gesagt: »Papa, vergib mir, ich hab's nicht so gemeint, ich habe dich geliebt, deswegen hab ich's getan.«

150. Aber, um die Wahrheit zu sagen, ich bin vorsichtig mit all diesen Annahmen. Vermutlich war ich an dem Tag, an dem der Tag fehlte, nicht da; und wenn das so war, werde ich nie wissen, womit der Tag erfüllt war. Denn mehr und mehr scheine ich zeitweilig aussetzend zu existieren. Ganze Stunden, ganze Nachmittage fehlen einfach. Ich scheine keine Geduld mehr zu haben mit dem trägen Fluß der Zeit. Früher wäre ich es zufrieden gewesen, meine Zeit mit Sinnieren zu füllen; aber jetzt, nachdem ich einen Karneval von Ereignissen hinter mir habe, bin ich gänzlich verführt. Wie die Töchter in den Mietshäusern sitze ich da, trommle mit den Fingernägeln auf Möbel, horche auf das Ticken der Uhr, warte auf das, was als nächstes geschehen wird. Früher lebte ich in der Zeit wie ein Fisch im Wasser, atmete sie, trank sie, zehrte davon. Jetzt schlage ich die Zeit tot, und die Zeit schlägt mich tot. Das Landleben! Wie ich mich sehne nach dem Landleben!

151. Ich sitze am Küchentisch und warte, daß mein Kaffee abkühlt. Hendrik und Klein Anna stehen vor mir. Sie sagen, daß sie darauf warten zu hören, was sie tun sollen, aber ich kann ihnen nicht helfen. In der Küche gibt es nichts zu tun, da niemand mehr eine Mahlzeit ißt. Was auf der Farm zu tun ist, weiß Hendrik besser als ich. Er muß die Schafe vor Schakalen und Wildkatzen bewahren. Er muß die Zecken und die Schmeißfliegenlarven vernichten.

Er muß den Mutterschafen beim Lammen helfen. Er muß den Garten ertragreich machen und ihn vor dem Armeewurm schützen. Es ist also nicht wahr, daß Hendrik und Klein Anna hier sind und auf Anordnungen warten: Sie warten, um zu sehen, was ich als nächstes tue.

152. Ich sitze am Küchentisch und warte, daß mein Kaffee abkühlt. Vor mir stehen Hendrik und Klein Anna.

»Der Geruch wird immer schlimmer«, sagt Hendrik.

»Ja, wir werden ein Feuer machen müssen«, erwidere ich. Ich bin dankbar, in schweren Zeiten einen vertrauenswürdigen Helfer zu haben. Hendriks Augen begegnen den meinen. Wir sehen dasselbe Ziel. Ich lächle, und auch er lächelt, ein plötzliches, unzweideutiges Lächeln, das seine fleckigen Zähne zeigt und das rosige Zahnfleisch.

153. Hendrik erklärt mir, wie der ganze Fensterrahmen aus der Wand herausgehoben werden kann. Zuerst zeigt er mir, wie der Putz weggeklopft werden kann, damit die Bolzen freigelegt werden, die den Rahmen in der Wand halten. Er zeigt mir, wie diese Bolzen mit einem Eisensägeblatt durchgesägt werden können. Er sägt die vier Bolzen durch, Staub und Eisenspäne bilden kleine Haufen uns zu Füßen. Er bricht den Rahmen heraus, mit dem geschlossenen Fensterflügeln noch darin, und stellt ihn beiseite. Er erklärt, wie die Schrägung des Fenstersimses begradigt wird, bevor die ersten Backsteine gelegt werden. Er legt achtzehn Reihen Backsteine und verputzt sie. Ich wasche die Maurerkelle und den Mörteltrog für ihn. Ich bürste ihm die vom Kalk beschmutzten Fingernägel mit Essigwasser. Die ganze Nacht und den ganzen Tag warten wir, bis der Putz trocken ist. Anna bringt uns Kaffee. Wir tünchen den neuen Putz weiß. Wir verbrennen den Fensterrahmen. Das

Glas zerspringt in den Flammen. Wir zermalmen es zu Pulver unter unseren Absätzen.

154. Hendrik und ich steigen zum Dachboden hinauf. In der drückenden Hitze zeigt er mir, wie der Fußboden mit Teer zu streichen ist, damit die Ritzen zwischen den Dielen versiegelt werden. Ich nähre das Feuer unter dem Teereimer, während er streicht. Auf Händen und Knien kriechen wir rückwärts vom Dachboden.

155. Hendrik entfernt den Türgriff und zeigt mir, wie die Ritzen mit Kitt und einem Spachtel dicht zu machen sind. Mit sechzehn Lagen Backsteinen vermauert er die Türfassung. Ich mische den Mörtel und wasche das Handwerkszeug und schrubbe ihm die Fingernägel. Wir reißen die alte Tapete ab und tapezieren den Gang neu mit einer Tapete, die wir auf dem Dachboden gefunden haben. Der alte Türrahmen ist als Ausbeulung zu sehen, aber das ignorieren wir.

156. Hendrik zeigt mir, wie man durch Backsteine und Mörtel sägen kann. Wir benutzen die Langsäge, die im Stall hängt. Die Zähne dieser Säge werden nie stumpf. Wir sägen durch die Wände, die das Schlafzimmer ans Haus halten. Unsere Arme ermüden, aber wir machen keine Pause. Ich lerne, in die Hände zu spucken, bevor ich die Säge anfasse. Unsere Arbeit bringt uns zusammen. Arbeit ist nicht mehr Hendriks Vorrecht. Ich bin ihm gleichgestellt, auch wenn ich die Schwächere bin. Klein Anna steigt auf die Leiter, um uns Becher mit Kaffee und Marmeladenbrote zu bringen. Wir kriechen unter das Haus, um die Grundmauern durchzusägen. Unser ehrlicher Schweiß fließt zusammen in der dunklen Wärme. Wir sind wie zwei Termiten. In der Ausdauer liegt unsere Stärke. Wir sägen durch das Dach und durch den Fußboden. Wir schieben das Zimmer ab. Langsam steigt es in die Luft. Ein Schiff mit seltsamen Winkeln und Ecken, das schwarz vor den Sternen segelt. Es gleitet in die Nacht hinein, in den leeren Raum, schwerfällig, da es keinen Kiel hat. Wir stehen im Staub und Mäusekot, auf Boden, den nie die Sonne beschien, und schauen ihm nach.

157. Wir heben die Leiche an und tragen sie ins Badezimmer, Hendrik hält sie an den Schultern, ich an den Beinen. Wir ziehen ihr das Nachthemd aus und wickeln die Binden ab. Wir setzen die Leiche in die Wanne und gießen Eimer um Eimer Wasser über sie. Das Wasser verfärbt sich, und Stränge von Exkrement steigen an die Oberfläche. Die Arme hängen über die Seiten der Wanne, der Mund klafft, die Augen starren. Nach halbstündigem Einweichen säubern wir das verklebte Hinterteil. Wir binden den Unterkiefer hoch und nähen die Augen zu.

158. Auf dem Hang hinter dem Haus häuft Hendrik Unterholz auf und zündet es an. Wir werfen das Nachthemd, die Binden, das Bettzeug und die Matratze auf die Flammen. Sie schwelen den ganzen Nachmittag hindurch und erfüllen die Luft mit dem Geruch von verbrannter Kokosfaser und Federn.

159. Ich kehre all die toten Fliegen hinaus und schrubbe mit Sand und Seife, bis die Blutflecken nur noch blaßrosa Stellen auf dem Braun der Dielen sind.

160. Wir tragen das große Bett in den Stall, zu dritt, und ziehen es, Ecke für Ecke, unter die Dachsparren, wo wir es mit Ketten befestigen für den Tag, an dem es vielleicht wieder gebraucht wird.

161. Vom Boden holen wir eine leere Kiste und packen die Siebensachen des Verschiedenen hinein, den Sonntagsanzug, die schwarzen Stiefel, die gestärkten Hemden, den Ehering, die Daguerreotypien, die Tagebücher, die Hauptbücher, das mit dem roten Band verschnürte Briefbündel. Einen der Briefe lese ich Hendrik vor! »Wie ich mich dieser Tage nach dir sehne...« Hendrik folgt meinem Finger, wie ich auf die Worte zeige. Prüfend betrachtet er die Familiengruppe, findet mich unfehlbar unter den anderen Kindern heraus, den Brüdern und Schwestern und Halbbrüdern und Halbschwestern, die von den verschiedenen Epidemien dahingerafft wurden oder die in die Stadt gingen, um ihr Glück zu machen, und von denen man nie wieder etwas hörte. Die Bilder zeigen mich mit verkniffenem Mund und mürrisch, aber das stört Hendrik nicht. Als wir fertig sind, packen wir die Papiere weg, verschließen die Truhe mit einem Vorhängeschloß und tragen sie wieder auf den Boden, wo sie ihrer Auferstehung harrt.

162. Die grünen Vorhänge falten wir zusammen und legen sie in eine Schublade und machen neue Vorhänge aus einem farbenfrohen Stoff mit Blumenmuster, den wir auf dem Boden aufgestöbert haben. Hendrik sitzt dabei und sieht zu, wie meine geschwinden Füße auf dem Pedal wippen und meine flinken Finger die Säume führen. Wir hängen unsere neuen Vorhänge auf, die das Zimmer kühl und doch hell machen. Lächelnd betrachten wir unser Werk. Klein Anna bringt Kaffee.

163. Hendrik und Klein Anna stehen vor mir und warten auf Anweisungen. Ich rühre den Kaffeesatz in meiner Tasse auf. Es wird ein schwieriger Tag werden, sage ich zu ihnen, ein Tag des Wartens. Die Worte kommen mir nur widerwillig, sie klappern mir im Mund und plumpsen heraus wie Steine. Hendrik und Klein Anna warten geduldig. Im Norden ballen sich Wolken zusammen, sage ich zu ihnen, vielleicht gibt es Regen, vielleicht hat das Grasland in ein paar Tagen grüne Spitzen, die dürren Büsche werden sprießen, die Heuschrecken, den ganzen Winter haben sie geschlafen, tasten sich aus dem Boden heraus und hüpfen los auf der Suche nach Nahrung, begleitet von Vogelschwärmen. Wir müssen grundsätzlich auf der Hut sein, sage ich zu ihnen, vor dem Wiedererwachen des Insektenlebens, das einhergeht mit den Regenfällen und dem Erblühen des Graslandes. Ich erwähne nur die Raupenplagen. Die Vögel sind unsere Verbündeten, sage ich zu ihnen, die Vögel und die Wespen, denn die Wespen sind ebenfalls Raubtiere. Hendrik hört mir zu mit dem Hut in der Hand, schaut mir nicht in die Augen, sondern auf diese meine Lippen, mit denen ich um jede Silbe ringen muß. Die Lippen sind müde, erkläre ich ihm, sie wollen ausruhen, sie sind all das Artikulieren leid, das sie zu bewältigen hatten, seit sie Babys waren, seit ihnen eröffnet wurde, daß es ein Gesetz gibt, daß sie nicht mehr einfach sich öffnen konnten, um Platz zu machen für das lange *Aaaa*, das, um die Wahrheit zu sagen, ihnen immer genügt hat, um auszudrücken, was eben auszudrücken notwendig war; oder um einfach zusammengekniffen zu bleiben für das lange befriedigende Schweigen, in das ich mich doch noch, ich verspreche es, eines Tages zurückziehen werde. Ich bin erschöpft vom Befolgen dieses Gesetzes, versuche ich zu sagen, dessen Kennzeichen ich aufweise an den Leerstellen zwischen den Worten, den Leerstellen oder Pausen, und an den Artikulationen, die den Krieg der Laute entfesseln, des *B* gegen das

D, des *M* gegen das *N* und so fort, aber auch an anderen Stellen, die euch darzulegen ich zu ermattet wäre, selbst wenn ich das Gefühl hätte, ihr verständet, was ich bezweifele, da ihr nicht einmal das Alphabet kennt. Das Gesetz hat mich an der Gurgel gepackt, sage ich und sage ich nicht, es dringt mir in den Kehlkopf, seine eine Hand drückt mir auf die Zunge, die andere auf die Lippen. Wie kann ich sagen, sage ich, daß diese Augen nicht die Augen des Gesetzes sind, die von hinten aus meinen Augen starren, oder daß der Geist des Gesetzes nicht meinen Schädel besetzt hat und mir gerade noch genügend Verstand läßt, um diese zweifelnden Worte zu äußern, falls ich es bin, der sie äußert, und ihre Verfänglichkeit zu sehen? Wie kann ich sagen, daß das Gesetz nicht ausgewachsen in meiner Hülle steht, mit seinen Füßen in meinen Füßen, seinen Händen in meinen Händen, mit seinem Geschlecht heraushängend aus meinem Loch; oder daß, wenn ich die Chance gehabt habe, diese Äußerung zu tun, die Lippen und Zähne des Gesetzes nicht anfangen werden, sich aus dieser Hülle herauszunagen, bis es plötzlich dasteht vor euch, das Gesetz, wieder grinsend und triumphierend mit seiner weichen Haut, die hart wird an der Luft, während ich daliege, abgestreift, verkrumpelt, zurückgelassen auf dem Fußboden?

164. Wir stehen im düsteren Gang vor der einen Tür, die, so weit ich zurückdenken kann, immer verschlossen war. Was bewahrst du auf in dem verschlossenen Zimmer? habe ich meinen Vater immer wieder gefragt. Da ist nichts drin, hat er dann geantwortet, das ist eine Rumpelkammer mit nichts weiter drin als kaputten Möbeln, und außerdem ist der Schlüssel verlorengegangen. Jetzt sage ich Hendrik, er soll die Tür öffnen. Mit einem Meißel lockert er die Halterung des Schlosses. Dann bearbeitet er die Tür mit seinem Zwei-Kilo-Hammer, bis der Türpfosten splittert und sie aufspringt. Vom Fußboden steigt eine Wolke feinen Staubes auf. Es riecht nach kalten, müden Backsteinen. Klein Anna bringt eine Lampe. In der Ecke uns gegenüber sehen wir zwölf Stühle mit rohrgeflochtenen Sitzflächen, ordentlich übereinandergestapelt. Wir sehen einen Kleiderschrank, ein schmales Bett, einen Waschständer mit Schüssel und Kanne. Das Bett ist ordentlich gemacht. Ich klopfe leicht darauf, und Staub steigt auf von den grauen Kissen und der Decke. Überall sind Spinnweben. Sie haben ein Zimmer ohne Fenster gemacht, sage ich zu Hendrik.

165. Der Kleiderschrank ist abgeschlossen. Hendrik bricht das Schloß mit einem Messer auf. Er ist voll von Kleidern, den traurigen, vornehmen Kleidern vergangener Zeiten, die ich gerne tragen würde. Ich nehme eines heraus, ein weißes mit weiten Ärmeln und hohem Kragen, und halte es vor Klein Anna hin. Sie stellt die Lampe auf den Fußboden und glättet das Kleid an ihrem Leib. Ich helfe ihr beim Ausziehen. Ich nehme ihre alten Sachen entgegen und falte sie auf dem Bett zusammen. Sie schlägt die Augen nieder. Das Licht liegt glänzend auf ihren bronzefarbenen Flanken und Brüsten, wofür ich, wie ich wieder feststelle, keine Worte habe. Mein Herz schlägt schneller, als ich ihr das Kleid über den Kopf streife und die Knöpfe entlang ihrer Wirbelsäule zumache. Sie trägt keine Unterwäsche.

166. Obwohl die Schuhe ihr alle zu eng sind, besteht Klein Anna auf einem Paar. Ich ziehe es ihr an, knöpfe die Schlaufen aber nicht zu. Unsicher erhebt sie sich und wakkelt los. Sie führt uns aus dem Zimmer der Überraschungen auf die Veranda. Die Sonne geht unter, der Himmel ist ein Tumult von Orangetönen, Rots und Violetts. Klein Anna stolziert auf der Veranda hin und her, langsam die

Schuhe meisternd. Wenn wir unsere Sonnenuntergänge nur essen könnten, sage ich, wären wir alle voll. Ich stehe neben Hendrik und schaue. Hendrik hat seine alte Steifheit verloren. Sein Arm streift meine Seite. Ich weiche nicht aus. Es hat seinen Grund, daß ich ihm etwas zuflüstern möchte, etwas Freundliches und Liebevolles und Lustiges über Klein Anna, mich ihm zuwende und daß er sich mir zuneigt, daß ich mich für einen kurzen Moment in dem Dunstkreis befinde, der sein eigener privater Raum ist, der Raum, den er, wenn er stillsteht wie jetzt, erfüllt mit seinem eigenen Atmen und seinen eigenen Gerüchen, die ich dann einatme, einmal, zweimal, so oft wie nötig, um zu sagen, was ich zu sagen habe, Hendriks eigene Luft, und daß ich zum erstenmal feststelle, daß ich sie mit empfänglichen Nasenlöchern einatme, aufgeschlossen für Moschus, Schweiß und Rauch, die einst mich abstießen. So riechen nun mal Menschen auf dem Lande, die ehrlich gearbeitet haben, schwitzend unter heißer Sonne; die ihre Nahrung, für die sie geackert oder getötet haben, auf Feuer kochten, das sie eigenhändig gemacht haben. Vielleicht, sage ich mir, werde ich auch so riechen, wenn ich meine Lebensweise ändern kann. Ich erröte wegen meines eigenen dürftigen Geruches, des Geruches einer ungebrauchten Frau, beißend vor Hysterie, wie Zwiebeln, wie Urin. Wie kann er je den Wunsch haben, seine Nase in meiner Achselhöhle zu vergraben, so wie ich meine in seiner!

167. Klein Anna macht kehrt am Ende ihrer Promenade und lächelt uns an. Ich sehe keine Spur von Eifersucht. Sie weiß, wie fest sie Hendrik im Griff hat. Sie schlafen zusammen wie Mann und Frau. Sie haben eheliche Geheimnisse. Im warmen Dunkel liegen sie einander in den Armen und reden über mich. Hendrik sagt lustige Dinge über mich, und Anna kichert. Er erzählt ihr von meinem einsamen

Leben, wie ich allein spazierengehe, von den Dingen, die ich tue, wenn ich denke, niemand schaut zu, von der Art, wie ich mit mir selber rede, der Art, wie meine Arme zukken. Er parodiert mein unwirsches Gebrabbel. Dann erzählt er ihr von meiner Angst vor ihm, von den barschen Worten, die ich zu ihm sage, um ihn auf Distanz zu halten, dem Geruch der Angst, der von mir ausgeht. Er erzählt ihr, was ich allein im Bett mache. Er erzählt ihr, wie ich nachts im Haus herumstreiche. Er erzählt ihr, was ich träume. Er erzählt ihr, was ich brauche. Er erzählt ihr, daß ich einen Mann brauche, daß ich gedeckt werden muß, um zu einer Frau gemacht zu werden. Ich sei ein Kind, sagt er zu ihr, trotz meiner Jahre, ich sei ein altes Kind, ein böses altes Kind voll von abgestandenen Säften. Jemand soll eine Frau aus mir machen, sagt er zu ihr, jemand sollte ein Loch in mich machen, damit die alten Säfte herauslaufen können. Soll ich derjenige sein, der das macht, fragt er sie, der eines Nachts durchs Fenster steigt und ihr beiliegt und sie zur Frau macht und vor Morgengrauen wieder fort ist? Was meinst du, ob sie mich lassen würde? Ob sie sich stellt, als träumte sie, und es geschehen läßt, oder ob es nötig wäre, sie zu zwingen? Ob ich fähig wäre, mir den Weg zwischen diese knochigen Knie zu erkämpfen? Ob sie den Kopf verlieren und schreien würde? Ob ich ihr den Mund zuhalten müßte? Ob sie nicht so eng und trocken und bis zuletzt unnachgiebig wäre wie Leder? Und wenn ich mich hineinzwängte in dieses staubige Loch, nur um zu Brei zerquetscht zu werden in einem Schraubstock aus Knochen? Oder wäre es möglich, daß sie am Ende doch weich ist, wie ein Frau weich ist, wie du weich bist, hier? Und Anna keucht im Dunkeln, an ihren Mann sich klammernd.

168. Klein Anna macht kehrt am Ende ihrer Promenade und lächelt uns an. Sie ist froh, sie kennt alles, wonach ich mich sehne, und es macht ihr nichts aus. Ich würde gern mit ihr Arm in Arm an einem Samstag abend in meinem farbenfrohsten Kleid flanieren, flüsternd und kichernd wie ein Mädchen, den Landburschen mich präsentierend. Ich würde gern von ihr, in einer stillen Ecke, die großen Geheimnisse des Lebens hören, wie man schön ist, wie man einen Ehemann gewinnt, wie man einem Mann gefällt. Ich wäre gern ihre kleine Schwester, ich habe einen späten Start gehabt im Leben, die Jahre hinter mir sind verbracht worden wie im Schlaf, ich bin noch immer ein unwissendes Kind. Ich würde gern ein Bett mir ihr teilen, und wenn sie um Mitternacht auf Zehenspitzen hereinkommt, mit einem Auge lugen, wie sie sich auszieht, und die ganze Nacht an ihren Rücken gekuschelt schlafen.

169. »Ich kann nicht allein schlafen heute nacht«, sage ich zu ihnen. »Ihr beide müßt kommen und heute nacht im Haus schlafen.«
Die Worte sind ohne Vorbedacht herausgekommen. Ich empfinde Freude. So muß es sein, wie andere Menschen sprechen, offen, gerade heraus.
»Kommt schon, es gibt nichts, wovor ihr Angst zu haben brauchtet, ich versichere euch, es gibt hier keine Gespenster.«
Sie suchen einer des anderen Blick, wägen meine Motive ab, schicken in der Dämmerung einander Botschaften zu, die ich nicht entschlüsseln kann. Hendrik hat sich von mir zurückgezogen, ich bin nicht mehr im Dunstkreis seiner Wärme. Empfindet er aus seiner Tiefe?
»Nein, Miss«, murmelt er, »ich denke, wir gehn jetzt besser nach Hause.«
Ich werde stärker, wie er schwächer wird.
»Nein: Ich möchte, daß ihr hier schlaft, nur die eine Nacht. Sonst bin ich ganz allein im Haus. Wir können ein Bett auf

einer Matte in der Küche herrichten, es wird ganz bequem sein. Komm mit, Anna, komm und hilf mir.«

170. Hendrik und Anna stehen neben ihrem Bett und warten darauf, daß ich mich zurückziehe.
»Vergeßt nicht, das Licht auszublasen, bevor ihr schlafen geht«, sage ich, »und Anna, sorge bitte dafür, daß morgen früh das Feuer an ist. Gute Nacht, Hendrik, gute Nacht, Anna.« Ich bin die Munterkeit selber.
»Gute Nacht, Miss.«

171. Nachdem sie Zeit gehabt haben, sich niederzulassen, komme ich zurück und horche draußen an der geschlossenen Tür. Ich bin barfuß: Wenn die herumschleichenden Skorpione mich haben wollen, sollen sie mich haben. Ich höre überhaupt nichts, keine Regung, kein Flüstern. Wenn ich meinen Atem anhalte, dann tun sie es auch. Wie kann ich hoffen, sie zu täuschen, Landvolk, das den Tritt eines Hufs eine Meile weit weg durch Fußsohlen und Fingerspitzen vernehmen kann?

172. Ich liege auf dem Bett und warte. Die Uhr tickt, die Zeit vergeht, niemand kommt. Ich schlafe ein und träume nicht. Die Sonne geht auf. Ich erwache und ziehe mich an. Die Küche ist leer, das Bettzeug ist zusammengefaltet, das Feuer brennt.

173. Ich schreite den Feldweg hinauf, vorbei an den drei Dornbäumen, über ein Stück Gelände, zum Friedhof. Die eine Hälfte des Friedhofes, abgetrennt durch ein niedriges weißgestrichenes Geländer, ist für die Dynastien, die dieses

Land bestellt haben und nun begraben sind im Tonschiefer unter ihren Steinplatten und eingravierten Namen. Die andere Hälfte ist dichter vollgepackt mit den Grabhügeln ihrer Hirten und Hausmädchen und deren Kindern. Ich wandele zwischen den Steinen herum, bis ich an das Grab komme, das ich ausgesucht habe, das Grab von jemandem, von dessen Kommen und Gehen ich nichts weiß, dem ich keine fromme Pflicht schuldig bin. Neben der verwitterten Granitplatte ist die Öffnung eines Loches, das in einem stumpfen Winkel in die Erde geht. In diesem Bett eines Toten hat ein Stachelschwein, vielleicht nun auch schon seit Generationen tot, sich ein Heim ausgehöhlt und geschlafen und seine Jungen großgezogen.

174. Hendrik sitzt mit seiner jungen Frau auf der Bank im Schatten der Hütte. Es ist Sonntag.
»Hendrik, nimm dir Hacke und Schippe und komm bitte mit mir zum Friedhof. Anna, du bleibst besser hier.«

175. Hendrik kann den Grabstein nicht allein bewegen. Das ist Arbeit für vier Männer, sagt er. Er hackt die Erde um die drei eingesunkenen Kanten auf, aber der Stein sitzt fest.
»Hack die ganze Seite hier auf. Mach das Loch größer, so groß, wie der Stein lang ist.«
»Miss, das ist ein Stachelschweinloch, da ist nichts drin.«
»Tu, was ich dir sage, Hendrik.«
Hendrik müht sich ab, während ich ihn umkreise. Das Grab ist mit Gesteinsbrocken und Erde aufgefüllt, die Schichten sind durchbrochen worden, es ist nicht schwer zu graben, deswegen hat das Stachelschwein sich diesen Platz zum Leben ausgesucht, nahe bei den Luzernenfeldern. Sobald Hendrik den Eingang erweitert hat, sehen wir, wie

ich erwartete, eine geräumige, abgerundete Kammer. Obwohl ich auf dem Bauch liege und die Augen beschatte, ist der Glast zu hell, um die Rückwand zu sehen.
»Wie tief ist das Loch, Hendrik? Fühl mal mit der Schippe. Ich will nicht, daß der Sarg beschädigt wird.«
»Nein, Miss, es ist groß, aber es geht nicht tief, Stachelschweine graben nicht tief, sie machen eine große Kammer wie die hier, nur die eine.«
»Und wie ist es mit einem Menschen, Hendrik – ist das Loch groß genug, um einen Menschen aufzunehmen?«
»Ja, Miss, es ist groß, ein Mensch paßt da leicht rein.«
»Bloß um sicherzugehn – zeig mir, wie ein Mensch da reinpaßt.«
»Ich? Nein, Miss, für mich ist die Zeit noch nicht da, um ins Grab zu steigen!« Er lacht, steht aber entschlossen da, den Hut schräg nach hinten schiebend.

176. Ich bündele meinen Rock um die Knie und lasse mich mit den Beinen in das Loch hinab. Ich schiebe mich rückwärts ins Dunkel. Hendrik schaut zu, auf die Schippe gestützt.
Ich bin ganz drinnen. Ich versuche mich zu strecken, kann aber die Beine nicht gerademachen.
Ich rolle mich in der kühlen Erde zusammen und wende mich ab vom Licht. Mein Haar ist voller Dreck. Ich schließe die Augen, um das Dunkel besser genießen zu können. Ich befrage mein Herz und kann keinen Grund finden, warum ich hier weggehen sollte. Ich könnte dies zu meinem zweiten Zuhause machen. Ich könnte mir von Hendrik Essen bringen lassen. Ich würde nicht viel brauchen. Nachts könnte ich hinauskrabbeln und die Beine ausstrecken. Vielleicht würde ich mit der Zeit sogar lernen, den Mond anzuheulen und auf der Suche nach Abfällen das schlafende Farmhaus zu umschleichen. Ich kann keinen

Grund finden, warum ich die Augen wieder aufmachen sollte.
»Ja«, sage ich zu Hendrik. Meine Stimme ist belegt, mein Worte dröhnen mir im Kopf. »Es ist groß genug. Hilf mir heraus.«
Er beugt sich herab und sieht den Mund seiner Herrin im Schatten des Loches sich bewegen.

177. Die Leiche liegt bereit auf dem Fußboden des Badezimmers, eingenäht in eine graue Wagenplane. Ich habe gehört, daß Seeleute den letzten Stich durch die Nase machen, um sicherzugehen, aber das bringe ich nicht fertig. Ich habe nicht geweint bei meiner Arbeit. Nicht, daß ich ein hartes Herz habe. Es muß jemanden geben, der die Leiche wäscht, es muß jemanden geben, der das Grab gräbt.

178. Ich tauche auf der Veranda auf und rufe mit lauter, fester Stimme. »Hendrik!«
Hendrik erhebt sich von seinem Platz im Schatten und kommt über den Hof.
»Hendrik, hol bitte den Schubkarren und stell ihn an die Küchentür.«
»Ja, Miss.«
Als er an die Hintertür kommt, warte ich auf ihn.
»Komm und hilf mir die Leiche tragen.«
Er blickt mich zweifelnd an. Dies ist der Moment, da er scheut. Ich bin darauf vorbereitet.
»Hendrik, ich will offen zu dir sprechen. Wir können nicht länger warten. Es ist heiß, der Baas muß beerdigt werden. Es gibt nur dich und mich, die das tun können. Allein kann ich es nicht, und ich will nicht, daß Fremde sich einmischen. Das ist eine Familienangelegenheit, etwas Privates. Verstehst du, was ich sage?«

»Was ist mit einem Pfarrer?« Er murmelt, er ist unsicher, er will keinen Ärger machen.
»Komm schon, Hendrik, wir haben keine Zeit zu verlieren. Hilf mir tragen.«
Ich drehe mich um, er kommt nach.

179. Wir heben das Paket an, er am Kopf, ich an den Füßen, und tragen es durch das Haus ins Sonnenlicht. Es gibt niemanden, der uns sehen könnte. Es hat nie jemanden gegeben, der hätte sehen können, was hier vorgeht. Wir stehen außerhalb des Gesetzes, deswegen leben wir nur nach dem Gesetz, das wir in uns erkennen, richten uns nach unserer inneren Stimme. Mein Vater lehnt sich zurück in seinem Schubkarren, auf einer letzten Rundfahrt durch seine Domäne. Wir mühen uns den Weg hinauf zum Friedhof, Hendrik schiebt, ich achte darauf, daß die gebündelten Beine nicht seitwärts herrunterrutschen.

180. Hendrik will nichts zu tun haben mit der Beerdigung. »Nein, Miss«, sagt er wieder und wieder, zurückweichend und den Kopf schüttelnd.
Ich schiebe und ziehe, bis die Karre dicht an dem Loch steht. Habe ich Zeit, kann ich alles tun, was ein Mann tun kann. Ich klemme mir die Fußgelenke unter den Arm, strenge mich an, das Bündel herunterzuziehen. Die Karre kippt seitlich um, ich springe zurück, und die Leiche rutscht, mit dem Gesicht nach unten, zu Boden. »Steh nicht so da rum, hilf mir!« schreie ich. »Du verdammter *Hotnot*, da bist doch nur du dran schuld, du und deine Hure!« Mir ist schwindlig vor Wut. Er dreht sich um, klemmt sich den Hut auf den Kopf und marschiert davon. »Dreckskerl! Feigling!« schreie ich ihm nach. Mit den linkischen Bewegungen einer Frau werfe ich einen Stein nach ihm; längst nicht weit genug. Er achtet nicht darauf.

181. Die Hüften sind zu breit für das Loch, die Leiche will auf ihrer Schmalseite nicht hineinrutschen, und die angewinkelten Beine sind in der Plane nicht geradezukriegen. Ich muß entweder das Loch vergrößern oder das Paket aufreißen. Ich hasse es, gute Handwerksarbeit zu zerstören. Ich habe weder ein Messer noch eine Schippe bei mir. Ich hacke mit einem Stein an der Erde herum, aber das hinterläßt kaum eine Spur. Ich hätte die Plane mit einem Seil verschnüren sollen, so kriege ich sie nicht richtig zu fassen, meine Finger tun weh vom Ziehen und Zerren.

182. Als ich mit der Schippe zurückkomme, sind bereits die Fliegen da, steigen in einer Wolke von dem grauen Bündel auf, summen in der Luft, ungeduldig darauf wartend, daß ich weggehe. Ich fuchtele mit den Armen. Es ist später Nachmittag. Wie die Zeit vergeht, wenn man zu tun hat. Die Schippe ist das falsche Arbeitsgerät, was ich brauche, ist ein Spaten, der in die Erde beißt. Ich benutze die Seite des Schaufelblattes zum Hacken, wobei ich hin und wieder Funken aus dem Grabstein schlage, mich selbst mit Dreck bespritzend, bis ich das Loch dann doch ein bis zwei Zoll erweitert habe.
Wieder rutscht die Leiche bis zu den Hüften hinein und bleibt stecken. Ich knie mich hin und versuche mit aller Kraft, sie zu schieben. Ich setze mich neben sie und trete mit beiden Absätzen zugleich. Sie dreht sich ein wenig, und die Hüften rutschen durch. Ich hebe den Rumpf an, drehe ihn weiter, bis die Schultern flach liegen. Nun wollen Schultern und Kopf durchgehen, aber Füße und Knie weigern sich weiterzurutschen, da die Sohle des Baues erst abfällt und dann wieder ansteigt. Es liegt nicht an den Knien, sehe ich, sondern an der Wirbelsäule, die sich nicht beugen will. Ich kämpfe weiter und weiter in der karminroten Pracht der sinkenden Sonne, trete erst rechts, dann links gegen die

Schulter, ohne etwas zu erreichen. Ich werde sie wieder ganz herausziehen, das Segeltuch aufschneiden und die Fußgelenke an die Oberschenkel binden müssen, um sie zu verkürzen. Aber werden die Knie biegsam genug sein? Werde ich die Sehnen in den Knien durchschneiden müssen? Beerdigung ist völlig falsch. Ich hätte die Leiche mitsamt Matratze und Bettzeug verbrennen und einen langen Spaziergang ins Grasland machen sollen, um dem Geruch zu entgehen. Ich hätte ein neues Grab im Flußbett oder im Garten graben sollen, wo der Boden weich ist. Ich hätte einen von den bescheideneren Grabhügeln ausheben sollen, was für einen Unterschied macht es schon, wo er liegt? Wenn ich vorhabe, ihn in diesem Grab unterzubringen, bleibt mir nichts übrig, als ihn hereinzuziehen, erst selber hineinzusteigen und ihn dann zu mir hereinzuziehen. Und ich bin erschöpft. Ich sehe nicht, wie ich das vor Einbruch der Dunkelheit schaffen kann. Mein ganzes Leben hat es genug Zeit gegeben, mehr als genug Zeit, zuviel Zeit, ich habe geschnappt nach der Luft des Lebens in dem dünnen Medium unserer Zeit. Hast ist mir fremd, ich bin angewidert von dem Geruch der Panik, den ich in meinem Schweiß entdecke. Ich bin weder Gott noch Tier, warum muß ich alles allein machen, bis hin zu den allerletzten Dingen, warum hatte ich dieses Leben ohne Hilfe zu leben? Ich bringe es nicht über mich, das Leichentuch zu öffnen und mich nochmals dem dunkelnden, käsigen Fleisch auszusetzen, das mich zeugte. Aber wenn ich es jetzt nicht unter die Erde bringe, werde ich es je tun? Vielleicht sollte ich einfach zu Bett gehen und dort warten, tagein tagaus, mit einem Kissen über dem Kopf, vor mich hinsingend, indes der Sack in der Sonne liegt, die Fliegen ihn umsummen und die Ameisen hinein- und hinauskrabbeln, bis er sich bläht und platzt und schwarze Flüssigkeit daraus hervorrinnt; und dann warten, bis sein Leidensweg vollendet ist, bis er einfach Knochen und Haar ist, da die Ameisen sich alles

Lohnende genommen haben und woanders hingegangen sind; und dann, wenn die Naht gehalten hat, endlich aus dem Bett aufstehen und ihn aufheben und in das Stachelschweinloch schmeißen und frei sein davon.

183. Das Bündel, wieder herausgezogen, liegt wie eine große graue Larve an der Grabseite, und ich, ihre unermüdliche Mutter, mache mich instinktgetrieben wieder daran, sie an dem sicheren Ort zu verstauen, den ich für sie ausgesucht habe, obwohl ich nicht weiß, für welchen Winterschlaf, mit welcher Zellennahrung, zu welcher Metamorphose, es sei denn, es wird eine große graue Motte daraus, die knarrend durch die Dämmerung zum Lampenlicht des Farmhauses faltert, durch die fliehenden Fledermäuse taumelt, die Luft mit ihren Flügeln sägt, den Totenschädel lichterloh brennend im Pelz zwischen den Schultern, die Mandibeln, falls Motten Mandibeln haben, weit geöffnet für ihre Beute. Ich schicke den Kopf zuerst hinab in das Loch, aber wieder gehen die Beine nicht hindurch, weil die Wirbelsäule sich nicht beugen will. Die Jagdhunde der Logik bringen mich zur Strecke.

184. Das Licht wird schmutzig, die Vögel lassen sich zum Schlafen nieder. Wenn ich einen Moment stillstehe, kann ich das Scheppern von Hendriks Melkeimer hören. Die Kuh brüllt nach ihm. Seine Frau wartet am Herd. In dieser ganzen weiten Welt gibt es nur zwei Geschöpfe, die keinen Ort haben, wo sie ihr Haupt hinlegen können.

185. Ich gleite in das Dunkel des Loches. Die ersten Sterne sind draußen. Ich packe das Paket am Fußende, nehme alle Kraft zusammen. Die Leiche rutscht leicht bis zu den Oberschenkeln herein. Ich hebe die Füße vom Boden weg und ziehe erneut. Sie rutscht herein bis zu den Schultern. Die Mündung des Loches ist blockiert, um mich herum ist es pechschwarz. Ich hebe die Füße über meine Knie, umarme das Paket bei den Schultern und ziehe ein drittes Mal. Der Kopf bumst herein, die Sterne erscheinen wieder, es ist geschafft. Ich krieche über die Leiche hinaus in die freie Luft. Schade, daß ich nur das Kreuz des Südens zu benennen weiß. Ich muß ausruhen, ich kann das Loch nicht noch heute nacht auffüllen, das wird morgen früh Hendrik machen müssen. Er wird Sand aus dem Flußbett heraufkarren müssen, einfacher geht es nicht, dann muß er die Öffnung mit Steinen abdecken und die Oberfläche wieder anständig herrichten. Meinen Teil habe ich getan. Zitternd vor Erschöpfung finde ich nach Hause.

186. Ganz plötzlich ist es Morgen. Es scheint in meiner Macht zu liegen, ganze Tage oder Nächte überspringen zu können, als ob sie nicht geschehen wären. In der leeren Küche recke ich mich und gähne.
Hendrik erscheint in der Tür. Wir grüßen einander gesittet.
»Miss, ich bin gekommen, um zu fragen – wir haben noch keinen Lohn bekommen.«
»Noch keinen Lohn bekommen?«
»Nein, Miss, noch keinen Lohn bekommen.« Er schenkt mir sein freundliches Lächeln, als hätte er plötzlich eine Quelle blendender Freude in dem entdeckt, was wir sagen. Was macht ihn so froh? Denkt er, ich kann seine Freundlichkeit erwidern? »Schaun Sie, Miss, es ist so.« Er kommt näher, gleich wird er erklären, er sieht nicht, wie ich zurückweiche. »Am Freitag war der Erste des Monats. Also hätten wir am Montag unser Geld kriegen müssen, all die Leute auf der Farm. Aber der Baas hat uns keinen Lohn gezahlt. Wir warten also noch, Miss.«

»Hat der Baas euch gar nichts gegeben?«
»Nein, Miss, nichts, er hat uns nichts von unserm Geld gegeben.«
»Ja, ich weiß, aber wir reden ja hier nicht nur von Geld. Was ist mit dem Brandy, den der Baas dir gegeben hat? Und Klein Anna? Was ist mit all den Geschenken, die er ihr gemacht hat? Die haben doch Geld gekostet, nicht? Der Baas hat euch alle möglichen Dinge gegeben, und obendrein willst du jetzt auch noch Geld haben. Oh, nein! Für Leute wie euch hab ich kein Geld.«
Ärger, nichts als Ärger! Was weiß ich von Geld? Mein ganzes Leben lang hab ich keine größere Münze anfassen müssen als ein Sixpence-Stück. Wo soll ich Geld hernehmen? Wo hat mein Vater es aufbewahrt? In einem Loch in seiner Matratze, blutdurchweicht und inzwischen zu Asche verbrannt? In einer Tabakdose unter dem Fußboden? Hinter Schloß und Riegel im Postamt? Wie soll ich da jemals rankommen? Hat er ein Testament gemacht? Hat er es mir vermacht oder seinen Brüdern und Schwestern und Kusinen, von denen ich nie etwas gehört habe? Wie soll ich das jemals herausfinden? Aber will ich sein Geld überhaupt? Brauche ich Geld, wenn ich mein ganzes Leben glücklich von gekochtem Kürbis leben kann? Und wenn ich zu anspruchslos bin, um Geld zu brauchen, warum braucht dann Hendrik welches? Warum muß er mich immer enttäuschen?
»Wir haben unsere Arbeit getan, Miss.« Das Lächeln ist verschwunden, er ist starr vor Zorn. »Jetzt müssen wir unser Geld kriegen. Der Baas hat uns immer bezahlt. Immer.«
»Steh bloß nicht hier rum und streite mit mir!« Ich habe auch meine Quellen für Zorn. »Was für Arbeit habt ihr beiden denn wirklich gemacht? Was für Arbeit hat deine Anna gemacht? Was für Arbeit hast du gestern nachmittag gemacht, als ich den Baas ganz allein zu beerdigen hatte?

Erzähl mir nichts von Arbeit – ich bin der einzige, der hier irgendwelche Arbeit macht! Geh, ich habe kein Geld für euch!«

»Gut, wenn die Miss sagt, wir müssen gehn, dann müssen wir wohl gehn!«

Er bedroht mich doch tatsächlich bei hellichtem Tag. Er muß gekommen sein, mit seinem Lächeln, um mich auf die Probe zu stellen, um zu sehen, was aus mir herauszuholen ist, da er denkt, wenn ich allein bin und lächerlich, muß ich auch schwach sein und ängstlich. Und jetzt droht er mir, da er denkt, er könne mich einschüchtern.

»Hör gut zu, Hendrik, und mißversteh mich nicht. Ich gebe dir kein Geld, weil ich kein Geld habe. Wenn ihr fortgehn wollt, könnt ihr fortgehn. Aber wenn ihr warten wollt, verspreche ich dir, daß ihr euer Geld kriegt, jeden Penny, den ihr verdient habt. So, und nun entscheide dich.«

»Nein, Miss, ich verstehe. Wenn die Miss sagt, wir müssen warten, dann müssen wir warten, wenn die Miss uns unser Geld verspricht. Dann geh ich und nehm unsere Schlachtschafe.«

»Ja, nimm dir eure Schlachtschafe. Aber schlachte nichts für das Haus, bevor ich es dir sage.«

»Ja, Miss.«

187. Der Fußboden glänzt, wie er nie geglänzt hat, als er der Pflege der Diener überlassen war. Die Türgriffe schimmern, die Fenster blitzen, die Möbel leuchten. Der kleinste Lichtstrahl, der ins Haus dringt, wird endlos von funkelnder Oberfläche zu funkelnder Oberfläche weitergeworfen. Jedes Stück Leinen ist von meinen eigenen Händen gewaschen, aufgehängt, gebügelt, zusammengelegt und weggepackt worden. Meine Knie sind mürbe vom Knien an der Badewanne, meine Hände sind wund vom Waschbrett. Mein Rücken schmerzt, in meinem Kopf dreht sich's, wenn ich aufstehe. Ein Geruch von Bienenwachs und Leinsamenöl hängt in der Luft. Der Staub von Jahren, der Staub auf den Kleiderschränken und Sprungfedern ist zur Tür hinausgekehrt worden. Der Dachboden ist blitzblank. Die Kommoden stehen in Reih und Glied, vollgepackt mit Dingen, die ich nicht mehr brauche, ihre Beschläge und Schlösser glänzen. Mein Haus ist aufgeräumt bis zur letzten Stecknadel, und ich habe es selber getan. Als nächstes ist die Farm dran. In den nächsten Tagen, falls es nicht zu drückend ist, müssen die Schafe geschoren werden. Wenn Hendrik sich weigert, diese Aufgabe zu übernehmen, werde ich es tun, meine Kräfte sind unerschöpflich. Ich werde meine Sonnenhaube aufsetzen und mit meiner Schneiderschere hinausgehen und die Schafe bei den Hinterbeinen schnappen, sie zwischen die Knie klemmen und sie eins nach dem andern scheren, Tag für Tag, bis alles getan ist – soll sich der Wind die Wolle nehmen, was nützt sie mir? Oder vielleicht behalte ich etwas davon, um eine Matratze damit auszustopfen, damit ich nachts darauf liegen kann, auf all dieser öligen Wärme. Wenn es mir nicht gelingt, die Schafe zu fangen, was nicht unwahrscheinlich ist (ich habe keinen Schäferhund, Hunde knurren und dukken sich, wenn ich sie rufe, sie mögen mich nicht, es ist der Geruch), dann kann ich's nicht ändern, dann müssen die Schafe verenden, wie schmutzige braune Puderquasten müssen sie auf dem Grasland herumliegen und japsen und keuchen, bis es ihrem Schöpfer beliebt, sie zu sich zu rufen. Und was die Wasserpumpen betrifft, die Wasserpumpen werden weiterpumpen, Tag und Nacht, die sind treu, sie denken nicht, die Hitze macht ihnen nichts aus. Die Staubecken fließen über. Hendrik bewässert das Land noch, ich sehe ihn abends. Wenn er damit aufhört, aus Langerweile, aus Groll, werde ich weitermachen. Ich brauche die Obstbäume und den Gemüsegarten. Der Rest, der Mais und die Luzerne, kann sterben. Die Kuh verdorrt, die Kuh kann sterben.

188. Zwischen mir und ihnen liegt der trockene Fluß. Sie kommen nicht mehr zum Haus, da sie keine Veranlassung dazu haben. Ich habe sie nicht bezahlt. Hendrik melkt immer noch die Kuh, die kaum mehr Milch gibt, und bewässert das Land. Anna bleibt zu Hause. Manchmal, von der Veranda aus oder durch ein Fenster, fällt mir ihr scharlachrotes Schultertuch ins Auge, das im Flußbett auf und nieder geht. An den Freitagabenden kommt Hendrik sich seinen Kaffee und Zucker und Mais und Bohnen vom Vorrat holen. Ich sehe zu, wie er den Hof hin und zurück überquert.

189. Das Geflügel ist verwildert, es schläft in den Bäumen. Eins nach dem andern wird es von Wildkatzen getötet. Eine Schar Küken ging gestern nacht verloren. Das Futter geht aus. Ich habe kein Geld entdeckt. Wenn es auf dem Postamt liegt, ist es für mich verloren. Aber vielleicht ist es tatsächlich mit verbrannt. Oder vielleicht hat es auch nie irgendwelches Geld gegeben. Vielleicht wird es erst Geld geben, wenn ich die Schafe schere und die Wolle verkaufe. In diesem Fall wird es kein Geld geben.

190. So kann man nicht leben.

191. Unfähig zu schlafen, wandere ich zur Siestazeit im Haus herum. Ich befingere die fremden Kleider in dem zugesperrten Zimmer. Ich betrachte mich im Spiegel und versuche zu lächeln. Das Gesicht im Spiegel lächelt hohlwangig. Nichts hat sich geändert. Ich mag mich noch immer nicht. Anna kann diese Kleider tragen, ich nicht. Da ich allzulange Schwarz getragen habe, bin ich zu einer finsteren Person geworden.

192. Hendrik schlachtet jede Woche ein Schaf. Das ist seine Art, sich zu nehmen, was ihm zusteht.

193. Ich stehe morgens auf und sehe mich um nach Dingen, die ich saubermachen kann. Aber die Dinge wollen nicht schnell genug schmutzig werden. Sie werden zu wenig benutzt, ich muß auf den Staub warten, und der Staub nimmt sich Zeit. Ich bin mißlaunig; das Haus ist blitzblank.

194. Hendrik steht an der Haustür mit seiner Frau hinter sich.
»Miss, der Kaffee ist aufgebraucht, das Mehl ist aufgebraucht, fast alles ist aufgebraucht.«
»Ja, ich weiß.«
»Und die Miss schuldet uns noch Geld.«
»Ich habe kein Geld. Ihr arbeitet sowieso nicht, also warum sollte ich euch Geld geben?«
»Ja, aber die Miss schuldet uns noch was, nicht?«
»Es nützt nichts, immer wieder zu bitten, Hendrik, ich sag dir doch, ich habe kein Geld.«
»Ja, aber dann kann uns die Miss was anderes geben.«

195. Ich kann nicht weitermachen mit diesen idiotischen Dialogen. Die Sprache, die zwischen mir und diesen Leuten gewechselt werden sollte, ist von meinem Vater verdorben worden und kann nicht wiederhergestellt werden. Was zwischen uns jetzt hin- und hergeht, ist eine Parodie. Ich wurde hineingeboren in eine Sprache der Hierarchie, der Distanz und Perspektive. Es war meine Vatersprache. Ich sage nicht, daß es die Sprache ist, die mein Herz sprechen möchte, zu sehr empfinde ich das Pathos des Abstandhal-

tens, aber sie ist alles, was wir haben. Ich glaube gern, daß es eine Sprache der Liebenden gibt, aber ich kann mir nicht vorstellen, wie sie klingt. Ich habe keine Worte zum Tauschen mehr übrig, deren Wert ich traue. Hendrik zieht den Kopf ein und grinst insgeheim die ganze Zeit, wenn er mir mit den alten Floskeln kommt. »Miss, Miss, Miss«, sagt er mir ins Gesicht; »ich kenne dich, du bist deines Vaters Tochter«, sagt er hinter vorgehaltener Hand; »du bist die Halbschwester meiner Frau, wo dein Vater lag, liege auch ich, ich kenne diesen Mann, sein Abdruck ist in meinem Bett.«
»Du, du, du«, singt Klein Anna hinter ihm, wo ich sie nicht sehen kann.

196. Hendrik hat seinen Auftritt hoch über mir auf der Plattform vor der Dachbodentür – in Kleidungsstücken meines Vaters. Es ist grotesk! Er posiert, die Hände in die Hüften gestemmt, wirft sich in die Brust.
»Aitsá!« ruft Klein Anna zu ihm hinauf.
»Zieh sofort diese Sachen aus!« Ich kann das nicht durchgehen lassen, er treibt es zu weit mit mir. »Ich habe gesagt, du könntest ein paar von den alten Sachen des Baas haben, aber die Sachen da sind nicht für dich!«
Lüstern schielt er zu seiner Frau hinab, mich ignorierend.
»Hendrik!« schreie ich.
»Hê!« sagt Hendrik, dreht mit ausgestreckten Armen auf der Plattform eine Pirouette. *»Aitsá!«* ruft seine Frau zurück, löst sich auf in entzücktem Gelächter.
Er hat sich ein weißes Baumwollhemd ohne Kragen genommen, die beste Satinweste, die Köperhose, sogar die guten schwarzen Stiefel. Über das Geländer drapiert liegen noch mehr Hemden.
Was kann ich machen gegen die beiden? Ich bin so allein und eine Frau! Ich stapfe die Holzstiege hinauf. Dies ist mein Schicksal, ich muß es durchstehen.

Das Gelächter hat aufgehört. Meine Augen sind mit seinen Stiefeln auf gleicher Höhe.
»Miss!« Ist das nun endlich Haß, was ich in seiner Stimme höre? »Miss, nur zu, sagen Sie's dem alten Hendrik: Will die Miss, daß er die Sachen vom Baas auszieht?«
»Ich habe gesagt, du könntest dir alte Sachen nehmen, Hendrik, aber die Sachen da sind nicht für dich.« Wie viele von diesen klumpigen Worten werde ich noch hervorbringen können, wenn meine Stimme wimmern und jammern möchte?
»Will die Miss, daß ich die Sachen ausziehe?«
Ich sitze in der Falle. Gleich werde ich heulen. Was muß ich noch alles durchmachen, bevor sie mich in Ruhe lassen?
Hendrik macht den Gürtel seiner Hose auf. Ich schließe die Augen und senke den Kopf. Ich muß vorsichtig sein, wenn ich versuche, die Stiege rückwärts hinunterzugehen, werde ich sicherlich ausrutschen und stürzen.
»He, schaun Sie! Schaun Sie, unsere Miss, schaun Sie!« Was ich in seiner Stimme höre, ist bestimmt Haß. Heiße Tränen rinnen mir über die Backen, obwohl ich die Augen zukneife. Hier ist meine Strafe, sie ist gekommen, nun muß ich sie ertragen. »Los, Miss, keine Angst, es ist nur ein Mann!«
So stehen wir lange Zeit da, wie in einem Tableau.
»Hör auf jetzt, du tust ihr weh.« Klein Annas Stimme kommt leise von unten herauf und rettet mich. Ich mache die Augen auf und sehe, daß sie mir neugierig ins Gesicht schaut. Sie ist eine Frau, deswegen ist sie barmherzig. Ist das eine universelle Wahrheit? Tastend, einen Fuß nach dem andern rückwärts setzend, steige ich die Stufen hinab und schleppe mich an ihr vorbei ins Haus. Sie machen einen Feind aus mir, aber warum? Bloß weil ich kein Geld für sie habe?

197. Sie lungern im Hof herum, in den besten Sachen meiner Eltern, ohne daß jemand da wäre, vor dem sie damit protzen könnten. Diese müßigen Tage wirken sich auf sie nicht weniger aus als auf mich. Wir zerbröckeln alle miteinander. Für sich allein langweilen sich die beiden, und so haben sie sich zum Zeitvertreib gegen mich gewendet. Ich nehme das Gewehr aus seinem alten Platz im Schirmständer. Hendriks Rücken kommt über Kimme und Korn in Sicht. Was ist Hendrik in diesem Augenblick, ein von Langerweile geplagter Mann, der an einem Grashalm lutscht, oder ein Flecken Weiß vor dem Grün? Wer kann das sagen? Gewehr und Ziel gleiten ins Gleichgewicht, und ich ziehe den Abzug. Ich bin verblüfft und betäubt, aber ich habe das schon einmal durchgemacht, samt dem Klingeln in meinen Ohren, ich bin ein alter Hase. Anna rennt wie ein Kind, die Luft dreschend, stolpernd in dem schweren weißen Kleid. Hendrik versucht auf allen vieren hinter ihr herzukrabbeln. Ich ziehe mich zurück ins Dunkel meines Zimmers, um darauf zu warten, daß der Lärm aufhört.

198. Mit dem Gewehr in der Hand tauche ich auf der leeren Veranda auf. Ich hebe es und ziele auf den weißen Flekken des Hemdes. Der Lauf schwankt verrückt, ich kann ihn nirgendwo auflegen. Anna schreit und zeigt auf mich. Im Nu sind sie in Bewegung und rennen wie Hasen über den Hof zum Gemüsegarten. Ich kann das Gewehr nicht dazu bringen, ihnen schnell genug zu folgen. Ich bin nicht böse, ich bin nicht einmal gefährlich. Ich schließe die Augen und ziehe den Abzug. Ich bin verblüfft und betäubt, in meinen Ohren ist ein Klingeln. Hendrik und Klein Anna sind hinter den Reihen der Feigenbäume verschwunden. Ich stelle das Gewehr wieder an seinen Platz.

199. Im Sonntagsstaat von Toten sitzen sie auf der alten Bank im Schatten des Fliederbaumes. Hendrik schlägt die Beine übereinander und legt die Arme auf die Rückenlehne. Klein Anna schmiegt sich an seine Schulter.
Er sieht, wie ich sie vom Fenster aus beobachte. Er erhebt sich und kommt näher. »Die Miss hat nicht vielleicht ein bißchen Tabak für mich?«

200. Ich liege auf meinem Bett mit dem Kissen über den Augen. Die Tür meines Zimmers ist zu, aber ich weiß, daß Hendrik im Haus ist und die Schubladen durchwühlt. In diesem Haus würde ich merken, wenn eine Fliege sich die Füße leckt.
Die Tür geht auf. Ich drehe mich zur Wand. Er steht vor mir.
»Schaun Sie, Miss, ich hab etwas Tabak gefunden.«
Zum letzten Mal atme ich den lieblichen Duft von Pfeifentabak. Wer wird ihn je wieder in mein Haus tragen?
Er setzt sich schwer neben mich auf die Bettkante. Meine Nasenlöcher füllen sich mit seinem Geruch. Er legt eine Hand auf meine Hüfte, und ich schreie die leere Wand an, mache meinen Körper steif und brülle mein Entsetzen aus den Tiefen der Lungen hinaus. Die Hand verläßt mich, der Geruch verschwindet, aber die Schreie schrillen weiter.

201. Hendrik und Klein Anna sitzen auf der alten Bank im Schatten des Fliederbaumes. Hendrik schlägt die Beine übereinander und pafft seine Pfeife. Anna kuschelt sich an seine Schulter. Vom Fenster aus schaue ich zu. Sie sind unverletzt.

202. Ich winke Hendrik mit dem weißen Umschlag heran. »Bring diesen Brief zur Post. Gib ihn dem Baas am

Schalter. Er wird dir Geld geben. Wenn du morgen früh losfährst, kannst du Dienstag abend zurück sein.«
»Ja, Miss – zur Post.«
»Wenn sie fragen, sag, ich hätte dich geschickt. Sag, der Baas ist krank und kann nicht kommen. Denk daran: der Baas ist krank – sonst sagst du nichts.«
»Nein, Miss. Der Baas ist krank.«
»Ja. Und sag Anna, daß sie morgen nacht gern in der Küche schlafen kann, wenn sie Angst hat.«
»Ja, Miss.«
»Und tu den Brief an eine sichere Stelle, sonst kriegst du nichts.«
»Nein, Miss, ich werd ihn sicher verwahren.«

203. Anna fängt an, ihr Bett herzurichten. Ich verlasse die Küche nicht, sondern sitze mit dem Rücken zum Tisch und schaue ihr zu. Ihre Bewegungen sind schwerfällig geworden. Sie ruht nicht in sich selbst, nun, da ihr Mann abwesend ist.
»Schläfst du gern in der Küche, Anna?«
»Ja, Miss.« Sie wendet ihr Gesicht ab, sie flüstert, sie weiß nicht, wohin mit ihren Händen.
»Möchtest du nicht in einem richtigen Bett schlafen?«
Sie ist verwirrt.
»Möchtest du nicht in dem Bett im Gastzimmer schlafen?«
»Nein, Miss.«
»Was! Du schläfst lieber hier auf dem Fußboden?«
»Ja, Miss, auf dem Fußboden.«
Sie erträgt ein langes Schweigen. Ich fülle den Wasserkessel.
»Geh ins Bett. Ich mache bloß noch eine Tasse Tee.«
Sie deckt sich zu und dreht sich vom Licht weg.
»Sag mir, ziehst du dich nicht aus, Anna? Ziehst du dich nicht aus, wenn du schlafen gehst? Behältst du dein Tuch um, wenn du schläfst?«

Sie schiebt das Tuch von den Schultern.
»Sag mir, schläfst du in deinen Sachen, wenn dein Mann bei dir ist? Das kann ich nicht glauben.« Ich ziehe einen Stuhl an ihr Lager. »Hast du eine schöne Zeit mit deinem Mann, Anna? Komm schon, du brauchst nicht schüchtern zu sein, es hört uns ja keiner. Komm, sag mir, hast du eine schöne Zeit? Ist es schön, verheiratet zu sein?« Sie schnieft jämmerlich, gefangen in dem dunklen Haus bei der Hexe. Das wird kein Dialog werden, Gott sei Dank, ich kann meine Flügel ausbreiten und fliegen, wohin ich will. »Ich hätt auch gern einen Mann, aber es hat nicht sollen sein, ich habe keinem genug gefallen, ich bin nie hübsch gewesen.« Von dem steifen Küchenstuhl beuge ich mich über sie herab und fange an sie zu piesacken; sie hört in meiner Stimme nur krachende Wellen der Wut und schluchzt trübselig in sich hinein. »Aber das ist nicht das Schlimmste. Energie ist ewige Freude, ich hätte ein ganz anderer Mensch sein können, ich hätte mich aus diesem Gefängnis hinausbrennen können, meine Zunge ist eine gespaltene Flamme, verstehst du; aber sie hat sich völlig nutzlos nach innen gekehrt, was für dich wie Wut klingt, ist nur das Knistern des Feuers im Innern, ich bin dir nie wirklich böse gewesen, ich wollte nur reden, ich habe nie gelernt, mit einem andern Menschen zu reden. Es ist immer so gewesen, daß das Wort zu mir herabgekommen ist, und ich habe es weitergegeben. Ich habe nie Worte eines echten Austauschs gekannt, Anna. Die Worte, die ich dir gebe, kannst du nicht zurückgeben. Es sind Worte ohne Wert. Verstehst du? Wertlos. Wie war es mit meinem Vater, wenn ihr zwei gesprochen habt? Wart ihr endlich einfach Mann und Frau? Komm, erzähl mir, ich will es wissen. Hat er dir gute Worte gegeben? Weine nicht, Kind, ich habe dir doch gesagt, ich bin dir nicht böse!« Ich lege mich neben sie und bette ihren Kopf auf meinen Arm. Sie schiebt eine lange Zunge heraus und leckt sich den Rotz von der Oberlippe. »Komm, hör auf mit dem Geheule. Du

mußt mir glauben, ich bin dir kein bißchen böse wegen dem, was du und der Baas zusammen gemacht habt. Es ist gut, daß er ein bißchen Glück bei dir gefunden hat, er hat ein schrecklich einsames Leben gehabt. Und es war doch bestimmt schön für euch beide, nicht? Ich hab ihn nie glücklich machen können, ich war immer nur die dumme gehorsame Tochter, ich hab ihn nur gelangweilt.
Sag mir, Anna, wenn ihr zusammen wärt, wenn er am Leben geblieben wäre, hältst du es für möglich, daß wir dann Freundinnen geworden wären? Was meinst du? Ich glaube, ja. Ich glaube, wir wären so etwas wie Schwestern oder Kusinen geworden.
Warte, geh nicht weg, ich blas nur das Licht aus, dann komm ich wieder zu dir und bleib bei dir liegen, bis du eingeschlafen bist.«
Zitternd liege ich im Dunkeln neben ihr.
»Sag mir, Anna, wie nennst du mich? Wie ist mein Name?« Ich atme so leise ich kann. »Wie nennst du mich in Gedanken?«
»Miss?«
»Ja; aber bin ich für dich nur die Miss? Habe ich keinen eigenen Namen?«
»Miss Magda?«
»Ja; oder einfach bloß Magda. Schließlich ist Magda der Name, auf den ich getauft wurde, nicht Miss Magda. Würde es nicht komisch klingen, wenn der Pfarrer die Kinder so taufte – Miss Magda, Baas Johannes und so weiter?« Ich höre ein kleines Plop von Speichel, da sie lächelt. Ich gewinne Boden.
»Oder Klein Anna statt Anna. Wir sind zuerst alle mal klein, nicht? Ich war auch mal Klein Magda. Aber jetzt bin ich bloß Magda, und du bist bloß Anna. Kannst du Magda sagen? Komm, sag Magda zu mir.«
»Nein, Miss, ich kann nicht.«
»Magda. Es ist ganz einfach. Na, macht nichts, morgen

abend werden wir's noch mal versuchen, dann werden wir sehn, ob du Magda sagen kannst. Jetzt müssen wir schlafen. Ich bleib noch ein Weilchen bei dir liegen, dann geh ich in mein eigenes Bett. Gute Nacht, Anna.«
»Gute Nacht, Miss.«
Ich finde ihren Kopf und drücke meine Lippen auf ihre Stirn. Einen Moment kämpft sie, dann verkrampft sie sich und erträgt mich. Wir liegen beieinander, uneins, ich darauf wartend, daß sie einschläft, sie darauf wartend, daß ich gehe.
Ich taste mich aus der Küche zu meinem eigenen Bett. Ich tue mein Bestes in dieser unvertrauten Welt der Berührung.

204. Ich warte auf Hendrik. Der Tag vergeht in Unruhe. Dann sehe ich, weit weg auf dem Grasland, was nur er sein kann, sich abmühend in Richtung Haus, zuerst eine winzige weiße Staubwolke am Horizont, dann ein dunkler Fleck, der sich bewegt vor der Reglosigkeit anderer dunkler Flecken, dann ganz deutlich ein Mann auf einem Fahrrad, der durch die Hitze des Nachmittags auf mich zustrampelt. Ich falte die Hände.
Jetzt ist er abgestiegen und schiebt sein Fahrrad durch den weichen Sand, wo der Weg das Flußbett durchquert. Er scheint ein Paket mitzubringen. Aber als er näher kommt, wird das Paket immer deutlicher zu seiner Jacke, die er hinten aufs Fahrrad gebunden hat.
Er lehnt das Fahrrad gegen die unterste Stufe und marschiert zu mir herauf. Er hält mir einen doppelt gefalteten Brief hin.
»Guten Tag, Hendrik, du bist bestimmt erschöpft. Ich hab dir was zu essen aufgehoben.«
»Ja, Miss.«
Er wartet darauf, daß ich lese. Ich entfalte den Brief. Es ist nichts als ein gedrucktes Formular mit der Überschrift

ONTTREKKINGS – AUSZAHLUNGEN. Am Rand ist mit Bleistift eine Zeile angekreuzt: *Handtekening van belêer – Unterschrift des Kontoinhabers.*
»Wollten sie dir nichts geben?«
»Nein, Miss. Die Miss hat gesagt, ich würde mein Geld kriegen. Wo ist nun mein Geld?« Er steht so dicht vor mir, daß ich mich nicht aus dem Stuhl erheben kann.
»Tut mir leid, Hendrik, tut mir wirklich leid. Aber ich lass mir schon was einfallen, keine Sorge. Ich fahr morgen selber zur Station und regle das. Wir müssen die Esel vor Sonnenuntergang einfangen. Ich hab keine Ahung, wo sie jetzt grasen.« Worte, Worte: Ich rede einfach, um den Damm seines Zorns zurückzuhalten, der sich über mir auftürmt.
Ich schiebe meinen Stuhl zurück und erhebe mich unsicher. Er weicht keinen Zoll zurück. Als ich mich umdrehe, streife ich das geflickte Hemd, die schimmernde Haut, den Geruch von Sonne und Schweiß. Er folgt mir ins Haus.

205. Ich zeige auf das zugedeckte Essen auf dem Tisch. »Warum ißt du nicht hier in der Küche?«
Er hebt den Deckel und blickt auf die kalte Wurst und die kalten Kartoffeln.
»Ich mach Tee. Du hast sicher Durst.«
Er fegt den Topf vom Tisch. Scheppernd fällt er auf die Kacheln, klumpig verteilt sich das Essen auf dem Fußboden.
»Du –!« schreie ich. Er sieht mich an, wartet ab, was ich als nächstes tun werde. »Im Namen Gottes, was ist denn in dich gefahren? Warum kannst du mir nicht gradheraus sagen, warum du so böse bist? Heb das Essen da auf, wisch das weg. Ich dulde nicht, daß du einen Schweinestall aus meinem Haus machst!«
Heftig atmend stützt er sich auf den Tisch. Eine schöne Brust, starke Lungen. Ein Mann.

»Die Miss hat gelogen!« Ich höre die Worte in dem Raum zwischen uns hallen. Mein Mut sinkt, ich mag nicht angeschrien werden, es macht mich nur hilflos. »Die Miss hat gesagt, das Postamt würde mir Geld geben! Zwei Tage bin ich gefahren – zwei Tage! Und wo ist mein Geld! Wie soll ich leben? Der Vorratsraum ist leer. Wo sollen wir Essen herkriegen? Vom Himmel? Als der Baas noch da war, haben wir jede Woche unser Essen gekriegt, jeden Monat unser Geld; aber wo liegt der Baas jetzt?«
Sieht er nicht, daß dies zu nichts führt? Was kann ich tun? Ich habe kein Geld, das ich ihm geben könnte. »Von mir aus kannst du verschwinden«, murmele ich, aber er hört mich nicht, er ist am Brüllen, bewirft mich mit schweren, bösartigen Worten, die ich keine Lust mehr habe aufzufangen.
Ich wende mich zum Gehen. Er springt mich an und packt meinen Arm. »Laß los!« schreie ich. Er faßt fester zu und zieht mich zurück in die Küche. »Nein, Augenblick noch!« zischt er mir ins Ohr. Ich nehme das erste Ding in die Hand, das ich in die Finger kriege, eine Gabel, und gehe auf ihn los. Die Zinken kratzen an seiner Schulter, ritzen wahrscheinlich nicht einmal die Haut; aber er stößt einen Ausruf der Überraschung aus und schleudert mich zu Boden. Stolpernd komme ich auf die Beine, und ein Hagel von Schlägen geht auf mich nieder. Ich habe keine Luft mehr, alles ist ausgekeucht, ich bedecke meinen Kopf und sinke langsam und linkisch wieder zu Boden. »Ja!... Ja!... Ja!...« sagt Hendrik, auf mich einschlagend. Ich erhebe mich auf Hände und Knie und beginne zur Tür zu kriechen. Er tritt mich in den Hintern, fest, zweimal, Mannstritte, die bis auf den Knochen gehen. Ich weiche aus und weine vor Scham. »Bitte, bitte!« Ich rolle auf den Rücken und hebe die Knie. So muß eine Hündin aussehen; aber von dem, was als nächstes geschieht, weiß ich nicht einmal, wie es gemacht wird. Er tritt immer noch gegen meine Oberschenkel.

206. Hendrik brüllt noch immer hinter mir, seine schweren, bösartigen Worte schleudernd, aber ich kann mir nichts mehr anhören von diesem Groll eines Mannes, der besessen ist von dem Gefühl, betrogen worden zu sein. Ich drehe mich um und gehe hinaus. Beim zweiten Schritt ist er über mir, packt meinen Arm und reißt mich herum. Ich wehre mich. Ich nehme das erste Ding, das ich in die Finger kriege, eine Gabel, gehe damit auf ihn los und kratze ihn an der Schulter. Die Haut ist nicht einmal geritzt, aber er zieht überrascht die Luft ein und schleudert mich gegen die Wand, wirft sich mit seinem ganzen Gewicht auf mich. Die Gabel fällt hin. Sein Becken bohrt sich hart in mich hinein. »Nein!« sage ich. »Doch!« knurrt er, einen Zoll von meinem Ohr entfernt, »doch!... doch!...« Ich weine, die Situation ist beschämend, ich sehe nicht, wie ich aus ihr herauskommen soll, etwas erlahmt in mir, etwas stirbt ab. Er bückt sich, sucht fummelnd den Saum meines Kleides. Ich winde mich und wehre mich, aber er findet ihn, und seine Finger kommen hoch zwischen meinen Beinen. Ich klemme die Schenkel zusammen, um sie festzuhalten. »Nein, bitte nicht, bitte, nicht das, nur das nicht, ich flehe dich an, Hendrik, ich will dir ja alles geben, nur bitte nicht das!« Ich bin schwindlig vom Keuchen, ich drücke und drücke sein Gesicht weg, doch es nützt nichts. Er gleitet an meinem Körper herab, zerrt am Gummiband meines Schlüpfers, kratzt mich. »Nein!... Nein!... Nein!...« Mir wird schwach vor Angst, es ist kein Vergnügen dabei. »Ah Hendrik, bitte laß mich los, ich weiß ja nicht einmal wie!« Ich falle, verliere vielleicht sogar das Bewußtsein, hochgehalten nur durch seine Arme um meine Schenkel. Dann liege ich auf dem Fußboden und rieche das Bienenwachs, den Staub. Mir ist übel vor Angst, meine Glieder sind wie Gummi. Wenn dies mein Schicksal ist, ist es ekelerregend. Dinge geschehen mit mir, Dinge werden mir angetan, ich fühle sie weit weg, schreckliche Einschnitte, stumpfe Skalpelle. Deutlich kommen Geräusche: Saugen, Keuchen, Schmatzen. »Nicht hier, nicht auf dem Fußboden, bitte, bitte!« Sein Ohr ist an meinen Lippen, ich brauche nur zu flüstern, um gehört zu werden. Er schaukelt mich vor und zurück, vor und zurück auf den Dielenbrettern, jedesmal bumst mein Schädel leicht gegen die Scheuerleiste. Auch Gerüche kommen deutlich, Haar, Asche. »Du tust mir weh… bitte… bitte hör auf…« So also machen die Menschen das? Er stößt weiter und weiter, er stöhnt in mein Ohr, Tränen rinnen mir in den Nacken. Laß es aufhören, laß es aufhören! Er fängt an zu keuchen. Ein Schauder durchläuft ihn, und er liegt still auf mir. Dann zieht er sich heraus und zurück. Jetzt weiß ich mit Sicherheit, daß er in mir war, jetzt, wo er draußen ist und die ganze Klebrigkeit und der Schmerz anfangen. Ich presse die Finger zwischen meine Beine, während er sich neben mir die Hose zumacht. Sie beginnt aus mir herauszusickern, diese beißende Flüssigkeit, die sein Samen sein muß, an meinen Schenkeln herab, auf mein Kleid, auf den Fußboden. Wie kann ich das jemals alles auswaschen? Ich schluchze und schluchze in Verzweiflung.

207. Er wirft mich gegen die Wand, nagelt mir die Handgelenke fest, mit seinem ganzen Gewicht auf mir. Die Gabel fällt zu Boden, sein Becken bohrt sich hart in mich. »Nein!« sage ich. »Doch!« sagt er, »doch!… doch!…« »Warum haßt du mich so?« schluchze ich. Ich wende mein Gesicht von ihm ab, ich kann es nicht ändern. »Du willst mir die ganze Zeit weh tun. Was hab ich dir getan? Es ist nicht meine Schuld, daß alles so schlecht geht, deine Frau ist schuld, es ist ihre Schuld und meines Vaters Schuld. Und deine Schuld ist es auch! Ihr Leute wißt nicht, wann man Schluß machen muß. Hör jetzt auf! Laß das, du tust mir weh! Bitte hör auf! Warum tust du mir weh? Warum tust du mir so weh? Bitte! Bitte nicht so auf dem Fußboden! Laß mich los, Hendrik!«

208. Er macht die Schlafzimmertür zu und lehnt sich dagegen. »Ziehn Sie sich aus!« sagt dieser Fremde. Er zwingt mich, mich auszuziehen. Meine Finger sind taub. Ich zittere. Unablässig flüstere ich vor mich hin, aber er ist in sich selbst versunken, er hört mich nicht. »Du brüllst mich immer nur an, nie sprichst du mit mir, du haßt mich...« Ich drehe ihm den Rücken zu und winde mich ohne Anmut aus Kleid und Unterrock. Dies ist mein Schicksal, dies ist das Schicksal einer Frau. Ich kann nicht mehr tun, als ich getan habe. Ich lege mich aufs Bett, mit dem Rücken zu ihm, meine dürftigen kleinen Brüste mit den Händen bedeckend und schützend. Ich habe vergessen, die Schuhe auszuziehen! Jetzt ist es zu spät, die Dinge nehmen ihren Lauf von einem Anfang bis zu einem Ende. Ich muß einfach durchhalten, bis ich endlich in Ruhe gelassen werde und anfangen kann, wiederzuentdecken, wer ich bin, indem ich mit der Zeit, mit der wir hier so reich gesegnet sind, die Stücke zusammensetze, die dieser ungewöhnliche Nachmittag in meinem Leben durcheinanderbringt.

209. Er zieht mir den Schlüpfer aus und zerreißt ihn dabei an den Schuhhaken: noch mehr Frauenarbeit für mich. »Mach die Beine breit«, sagt er, das sind seine ersten Worte zu mir; aber mir ist kalt, ich schüttele den Kopf und verkrampfe mich, ich klemme alles zusammen, ich habe ihm nichts zu geben, ich bin nicht zu überreden, sogar die Tränen hinter diesen verknoteten Augenlidern finden keinen Weg hinaus, er wird mich aufbrechen müssen, ich bin hart wie eine Muschel, ich kann ihm nicht helfen. Er drückt mir gewaltsam die Knie auseinander, und ich klemme sie wieder zusammen, wieder und wieder.

Er hebt meine Beine in die Luft. Ich werde ganz steif und schreie auf vor Scham. »Hab keine Angst«, sagt er. Sind dies seine Worte? Seine Zunge ist dick. Dann drängt er sich plötzlich mit dem Kopf zwischen meine Schenkel. Ich drücke mit den Händen gegen sein wolliges Haar, ich winde mich, aber er gräbt sich hinein. »Ah...«, schreie ich, die Demütigung hat kein Ende. Ich bin feucht, es ist widerlich, es muß seine Spucke sein, er muß auf mich gespuckt haben, als er da war. Ich schluchze und schluchze.
Er kniet geduckt zwischen meinen Beinen, spreizt sie, stößt zu. »Es tut nicht weh«, sagt er.
Er ist in mich vorgestoßen. Ich wälze mich weinend von einer Seite auf die andere, aber er läßt nicht locker, er entblößt auch meine Brüste und legt sich schwer auf mich; er keucht mir ins Ohr, immer weiter hineinstoßend, wann wird es aufhören? »Alle mögen es«, sagt er grob. Sind das seine Worte? Was meint er? Und dann: »Halt fest!« Was? Das Bett knarrt in allen Fugen, es ist ein Einzelbett, ein Sofa, es wurde nicht dafür gemacht. Er saugt mir den Atem aus den Lungen, er stöhnt und zischt mir ins Ohr, seine Zähne mahlen wie Steine. »Alle mögen es«? »Alle mögen es«? Können Menschen derart hingerissen werden? Aber durch was? Ein Schaudern durchläuft ihn von Kopf bis Fuß, ich fühle jede Welle genau, genauer noch als alles andere, das muß der Höhepunkt des Aktes sein, das weiß ich, das habe ich bei Tieren gesehen, es ist überall dasselbe, es signalisiert das Ende.

210. Er liegt neben mir auf dem Rücken, schnarchend, ist eingeschlafen. Meine Hand liegt auf seinem Mannsteil, dort gehalten von seiner Hand. Aber meine Nerven sind stumpf, ich bin ohne Neugier, ich fühle nur Feuchtigkeit und Weichheit. Ohne ihn zu stören, ziehe ich die grüne Steppdecke über mich. Bin ich nun eine Frau? Hat mich das zu einer Frau gemacht? So viele winzige Geschehnisse, Handlungen, Bewegungen, eine nach der anderen, Muskeln, die mal so, mal so an Knochen ziehen, und was dabei herauskommt, ist, daß ich sagen kann, ich bin endlich eine Frau; oder: Bin ich endlich eine Frau? Finger greifen nach dem Griff einer Gabel, die Zinken blitzen auf, dringen durch das geflickte Hemd, pflügen die Haut. Blut fließt. Zwei Arme fuchteln herum, die Gabel fällt. Ein Körper liegt auf einem Körper, stößt wieder und wieder zu, sucht nach einem Eingang, überall Bewegung. Aber was will dieser Körper in mir? Was versucht dieser Mann in mir zu finden? Wird er es wieder versuchen, wenn er aufwacht? Welches tiefere Eindringen, welche gründlichere Eroberung plant er in seinem Schlaf? Daß eines Tages sein ganzes Knochengerüst in mich gepackt liegt, sein Schädel in meinem Schädel, seine Glieder an meinen Gliedern, der Rest von ihm in meinen Bauch gestopft? Was wird er mir übriglassen von mir?

211. Der Nachmittag rollt vorbei, während ich neben diesem Mann liege und Tränen und Blut absondere. Wenn ich jetzt aufstünde und ginge, denn ich kann noch gehen, ich kann noch reden, wenn ich hinausginge auf die Veranda, mit wirrem Haar, hängenden Hinterbacken, verschmierten Oberschenkeln, wenn ich hinausträte in das Licht, ich, die schwarze Blume, die in der Ecke wächst, geblendet, schwindlig, so bin ich sicher, daß es trotz allem ein Nachmittag sein würde wie jeder andere, die Zikaden würden ihr Zirpen nicht unterbrechen, die Hitze würde noch immer am Horizont flimmern, die Sonne würde noch immer massig und gleichgültig auf meiner Haut liegen. Ich habe jetzt alles durchgemacht, und kein Engel ist mit flammendem Schwert herabgestiegen, um dem Einhalt zu gebieten. Es gibt anscheinend keine Engel in diesem Teil des

Himmels, keinen Gott in diesem Teil der Welt. Er gehört nur der Sonne. Ich denke nicht, daß je beabsichtigt war, daß hier Menschen leben. Dies ist ein Land, das für Insekten gemacht wurde, die Sand fressen und ihre Eier in Insektenkadaver legen und keine Stimme zum Schreien haben, wenn sie sterben. Es würde mich nichts kosten, in die Küche zu gehen und ein Messer zu nehmen und dem Mann das Teil abzuschneiden, mit dem er mich beleidigt hat. Wo wird das alles enden? Was bleibt mir jetzt noch? Wann werde ich sagen können: Es ist genug? Ich sehne mich nach dem Ende. Ich sehne mich danach, umarmt zu werden, beruhigt und liebkost zu werden und gesagt zu bekommen, daß ich aufhören darf zu ticken. Ich möchte eine Höhle haben, ein Loch zum Hineinkuscheln, ich möchte mir die Ohren verstopfen gegen dieses Gebrabbel, das unaufhörlich aus mir heraus- und in mich hineinströmt, ich möchte anderswo ein Zuhause, wenn es in diesem Körper sein muß, dann zu anderen Bedingungen in diesem Körper, wenn es keinen anderen Körper gibt, obwohl es einen gibt, den ich bei weitem bevorzugen würde, ich kann diese Worte nicht anhalten, es sei denn, ich schnitte mir die Kehle durch, ich würde gern in Klein Annas Körper hineinsteigen, ich würde gern durch ihren Hals hinabsteigen, während sie schläft, und mich zart in ihr ausbreiten, meine Hände in ihren Händen, meine Füße in ihren Füßen, mein Schädel in der wohltuenden Stille ihres Schädels, wo Bilder von Seife und Mehl und Milch sich drehen, und die Löcher meines Körpers schöben sich dann deckungsgleich über die Löcher des ihren, um dort gedankenlos auf das zu warten, was immer in sie eindringen mag, der Gesang von Vögeln, der Geruch von Dung, die Teile eines Mannes, nicht zornig jetzt, sondern zart, sich wiegend in meiner Blutwärme, mich waschend mit seifigem Samen, schlafend in meiner Höhle. Auch ich sinke in Schlaf, indes meine Finger, bedeckt von seinen schlafenden

Fingern, es langsam lernen, dieses weiche Ding zu streicheln, dessen Namen ich, solange ich kann, wahrscheinlich nicht versuchen werde zu lernen.

212. Er schiebt meine Hand weg und setzt sich auf.
»Du hast geschlafen.« Das sind meine Worte, leise, von mir. Wie seltsam. Sie kommen einfach. »Bitte sei nicht mehr böse. Ich werde nichts sagen.« Ich drehe mich auf die Seite und blicke ihn offen an.
Er reibt sich das Gesicht mit den Handflächen, klettert über mich hinweg und findet seine Hose. Ich stütze mich auf einen Ellbogen und sehe den flotten Bewegungen zu, mit denen Männer sich anziehen.
Er geht aus dem Zimmer, und kurz darauf höre ich, wie die Reifen seines Fahrrads auf dem Kies knirschen, leiser und leiser, je weiter er sich entfernt.

213. Ich klopfe an die offene Tür der Hütte. Ich bin gewaschen, mein Gesicht ist sauber und freundlich. Anna tritt mit einem Bündel Feuerholz unterm Arm von hinten an mich heran.
»Nabend, Anna, ist Hendrik zu Hause?«
»Ja, Miss. Hendrik! Die Miss ist hier!«
Sie weiß also nichts. Ich lächele sie an, und sie weicht aus. Es braucht seine Zeit.
Hendrik steht in der Tür, bleibt im Schatten.
»Hendrik, willst du mit Anna von jetzt an im Haus schlafen? Ich werde zu nervös, wenn ich allein bin. Ich gebe euch richtige Betten, ihr braucht nicht wieder auf dem Fußboden zu schlafen. Es gibt eigentlich auch keinen Grund, warum ihr nicht im Gästezimmer schlafen solltet. Bringt alles mit, was ihr braucht, dann müßt ihr nicht dauernd hin- und herlaufen.«

Sie wechseln Blicke, während ich wartend dastehe.
»Ja, wir kommen«, sagt Hendrik.

214. Wir sitzen alle drei um den Küchentisch und essen bei Kerzenlicht die Suppe, die Anna und ich gemacht haben. Da sie sich ihrer Stellung nicht sicher sind und meine Gewohnheiten nicht kennen, sind sie gehemmt beim Essen. Anna schlägt die Augen nieder. Hendrik beantwortet meine Fragen bezüglich der Farm auf seine alte wortkarge Weise.

215. Ich spüle das Geschirr, und Anna trocknet ab. Die Arbeit geht uns flink von den Händen. Es sind die Momente, da ihre Hände nichts zu tun haben, die sie fürchtet. Ich habe beschlossen, weniger Fragen zu stellen und mehr zu schwatzen, damit sie sich an Aussagesätze gewöhnt. Wenn unsere Körper sich streifen, achte ich darauf, nicht zurückzuweichen.
Hendrik ist in die Nacht verschwunden. Was machen Männer, wenn sie im Dunkeln herumlaufen?

216. Wir richten zwei Betten im Gastzimmer her, ordentlich, mit Laken und bezogenen Decken. Dann schieben wir die Betten zusammen. Ich sorge dafür, daß ein Nachttopf da ist. Ich fülle den Wasserkrug. Nichts lasse ich außer acht, und ich habe keine unlauteren Absichten. Im Herzen von Nirgendwo, an diesem toten Ort, mache ich einen neuen Anfang; oder, wenn nicht das, eine Geste.

217. Gegen Ende der Nacht schleicht Hendrik sich in mein Bett und nimmt mich. Es tut weh, ich bin noch wund, aber ich versuche mich zu entspannen, die Empfindung zu verstehen, obwohl sie bis jetzt noch keine Form hat. Ich begreife nicht, was es ist in mir, das seine Erregung verursacht; oder wenn ich die Ursache erkenne, so hoffe ich, daß sich das mit der Zeit zum Besseren ändern wird. Ich würde gern in seinen Armen schlafen, um zu sehen, ob es möglich ist, in den Armen eines anderen zu schlafen, aber das ist nicht das, was er möchte. Ich mag den Geruch seines Samens noch nicht. Gewöhnt eine Frau sich daran? frage ich mich. Anna darf morgen früh auf keinen Fall dieses Bett machen. Ich muß Salz in das blutige Laken reiben und es wegschließen; oder es heimlich verbrennen.

Hendrik erhebt sich und zieht sich im Dunkeln an. Ich habe keinen Schlaf gehabt, es ist fast Morgen, mir ist schwindlig vor Erschöpfung.

»Mach ich's richtig, Hendrik?« Ich lehne mich aus dem Bett und erwische seine Hand. Ich kann an meiner Stimme hören, und auch er muß es hören, daß ich mich verändere. »Ich weiß doch nichts darüber, Hendrik – verstehst du? Ich will ja nur wissen, ob ich's richtig mache. Gib mir bitte diese kleine Hilfe.«

Er löst meine Finger, nicht unfreundlich, und geht. Ich liege nackt da, denke nach und nutze die Zeit, die mir gehört, bevor es hell wird, und bereite mich auch auf die kommende Nacht vor.

218. »Bist du glücklich, Hendrik? Mach ich dich glücklich?« Ich lasse meine Finger über sein Gesicht gleiten, das ist etwas, was er mir erlaubt. Sein Mund lächelt nicht, aber ein lächelnder Mund ist nicht das einzige Zeichen von Glück. »Magst du, was wir tun? Hendrik, ich weiß nichts. Ich weiß nicht, ob du magst, was wir tun. Verstehst du, was ich dir sage?«

Ich würde ihn gern anschauen können, ich würde gern

sehen können, ob er mich mit der alten Wachsamkeit betrachtet. Sein Gesicht wird für mich mit jedem Tag undurchsichtiger.

Ich beuge mich über ihn, streichele ihn mit meinem herabhängenden Haar, das ist etwas, was er zu mögen scheint, er erlaubt es mir. »Hendrik, warum läßt du mich nicht eine Kerze anmachen? Nur ein einziges Mal? Du kommst in der Nacht wie ein Geist – woher soll ich wissen, daß es wirklich du bist?«

»Wer soll es sonst sein?«

»Niemand... ich möchte nur sehn, wie du aussiehst. Darf ich?«

»Nein, laß das!«

219. In manchen Nächten kommt er nicht. Nackt liege ich da und warte, in seichtem Schlaf dahindösend, aufschreckend und dann stöhnend beim ersten Vogelgesang, beim ersten Dämmern des Tages. Auch das geschieht Frauen, sie liegen da und warten auf den Mann, der nicht kommt, ich habe davon gelesen, man sage nicht, daß ich nicht alles durchmache, vom ersten Buchstaben bis zum letzten.

Ich werde langsam schlapp vor Schlafmangel. Ohne Vorwarnung schlafe ich nachmittags ein, irgendwo zusammengesackt in einem Stuhl, und wache heiß und verwirrt auf, mit einem letzten, schwachen Nachhall von Schnarchen im Ohr. Ob die beiden mich so sehen? Ob sie auf mich zeigen und lächeln und sich auf Zehenspitzen an ihre Arbeit machen? Ich knirsche mit den Zähnen vor Scham.

220. Ich esse wenig, ich werde noch dünner, falls das möglich ist. Ich leide an Hautreizungen am Hals. Ich habe keine Schönheit, mit der ich ihn anlocken könnte. Vielleicht will er deswegen keine Kerze haben, vielleicht denkt er, bei meinem Anblick würde ihm alles vergehen. Ich weiß nicht, was ihm gefällt, ob er will, daß ich mich bewege oder daß ich still liegenbleibe, wenn er mich nimmt. Ich streichele seine Haut, es kommt aber keine Reaktion von ihm. Er bleibt immer kürzere Zeit bei mir, manchmal nur die Minute, die er braucht, um sich in mir zu erleichtern. Er zieht sein Hemd nicht aus. Ich bin zu trocken für diese Art Aktivität. Ich habe zu spät im Leben damit angefangen, Ströme, die fließen sollten, sind längst ausgetrocknet. Ich versuche mich selber anzufeuchten, wenn ich ihn an der Tür höre, aber das klappt nicht immer. Ich kann wahrhaftig nicht verstehen, warum er das Bett seiner Frau verläßt, um in meines zu kommen. Wenn er sich auszieht, kriege ich manchmal ihren fischigen Geruch in die Nase. Ich bin sicher, daß sie jede Nacht miteinander schlafen.

221. Er dreht mich auf den Bauch und macht es mir von hinten wie ein Tier. Alles stirbt in mir, wenn ich ihm mein häßliches Hinterteil hinhalten muß. Ich werde gedemütigt. Manchmal denke ich, es ist meine Demütigung, die er will.

222. »Bleib noch einen Augenblick, Hendrik. Können wir nicht reden? Wir haben so wenig Gelegenheit, miteinander zu reden.«
»Scht! Nicht so laut, sonst hört sie uns!«
»Sie ist ein Kind, sie schläft fest! Macht es dir was aus, wenn sie's rauskriegt?«
»Nein. Was kann sie schon machen? Was können braune Menschen schon machen?«
»Bitte, sei nicht so verbittert! Was hab ich getan, daß du so verbittert bist?«
»Nichts, Miss.«

Er krabbelt aus dem Bett, sein Körper ist so starr wie Eisen.
»Hendrik, geh nicht! Ich bin müde, müde bis ins Mark meiner Knochen. Verstehst du denn nicht? Ich will doch nur ein bißchen Frieden zwischen uns. Das ist wirklich nicht zuviel verlangt.«
»Nein, Miss.« Und weg ist er.

223. Es gibt auch die Tage, die zu füllen sind, Tage elementaren Leerlaufs. Zu dritt können wir nicht wirklich heimisch werden in diesem Haus. Ich kann nicht sagen, ob Hendrik und Anna Gäste sind oder Eindringlinge oder Gefangene. Ich kann mich nicht mehr wie früher in meinem Zimmer abkapseln. Ich kann es im Haus nicht Anna überlassen, für sich selbst zu sorgen. Ich beobachte ihre Augen, warte darauf, daß sie sich verrät: Ich weiß, was vorgeht in den Nächten. Aber sie will mich nicht anschauen. Noch arbeiten wir zusammen in der Küche. Was kann ich darüber hinaus von ihr erwarten? Muß sie diejenige sein, die das Haus blitzblank hält, oder muß ich es sein, während sie zuschaut? Müssen wir gemeinsam auf den Knien wischen und wienern, Anhänger eines häuslichen Ideals? Sie will zurück in ihr eigenes Zuhause, ich weiß, zurück zu ihrer lässigen Art, ihren behaglichen Gerüchen. Es ist Hendrik, der sie hier hält. Sie muß mit Hendrik allein sein wollen. Aber Hendrik will uns beide, sie und mich, ebenso wie ich sie und Hendrik haben will. Ich weiß nicht, wie das Problem zu lösen ist. Ich weiß nichts, außer daß Asymmetrie die Menschen unglücklich macht.

224. Anna wird unterdrückt durch meine beobachtenden Augen. Sie wird unterdrückt durch meine Aufforderungen, sich zu entspannen, sich neben mich auf die alte Bank in den Schatten des Fliederbaumes zu setzen. Sie wird besonders durch mein Gerede unterdrückt. Ich stelle ihr keine Fragen mehr, ich weiß etwas Besseres, ich spreche einfach zu ihr; aber ich bin unbeholfen beim Sprechen, ich kenne keine Anekdoten, keinen Tratsch, ich habe mein ganzes Leben allein gelebt, ich habe keine Erfahrungen, die ich heranziehen könnte, meine Sprache ist manchmal nichts als ein Plappern, manchmal sehe ich mich als ein Kind, das sie mit seinem Geplapper langweilt, das beim Plappern zwar eine menschliche Sprache erlernt, aber langsam, allzu langsam und mit allzu hohen Kosten. Und ihre Worte, die kommen dumpf vor Widerwillen bei mir an.

225. Ich verkünde, daß der Tag gekommen ist, um die grünen Feigen einzumachen. Ich bin fröhlich, es ist ein Lieblingstag von mir, aber ich kann Anna nicht aus ihrer Sauertöpfigkeit herausholen. Wir bewegen uns die Baumreihen entlang. Pflück nur die kleinsten Feigen, sage ich zu ihr, pflücke nichts, was erst begonnen hat zu reifen. Auf alle fünf, die in meinen Eimer fallen, fällt in ihren Eimer eine. Wir verteilen die Feigen auf dem Küchentisch. Schneid ein kleines Kreuz wie das hier ein, sage ich zu ihr, damit der Zucker bis ins Innerste eindringen kann. Meine Finger sind flink, ihre sind dick, sie arbeitet langsam, sie ist keine Hilfe. Sie läßt die Hände in den Schoß fallen und seufzt. Ich beobachte sie über den Tisch hinweg, auf dem die Gläser mit den Feigen stehen. Sie weicht meinem Blick aus.

»Gibt es irgendwas, was dich stört, Kind?« frage ich. »Komm, sag's mir, vielleicht kann ich helfen.«

Sie schüttelt den Kopf, jämmerlich, dumm. Sie nimmt eine Feige und kratzt daran herum.

»Bist du einsam, Anna? Hast du Sehnsucht nach deiner Familie?«

Sie schüttelt langsam den Kopf.

So verbringe ich nun meine Tage. Es hat keine Verwandlung stattgefunden. Wonach ich mich sehne, was immer es ist, kommt nicht.

226. Ich stehe hinter Anna. Ich lege die Hände auf ihre Schultern, meine Finger gleiten unter ihr Kleid, ich liebkose die klar sich abzeichnenden jungen Knochen, das Schlüsselbein, das Schulterblatt, Namen die nichts über ihre Schönheit aussagen. Sie senkt den Kopf.
»Manchmal empfinde auch ich nur Kummer. Ich bin sicher, es ist die Landschaft, die uns so empfinden läßt.« Meine Finger berühren ihren Hals, ihr Kinn, ihre Schläfen. »Mach dir nichts draus. Bald wird sich alles wieder einrenken.«
Was macht man mit dem Begehren? Mein Auge fällt müßig auf Gegenstände, seltsame Steine, hübsche Blumen, sonderbare Insekten! Ich hebe sie auf, trage sie nach Hause, stecke sie weg. Ein Mann kommt zu Anna und kommt zu mir: Wir umarmen ihn, halten ihn in uns, wir sind sein, er ist unser. Ich bin Erbin eines durch Geburtsrecht mir zugefallenen Stück Landes, das meine Vorfahren für gut befanden und einzäunten. Auf den Stachel des Begehrens haben wir nur eine Antwort: fangen, einschließen, festhalten. Aber wie wirklich ist unser Besitz? Die Blumen werden zu Staub, Hendrik kuppelt sich ab und geht, das Land weiß nichts von Zäunen, die Steine werden noch hier sein, wenn ich längst zerbröselt bin, sogar die Nahrung, die ich verschlinge, geht durch mich hindurch. Ich gehöre nicht zu den Heldinnen des Begehrens, was ich will, ist nicht unendlich oder unerreichbar, alles, was ich mich frage, zaghaft, zweifelnd, nörgelnd, ist, ob sich mit dem Begehren nicht etwas anderes machen läßt, als danach zu streben, das Begehrte zu besitzen für ein Vorhaben, das nichtig sein muß, da sein Ende nur die Vernichtung des Begehrten sein kann. Und wie sehr spitzt meine Frage sich zu, wenn eine

Frau eine Frau begehrt, zwei Löcher, doppelte Leere. Denn wenn es das ist, was ich bin, dann ist auch sie es, Anatomie ist Schicksal: eine Leere oder eine Hülse, eine Membran über einer Leere, die sich sehnt, gefüllt zu werden in einer Welt, in der nichts füllt. Ich spreche zu ihr: »Weißt du, wie ich mich fühle, Anna? Wie eine große Leere, gefüllt mit einer großen Abwesenheit, einer Abwesenheit, die ein Begehren ist, gefüllt zu werden, erfüllt zu werden. Doch zugleich weiß ich, daß nichts mich füllen wird, denn es ist die erste Voraussetzung des Lebens, immerfort zu begehren, andernfalls würde das Leben aufhören. Es ist ein Grundsatz des Lebens, für immer unerfüllt zu sein. Erfüllung erfüllt nicht. Nur Steine begehren nichts. Und wer weiß, vielleicht gibt es auch in Steinen Löcher, die wir nur nie entdeckt haben.«
Ich beuge mich über sie, ich streichele ihre Arme, ich halte ihre schlaffen Hände in den meinen. Das ist es, was sie von mir bekommt, koloniale Philosophie, Worte ohne Geschichte hinter sich, klappernd und trocken, wo sie doch Geschichten hören möchte. Ich kann mir eine Frau vorstellen, die dieses Kind glücklich machen würde, die sie füllen würde mit Erzählungen von einer Vergangenheit, die wirklich geschah, wie der Großvater vor den Bienen davonrannte und seinen Hut verlor und ihn nie wiederfand, warum der Mond zunimmt und abnimmt, wie der Hase den Schakal hereingelegt hat. Aber diese meine Worte kommen von nirgendwo und gehen nirgendwohin, sie haben keine Vergangenheit oder Zukunft, sie pfeifen über die Ebenen in öder, ewiger Gegenwart, und keiner kann davon zehren.

227. Wir haben Besucher gehabt.
Anna war gerade dabei, mir das Haar zu schneiden. Ich saß auf einem Hocker draußen vor der Küche in der kühlen

Morgenluft. Über das Land trug die Brise das gedämpfte unterirdische Rattern der Pumpe heran, ein weiteres Geräusch in einer Welt voll vertrauter, beziehungsreicher Geräusche. Ich kann mir ein Bild davon machen, wie ich blind bin und glücklich in einer Welt wie dieser, wie ich mein Gesicht zur Sonne erhebe und, in ihr mich badend, die Ohren auf die Ferne abstimme. Annas Schere gleitet kühl über meinen Nacken, gehorsam meinem Gemurmel folgend.

Dann, ganz plötzlich, ist Tumult in der leeren Tür, Braun auf Grau auf Schwarz, der Raum zerfällt und setzt sich vor meinen Augen wieder zusammen, und Hendrik ist da und schon wieder weg, seine Hosenbeine klatschen aneinander, seine Sohlen knirschen auf dem Kies; und sofort ist Anna hinter ihm her, rennt ebenfalls, vorgebeugt, gehetzt, Kamm und Schere fallen klappernd zu Boden, übergangsloser Wechsel von Ruhe zu Bewegung, als wäre ihr ganzes Leben mit mir nur ein gefrorener Augenblick gewesen, abgesondert, gestohlen von einem Leben des Rennens. Bevor ich aufstehen kann, sind sie verschwunden hinter der Mauer der Scherverschläge, hinter dem Wagenhaus, den Hang hinab ins Flußbett.

Mit dem Tischtuch um die Schultern und meinem halb geschnittenen Haar in der Faust tauche ich aus dem Haus auf, um zwei Fremden entgegenzutreten, zwei Reitern. Ungekämmt und überrascht, müßte ich diejenige sein, die im Nachteil ist; aber ich weiß es besser, sie sind auf meinem Land, sie haben mich gestört, also sind sie es, die sich zu entschuldigen und ihr Anliegen vorzubringen haben.

»Nein«, sage ich kurz angebunden zu ihnen, »er ist ganz früh weg heute morgen... Nein, ich weiß nicht, wohin... Der Boy ist mit ihm gefahren... Wahrscheinlich spät. Er kommt immer spät nach Hause.«

Es sind Vater und Sohn, Nachbarn. Wann habe ich zuletzt einen Nachbarn gesehen? Habe ich je einen gesehen? Sie sagen nicht, weswegen sie gekommen sind. Sie kommen wegen Männerangelegenheiten. Zäune sind umgestürzt, eine Hundemeute ist am Streunen, unter den Schafen ist eine Seuche ausgebrochen, die Heuschrecken schwärmen, die Scherer sind nicht gekommen, sie wollen mir nicht sagen, was es ist. Das sind die wirklichen Schicksalsschläge, wie werde ich je allein damit fertig werden? Wenn ich Hendrik zu meinem Großknecht mache, wird er die Farm führen können, während ich hinter ihm stehe und mit strengem Gesicht so tue, als wäre er meine Marionette? Wäre es nicht besser, Stacheldraht um die Farm zu ziehen, die Tore abzuschließen, die Schafe zu schlachten und die Fiktion der Viehzucht aufzugeben? Wie kann ich abgehärtete Männer wie diese davon überzeugen, daß ich aus demselben Holz geschnitzt bin wie sie, wenn ich es offensichtlich nicht bin? Sie sind weit geritten, für nichts und wieder nichts, und warten darauf, daß ich sie auffordere abzusteigen und eine Erfrischung zu sich zu nehmen; aber schweigend und abweisend bleibe ich vor ihnen stehen, bis sie Blicke wechseln, an den Hut tippen und die Pferde wenden.

Dies sind Zeiten der Prüfung. Es wird noch mehr Besuche geben, bohrendere Fragen werden zu beantworten sein, bevor die Besuche und die Fragen aufhören. Groß wird die Versuchung sein, zu Kreuze zu kriechen und zu weinen. Wie idyllisch die alten Zeiten mir erscheinen; und wie verlockend, in anderer Weise, eine Zukunft in einem Garten hinter Stacheldraht! Zwei Geschichten, mit denen ich mich trösten soll: denn die Wahrheit ist, fürchte ich, daß es keine Vergangenheit oder Zukunft gibt, daß das Medium, in dem ich lebe, eine ewige Gegenwart ist, in der ich – ob ich nun ächze unter dem Gewicht dieses harten Mannes oder das Eis der Schere an meinem Ohr spüre oder die Toten wasche oder Fleisch zubereite – wieder meinen Willen der Polarstern bin, um den dieses ganze phantastische Universum sich dreht. Ich werde unter Druck gesetzt, aber nicht besetzt, ich werde durchbohrt, aber mein Innerstes bleibt unberührt. Im Herzen bin ich noch die grimmige Mantis-Jungfrau von einst. Hendrik mag mich nehmen, doch ich bin es, die ihn festhält am Festhalten, ich.

228. »Die werden wiederkommen! Sie können diese Leute nicht zum Narren halten! Die rechnen doch damit, daß der alte Baas zurückkommt, und wenn er nicht kommt, dann wissen sie, daß irgendwas faul ist!«
Er schreitet hinein in den Kreis des Lampenscheins und wieder hinaus. Bei Anbruch der Nacht ist er zurückgekehrt und macht jetzt mächtig Wind. Nun zeigt sich, wohin die Vertraulichkeit uns gebracht hat. Er hat gelernt, in meiner Gegenwart den Hut aufzubehalten. Er hat gelernt hin und her zu stürmen, während er redet, mit der Faust in die Handfläche sich schlagend. Seine Gesten drücken Zorn aus, aber auch das Selbstvertrauen eines Mannes, der seinem Zorn freien Lauf läßt. Es ist interessant. Was er an Leidenschaft für mich gezeigt hat, ist die Leidenschaft des Zornes gewesen. Deswegen hat mein Körper sich gegen ihn gesperrt. Ungeliebt, ist er ohne Liebe gewesen. Aber ist er auch gehaßt worden? Was hat Hendrik diese ganze Zeit zu tun versucht? Da ist etwas, was er meinem Körper abzunötigen suchte, ich weiß es, aber ich bin zu widerspenstig gewesen, zu ungeschickt, zu schwerfällig, zu abgestanden, zu müde, zu verängstigt durch den Schwall seines zornigen, ätzenden Samens. Ich habe lediglich die Zähne zusammengebissen und mich angeklammert, als er etwas anderes wollte, mein Herz berühren vielleicht, mein Herz berühren und mich zu Zuckungen hinreißen. Wie tief, frage ich mich, kann ein Mensch in einen anderen hineingehen? Wie schade, daß er es mir nicht zeigen kann. Er hat die Mittel, aber nicht die Worte, ich habe die Worte, aber nicht die

Mittel; denn es gibt nichts, fürchte ich, wo meine Worte nicht hinreichten.

»Ich sag's Ihnen, eines Tages sind die wieder da, eher, als Sie denken, zusammen mit andern, den ganzen andern Farmern! Dann sehn sie, daß Sie hier mit den Dienern im großen Haus leben. Dann sind *wir* es, die zu leiden haben, nicht Sie, sondern Anna und ich! Und das mit dem alten Baas kriegen sie auch raus, da können sie sicher sein! Diese alte Anna hat lange Zeit Geschichten verbreitet, jeder weiß, daß der alte Baas mit meiner Frau rumgemacht hat. Wenn sie also sagen, ich hätte ihn erschossen, wer wird mir dann glauben, wer wird einem braunen Mann glauben? Sie werden mich hängen! Mich! Nein – ich hau ab, morgen hau ich ab, ich verschwinde aus diesem Teil der Welt, bis morgen abend will ich weit weg sein, am Kap will ich sein!«

»Hendrik, können wir einen Moment vernünftig miteinander sprechen? Setz dich bitte hin, es macht mich nervös, wenn du so rumrennst. Sag mir erst mal, wo warst du den ganzen Tag, und wo ist Anna?«

»Anna ist zu Hause. Wir schlafen hier nicht mehr.«

»Schläfst du auch nicht mehr hier? Muß ich allein schlafen in diesem Haus?«

»Wir schlafen nicht hier.«

»Weißt du, Hendrik, du verletzt mich. Du hast tatsächlich die Macht, mich zu verletzen, und du tust es jedesmal. Denkst du wirklich, ich würde dich der Polizei übergeben? Denkst du, ich habe so wenig Rückgrat, daß ich nicht zu meiner Schuld stehe? Wenn ja, dann kennst du mich nicht, Hendrik. Du bist so verbittert, daß du völlig blind bist. Ich bin nicht einfach eine von den Weißen, ich bin *ich*! Ich bin ich, nicht ein Volk. Warum habe *ich* zu zahlen für anderer Leute Sünden? Du weißt, wie ich hier lebe auf der Farm, ganz außerhalb der menschlichen Gesellschaft, fast außerhalb der Menschheit! Sieh mich an! Du weißt, wer ich bin, ich brauch dir das nicht zu sagen! Du weißt, wie sie mich

nennen, die Hexe von Agterplaas! Warum sollte ich mich mit ihnen gegen dich verbünden? Ich sag dir die Wahrheit! Was *noch* muß ich tun, damit du mir glaubst, daß ich die Wahrheit sage? Kannst du nicht sehen, daß du und Anna die einzigen Menschen auf der Welt seid, denen ich verbunden bin? Was willst du noch mehr? Muß ich weinen? Muß ich auf die Knie fallen? Wartest du darauf, daß die weiße Frau vor dir kniet? Wartest du darauf, daß ich deine weiße Sklavin werde? *Sag es mir! Sprich!* Warum *sagst* du nie etwas? Wieso nimmst du mich jede Nacht, wenn du mich haßt? Warum willst du mir nicht mal sagen, ob ich's richtig mache? Wie soll ich das wissen? Wie soll ich es lernen? Wen muß ich fragen? Muß ich Anna fragen? Muß ich wirklich hingehn und deine eigene Frau fragen, wie man eine Frau ist? Wie kann ich mich noch mehr demütigen? Muß die weiße Frau dir den Hintern lecken, bevor du ihr ein einziges Lächeln schenkst? Weißt du, daß du mich nie geküßt hast, nie, nie, nie? Küßt ihr Leute euch nie? Küßt du nie deine Frau? Worin ist sie so anders als ich? Muß eine Frau dich verletzen, bevor du sie lieben kannst? Ist das dein Geheimnis, Hendrik?«
Wann war es, inmitten dieses Wortschwalls, von Bitten und Anschuldigungen, daß er hinausging? Ist er bis zum Schluß geblieben? Habe ich ihn für immer verloren? Wäre es möglich, wenn ich mehr lächelte, wenn ich meinen Körper zum Tauen bringen könnte, den geduldigen jungen Mann wiederzuentdecken, den ich einst kannte, der sich seine Schuhe selber machte, der die Kurbel der Kaffeemühle drehte, nachdem ich die Bohnen hineingeschüttet hatte, der an den Hut tippte und die Zähne aufblitzen ließ und der mit diesem leichten, unermüdlichen Schritt zu seiner nächsten Arbeit trabte? Da ich ihn nun besser kenne, scheine ich alles verloren zu haben, was ich am meisten an ihm mochte. Was ist die Lektion, die ich lernen sollte, falls es nicht zu spät ist für alle Lektionen, falls ich noch einmal einen Mann

kennenlernen sollte? Ist es die Lektion, die mein Vater lernte, als er keine Hand heben konnte, um sich die Fliegen vom Gesicht zu scheuchen: Hüte dich vor Intimität mit den Dienern? Ist es so, daß Hendrik und ich, jeder auf seine Weise, daß wir beide verloren sind für die Liebe? Oder ist es einfach so, daß die Geschichte irgendwo eine falsche Wendung nahm, daß wir, wenn ich einen gemächlicheren Weg zu einer gemäßigteren Form der Intimität gefunden hätte, alle drei gelernt haben könnten, miteinander glücklich zu werden? Oder ist diese Wüste aus Gluthitze und Eis ein Fegefeuer, durch das wir hindurch müssen auf dem Weg zu einem Land aus Milch und Honig? Und was ist mit Anna? Wird sie auch kommen? Werden sie und ich eines Tages Schwestern sein und im selben Bett schlafen? Oder wird sie, wenn sie zu sich selbst findet, mir die Augen auskratzen?

229. Es muß andere Arten geben, leere Tage zu füllen, als mit Staubwischen, Kehren und Bohnern. Ich bewege mich durch den Zyklus der Zimmer wie eine Maus in einer Tretmühle. Gibt es keine Möglichkeit, ein Zimmer ein für allemal sauberzuhalten? Vielleicht, wenn ich wieder damit anfange, auf dem Dachboden die Zwischenräume zwischen Dach und Mauerwerk zuzustopfen und den Fußboden mit Papier auszulegen; vielleicht kann ich, wenn ich dann Türen und Fenster versiegele und verkitte, dem Rieseln des Staubes ein Ende setzen und das Haus verlassen, bis es Frühling wird, falls es je wieder Frühling wird, falls jemand hier ist zur Frühlingszeit, um aufzuschließen. Vielleicht kann ich ein Zimmer offen lassen, vorzugsweise meines, alten Zeiten zuliebe, und darin den Rest Kerzen verstauen, den Rest Nahrungsmittel, Hackbeil, Hammer, Nägel, den Rest Papier und Tinte. Oder vielleicht wäre es besser, die Fensterläden dichtzumachen, die letzte Tür abzuschließen und mit meiner Habe in das düstere kleine Vorratshaus umzuziehen, das die Erbauer des großen Hauses bewohnten, als sie vor langer Zeit die künftige feudale Dynastie planten. Dort, unter Mäusen und Küchenschaben, könnte ich sicherlich einen Weg finden, meine Geschichte zu Ende zu bringen.

230. Eine nach der anderen fallen hinter mir die Türen des großen Hauses ins Schloß. Indem ich Möbel verschiebe, dem Schmutz nachjage, Holz in Asche verwandele, habe ich eine Beschäftigung auf Lebenszeit gefunden. Sklaven verlieren alles mit ihren Ketten, erkenne ich, auch die Freude, sie abzuwerfen. Das Wirtstier stirbt, der Schmarotzer schlängelt sich geschwind durch die kälter werdenden Eingeweide, sich fragend, wovon er als nächstes leben wird.
Ich bin schließlich nicht dazu geschaffen, allein zu leben. Wäre ich vom Schicksal mitten ins Grasland gesetzt worden, mitten ins Nirgendwo, eingegraben bis zur Hüfte, mit dem Befehl, ein Leben zu leben, ich hätte es nicht gekonnt. Ich bin kein Philosoph. Frauen sind keine Philosophen, und ich bin eine Frau. Eine Frau kann nicht aus nichts etwas machen. So steril meine Beschäftigung mit Staub und Spinnweben und Nahrung und schmutziger Wäsche auch immer erschienen sein mag, sie war nötig, um mich auszufüllen, um mir Leben zu geben. Allein im Grasland würde ich verschmachten. Nur mit den Bewegungen der Himmelskörper und den winzigen Signalen der Insekten, die darüber debattierten, ob ich schon zu fressen sei, könnte ich unmöglich Tag für Tag und Nacht für Nacht füllen. Außer Augen und Ohren würde ich allerwenigstens zwei Hände und deren Gebrauch benötigen sowie einen Vorrat von Kieseln, um damit Muster zu bauen, bis man sich danach sehnt, ausgelöscht zu werden? Ich bin kein Prinzip,

kein Gesetz der Beweisführung, keine Maschine, die ein Wesen von einem anderen Planeten auf diese trostlose Erde unter das Kreuz des Südens gestellt hat, damit sie Tag für Tag und Nacht für Nacht Gefühle produziere und diese genau zähle, solange ich in Gang bin, bis sie mir ausgehen. Ich brauche mehr als nur Kiesel zum Hin-und Herschieben, Zimmer zum Saubermachen, Möbel zum Verrücken: Ich brauche Menschen, mit denen ich reden kann, Brüder und Schwestern oder Väter und Mütter, ich brauche eine Geschichte und eine Kultur, ich brauche Hoffnungen und Wünsche, ich brauche eine Ethik und eine Teleologie, bevor ich glücklich sein kann, ganz zu schweigen von Essen und Trinken. Was wird werden aus mir, nun da ich allein bin? Denn ich bin wieder allein, allein im historischen Präsens: Hendrik ist gegangen, Anna ist mit ihm gegangen, ohne ein Wort sind sie bei Nacht geflohen, nicht mehr mitnehmend als was man auf ein Fahrrad packen kann. Was wird nun geschehen? Ich bin voll düsterer Vorahnungen. Ich kaure im Vorratsraum, die Kälte des Steinfußbodens dringt mir in die Knochen, die Küchenschaben umstehen mich und wedeln mit ihren neugierigen Antennen. Ich fürchte das Allerschlimmste.

231. Der Winter kommt. Ein kalter Wind pfeift über die Ebenen unter einem eisernen Himmel. Die Kartoffeln treiben Keime, das Obst ist auf dem Boden verfault. Der Hund ist weg, Hendrik nachgelaufen. Die Pumpen drehen sich eintönig Tag und Nacht, die Staubecken laufen über. Die Farm verwahrlost. Ich weiß nicht, was aus den Schafen wird. Ich habe jedes Gatter auf der Farm geöffnet, sie haben sich auf alle Pferche verteilt. Eines Morgens, vor Tagesanbruch, sind hundert graue Gestalten zwischen Haus und Vorratsraum hindurchgezogen, ein gedämpftes Trappeln und Drängeln, auf der Suche nach neuen Weideplätzen. Ich stelle fest, daß sie mir nichts bedeuten. Ich kann sie nicht einfangen, ich bringe es nicht fertig, sie zu schlachten. Wenn ich Munition hätte, würde ich sie zu ihrem eigenen Besten erschießen (ich wiege das Gewehr in der Hand, mein Arm ist ruhig) und der Verwesung überlassen. Ihr Vlies ist lang und schmutzig; bevölkert von Zecken und Schmeißfliegen, den nächsten Sommer können sie nicht überleben.

232. Ich ernähre mich von Kürbis und Maisbrei. Ich habe nichts aufgespart für die kommenden schweren Zeiten. Gott wird für die Seinen sorgen; und wenn ich nicht zu den Seinen gehöre, dann kann ich ebensogut auch untergehen. Mühselig verrichte ich den täglichen Kleinkram, gepeitscht vom Wind. Fetzen und Fetzen schält sich die Haut von meinem Gesicht; ich habe nicht den Willen, sie durch eine neue zu ersetzen. Winzige Teilchen von Haut, Teilchen von Mörtel, Teilchen von Rost fliegen weg und fallen dem Vergessen anheim. Wenn man sehr geduldig ist, wenn man lange genug lebt, kann man hoffen, den Tag zu erleben, da die letzte Wand zu Staub zerfällt, die Eidechse sich auf der Herdplatte sonnt, der Dornbusch auf dem Friedhof austreibt.

233. Ich habe Besucher gehabt, mehr Besucher, als ich nennen kann. In meiner ureingeborenen Unschuld habe ich nicht gewußt, daß es so viele Menschen auf der Welt gibt. Jeder Zoll der Farm ist nach meinem Vater abgesucht worden, der eines verhängnisvollen Tages ausritt und nie wiederkam.
Der Name kann erst von der Liste gestrichen werden, erklären sie mir, wenn die Überreste entdeckt sind. Das ist das Prinzip. Ich nicke. Wie glücklich man sein muß, wenn

man einfache, glaubwürdige Prinzipien hat, nach denen man leben kann. Vielleicht ist es noch nicht zu spät, die Wildnis zu verlassen und ein Zuhause in der Zivilisation zu finden.

234. Das Pferd. Das Pferd hat nach dem Verschwinden meines Vaters wochenlang im Stall gestanden. Dann bin ich es leid geworden, das Pferd zu füttern, und habe es freigelassen. Jetzt ist kein Pferd mehr da. Oder vielleicht schweift das Pferd in den Bergen herum und sucht seinen verlorenen Herrn.

235. Ou Anna und Jakob haben die Farm ebenfalls besucht. Sie kamen im Eselskarren, um ihre letzten Habseligkeiten zu holen. Ou Anna seufzte und sprach von den Tugenden meines Vaters. »Er hat immer Wort gehalten«, sagte sie. »Hast du was von Hendrik gehört?« sagte ich. »Nein, nichts«, sagte sie, »er ist verschwunden, er und dieses Weibstück von ihm. Aber den kriegen sie noch!«
Jakob drückt seinen Hut an die Brust und verbeugt sich. Seine Frau führt ihn zu dem Karren. Sie peitscht die Esel, und sie zockeln aus meinem Leben, verhutzelt, gebeugt. Ich sehe ihnen nach, bis sie das Schwemmland überqueren, dann mache ich die Tür zu.

236. Was wird aus Hendrik werden? Als sie kamen und meinen Vater suchten, diese bärtigen Männer, diese Knaben mit den rosigen Backen und den strengen kleinen Mündern und den blauen Augen guter Schützen, haben sie da wirklich nach dem abwesenden Herrn gesucht, oder waren sie hinter dem pflichtvergessenen Sklaven und dessen Weib her? Und falls letzteres zutrifft, müssen sie sie inzwischen nicht gefunden und ohne viel Federlesens erschossen haben, um rechtzeitig zum Abendessen zu Hause zu sein? Denn in diesem Teil der Welt gibt es kein Versteck. Dieser Teil der Welt ist für das Auge des Jägers in jeder Richtung nackt; wer sich nicht eingraben kann, ist verloren.

Aber vielleicht haben sie sie auch nicht kurzerhand erschossen. Vielleicht haben sie sie aufgespürt und sie dann, gefesselt wie Tiere, zu einem weit entfernten Ort der Rechtsprechung transportiert, wo sie dazu verurteilt wurden, für den Rest ihres Lebens Steine zu brechen, um zu zahlen für ihre Verbrechen und die irrsinnig rachsüchtigen Geschichten, die sie erzählten. Vielleicht hat man mir, einer Frau, einer schwachsinnigen Jungfer, nichts gesagt. Vielleicht haben sie Hendrik und Anna aus dem Gerichtssaal geführt, sich angeblickt und genickt, haben Gnade vor Recht ergehen lassen und den Gerichtsdiener mit einer Rolle Draht losgeschickt, damit er die Gatter dieser Farm mit Draht verschließe, und dann haben sie mich aus ihrem Gedächtnis gestrichen. Denn man kann in einem großen Raum ebensogut weggeschlossen werden wie in einem kleinen. Vielleicht hat deswegen meine Geschichte bereits ihr Ende gehabt, die Dokumente sind, verschnürt mit einem Band, längst weggelegt worden, und nur ich weiß es nicht, zu meinem eigenen Besten.

Oder sie haben Hendrik tatsächlich zur Farm zurückgebracht, um ihn mir gegenüberzustellen, und ich habe es vergessen. Vielleicht sind sie alle gekommen, der Untersuchungsrichter, die Gerichtsschreiber, die Gerichtsdiener, die Neugierigen meilenweit aus dem Umkreis, und haben mir Hendrik vorgeführt mit Ketten an Händen und Füßen und haben gesagt, »Ist dies der Mann?« und auf meine Antwort gewartet. Dann haben wir uns zum letzten Mal angeschaut, und ich habe gesagt, »Ja, er ist es«, und er hat wüst geflucht und mich angespuckt, und sie haben ihn geschlagen und weggezerrt, und ich habe geweint. Vielleicht ist das

die wahre Geschichte, so wenig schmeichelhaft für mich sie auch ist.
Oder vielleicht habe ich mich die ganze Zeit geirrt, vielleicht ist mein Vater am Ende gar nicht tot, sondern wird heute in der Abenddämmerung auf dem verlorenen Pferd aus den Bergen geritten kommen, ins Haus stampfen und knurren, weil sein Badewasser nicht fertig ist, die verschlossenen Türen aufbrechen und die fremden Gerüche schnuppern. »Wer ist hier gewesen?« schreit mein Vater. »Hast du einen *Hotnot* im Haus gehabt?« Ich winsele und will weglaufen, aber er schnappt mich und dreht mir den Arm um. Ich sabbere vor Angst, »Hendrik!« schluchze ich. »Komm und hilf, die Geister sind wieder da!«
Aber ach, Hendrik ist weg, und ich muß allein mit meinen Dämonen fertig werden, eine erwachsene Frau, eine Frau von Welt, auch wenn man es ihr nicht ansieht, die hinter dem letzten Sack Maismehl kauert. Hendrik, ich kann nicht zu dir sprechen, aber ich wünsche dir alles Gute, dir und auch Anna, ich wünsche dir die List des Schakals, ich wünsche dir mehr Glück als deinen Häschern. Und wenn du eines Nachts kommst und ans Fenster klopfst, werde ich nicht überrascht sein. Du kannst hier den ganzen Tag schlafen, nachts kannst du im Mondschein umherwandeln und zu dir sagen, was immer es ist, was Männer auf einem Stück Land zu sich sagen, das ihnen gehört. Ich werde für dich kochen, ich werde sogar, wenn du magst, wieder versuchen, deine zweite Frau zu sein, dazu bin ich durchaus fähig, wenn ich's recht bedenke, alle Dinge müssen möglich sein auf dieser Insel außerhalb von Raum und Zeit. Du kannst deine Bälger mitbringen; bei Tage werde ich sie hüten und des Nachts sie zum Spielen hinausführen. Ihre großen Augen werden glühen, sie werden Dinge sehen, die unsichtbar sind für anderes Volk; und tagsüber, wenn das Auge des Himmels dräut und jeden Schatten durchbohrt, können wir beieinanderliegen im kühlen Dunkel der Erde, du und ich und Anna und sie.

237. Die Sommer und Winter kommen und gehen. Wie sie so rasch vergehen, wie viele vergangen sind, kann ich nicht sagen, da ich vor langer Zeit nicht die Voraussicht hatte, Kerben in ein Holz zu schneiden oder Striche auf eine Wand zu kratzen oder ein Tagebuch zu führen wie eine brave Ausgestoßene. Aber die Zeit ist unaufhörlich verronnen, und nun bin ich wahrhaftig eine wahnsinnige alte, böse alte Frau mit krummem Rücken und Hakennase und knorrigen Fingern. Vielleicht ist es ein Fehler, wenn ich mir die Zeit als einen Fluß ausmale, der vom Unendlichen zum Unendlichen fließt und mich mit sich trägt wie einen Korken oder einen Zweig; oder vielleicht ist die Zeit, nachdem sie eine Weile oberhalb der Erde geflossen ist, eine Weile unterirdisch geflossen und dann wieder aufgetaucht, aus Gründen, die mir für immer verschlossen sind, und fließt nun im Lichte dahin, und ich treibe mit ihr und kann wieder gehört werden nach all diesen Sommern und Wintern in den Eingeweiden der Erde, während denen die Worte weitergegangen sein müssen (denn wo wäre ich, wenn sie aufgehört hätten?), aber weitergegangen ohne Spur, ohne Erinnerung. Oder vielleicht gibt es keine Zeit, vielleicht täusche ich mich, wenn ich mir mein Medium als Zeit denke, vielleicht gibt es nur Raum, und ich bin ein Lichtklecks, der umherirrend sich von einem Punkt im Raum zu einem anderen bewegt, blitzschnell Jahre überspringend, eben noch ein verängstigtes Kind in der Ecke eines Klassenzimmers, und jetzt eine alte Frau mit knorrigen Fingern, auch das ist möglich, mein Geist ist offen, und es würde einiges von der Zurückhaltung erklären, mit der ich zu meinen Erinnerungen stehe.

238. Es ist dann nur noch ein Besucher auf die Farm gekommen. Der Besucher kam eines Nachmittags zu Fuß den Weg zum Haus hinauf. Ich beobachtete ihn von der

Stelle aus, wo ich am Berghang mit den Steinen arbeite. Er sah mich nicht. Er klopfte an die Küchentür. Dann, die Augen mit der Hand bedeckend, versuchte er, durch ein Fenster zu spähen. Es war ein Kind, ein Bub von zwölf oder dreizehn, in einer Hose, die ihm bis zu den Knien ging, und in einem weiten, ausgebeulten, braunen Hemd. Auf dem Kopf trug er eine Art Khakimütze oder ein Käppchen, wie ich noch nie eines gesehen hatte. Als auf sein Klopfen niemand reagierte, ging er hinab zum Obstgarten, wo die Orangenbäume voller Früchte standen. Dort war es, wo ich mich an ihn heranschlich, ein altes Weib der Wildnis. Er sprang auf, zitternd, und versuchte, eine halbgegessene Orange hinter dem Rücken zu verbergen.
»Und wer stiehlt da mein Obst?« sagte ich. Schwer fielen die Worte von meinen Lippen, wie Steine, und wie seltsam, wieder wirkliche Worte zu einem wirklichen Zuhörer zu sprechen, auch wenn er starr war vor Schreck.
Das Kind glotzte zurück – laßt mich die Szene rekonstruieren –, starrte mit aufgerissenen Augen die Alte an in dem grünspanigen, bekleckerten schwarzen Kleid, mit den großen, in alle Richtungen zeigenden Zähnen und den irren Augen und der Mähne grauen Haars, und in diesem Augenblick wußte es, daß all die Geschichten stimmten, daß Schlimmeres stimmte, daß es seine Mutter nie wiedersehen, sondern wie ein Lamm geschlachtet und in der Bratröhre geröstet werden würde, daß seine Sehnen zu Leim verkocht werden, seine Augäpfel in einem Gifttrank sieden und seine sauberen Knochen den Hunden hingeworfen werden würden. »Nein, nein«, japste es, auf die Knie fallend, und sein Herz blieb fast stehen. Aus der Tasche zog es einen Brief und hielt ihn zitternd in die Luft. »Das ist ein Brief, meine Miss, bitte!«
Es war ein sandfarbener Umschlag. Mit einem dicken blauen Stift war ein Kreuz darauf gemacht worden. Er war an meinen Vater adressiert. Wir waren also noch nicht vergessen.

Ich öffnete den Umschlag. Es war ein gedruckter Brief in zwei Sprachen, der aufforderte, Steuern für Straßeninstandhaltung, Ungezieferausrottung und andere Wunder zu zahlen, von denen ich noch nie etwas gehört hatte.

»Wessen Unterschrift ist das?« fragte ich das Kind. Es schüttelte den Kopf, mich beobachtend, nicht willens, näher zu kommen. »Wer hat den Brief geschickt?«

»Die Post, meine Miss.«

»Ja, aber wer?«

»Weiß nicht, meine Miss. Meine Miss muß unterschreiben. Für den Brief.« Er hielt mir ein kleines Notizbuch und einen Bleistiftstummel hin.

Das Buch an den Oberschenkel haltend, schrieb ich ICH HABE KEIN GELD, in Blockschrift wegen der Schmerzen in meinen Fingern.

Das Kind nahm Buch und Bleistift wieder an sich und steckte beides in die Tasche.

»Setz dich«, sagte ich, und es hockte sich auf die Fersen.

»Wie alt bist du?«

»Zwölf, meine Miss.«

»Und wie heißt du?«

»Piet, meine Miss.«

»Gut, Piet, sag mir, hast du dies schon gemacht?« Mit Daumen und Zeigefinger der linken Hand machte ich einen Kreis, in dem ich den Zeigefinger der rechten Hand auf und ab bewegte.

Piet schüttelte langsam den Kopf, blickte mir gerade in die irren alten Augen und schätzte den Moment, wann er aufspringen könnte.

Ich machte einen Schritt auf ihn zu und legte ihm die Hand auf die Schulter. »Möchtest du es lernen, Piet?«

Staub wirbelte auf, und weg war er. Er rannte zwischen den Orangenbäumen hindurch, das Flußufer hinauf und den Weg hinauf, die Mütze in der Hand.

Das war der eine Besuch.

239. Ich höre auch Stimmen. Es ist mein Umgang mit den Stimmen, der mich davor bewahrt, ein Tier zu werden. Denn ich bin sicher, wären die Stimmen nicht, hätte ich dieses artikulierte Hick-Hack schon längst aufgegeben und angefangen zu heulen oder zu bellen oder zu quaken. Der Seemann auf der einsamen Insel spricht zu seinen Haustieren: »Pretty Polly!« sagt er zu seinem Papagei. »Hol!« sagt er zu seinem Hund. Aber die ganze Zeit fühlt er seine Lippen härter werden, seine Zunge schwerer, seine Stimme rauher. »Wuff!« sagt der Hund. »Quak!« sagt der Papagei. Und bald springt der Seemann auf allen vieren herum, schlägt die einheimischen Ziegen mit Oberschenkelknochen tot und frißt ihr Fleisch roh. Es ist nicht die Sprache, die den Menschen zum Menschen macht, sondern die Sprache der anderen.

240. Die Stimmen sprechen zu mir aus Maschinen, die am Himmel fliegen. Sie sprechen zu mir in Spanisch.

241. Ich kann überhaupt kein Spanisch. Es ist jedoch charakteristisch für das Spanisch, welches zu mir aus den fliegenden Maschinen gesprochen wird, daß ich es unmittelbar verständlich finde. Ich kann diesen Umstand auf keine Weise erklären, außer daß ich zu bedenken gebe, daß die Worte, auch wenn sie in ihrem äußeren Gewand als spanische sich darstellen mögen, tatsächlich nicht einem örtlichen Spanisch angehören, sondern einem Spanisch reiner Bedeutungen, wie Philosophen sie erträumen könnten, und daß folglich, was über die spanische Sprache mir mitgeteilt wird, durch Mechanismen, die ich nicht aufzuspüren vermag, so tief eingebettet in mich liegen sie, reine Bedeutung ist. Das ist meine Vermutung, meine bescheidene Vermutung. Die Worte sind spanisch, aber sie sind gebunden an eine universelle Bedeutung. Wenn ich das nicht glaube, dann muß ich entweder glauben, daß mein Zeugnis unzuverlässig ist, was, obschon es eine dritte Partei stören mag, weder meine Stimmen noch mich selbst berührt, die zwei Parteien also, die zählen, da wir einander zu glauben scheinen; oder daß es in Form von Übersetzung ein fortwährendes, wundersames Vermitteln zu meinen Gunsten gibt, was eine Erklärung ist, die zu akzeptieren ich erst bereit bin, wenn alle anderen fehlgehen, wobei die weniger empörenden mir lieber sind als die empörenderen.

242. Wie kann ich mich täuschen, wenn ich so klar denke?

243. Die Stimmen aus den fliegenden Maschinen kommen nicht einfach direkt zu mir. Will sagen, es lehnen sich da keine Männer aus den fliegenden Maschinen hinaus und schreien ihre Worte zu mir hinab. Wenn die Maschinen groß genug sind, um Männer in sich aufnehmen zu können, das heißt, was ich unter Männern verstehe, dann sind sie in der Tat gerade nur eben groß genug. Die fliegenden Maschinen, die aussehen wie silberne Stifte mit zwei Paar starren Flügeln, einem langen Paar vorne und einem kurzen Paar hinten, sind etwa sechs Fuß lang, fliegen aber Hunderte von Fuß hoch in der Luft, höher als die meisten Vögel, und scheinen folglich kleiner zu sein, als sie sind. Sie fliegen von Norden nach Süden an jedem ersten und vierten Tag und von Süden nach Norden an jedem zweiten und fünften Tag und an jedem dritten, sechsten und siebten Tag bleibt der Himmel leer. Ein Zyklus von sieben Tagen ist eine der Regelmäßigkeiten, die ich bei den Maschinen entdeckt habe.

244. Es ist durchaus möglich, daß es nur eine Maschine gibt, die viermal die Woche hin- und herfliegt, jedenfalls ist das wahrscheinlicher als vier Maschinen oder viele Maschinen. In diesem Punkt bin ich ganz offen.

245. Was über den Himmel fliegt, ist mehr eine Maschine als ein Insekt, weil sein Brummen ununterbrochen und sein Flug vollkommen gleichmäßig ist. Ich nenne es eine Maschine. Es ist möglich, daß es ein Insekt ist. Wenn ja, dann ist der Witz wirklich grausam.

246. Die Worte, die ich höre, werden nicht aus den Maschinen hinabgeschrien. Eher scheinen sie in der Luft zu schweben, all diese kristallenen spanischen Vokabeln, und dann herniederzurieseln, kälter werdend, wie Tau oder Rauhreif in der Zeit des Frostes, und bei Nacht mein Ohr zu erreichen oder öfter am frühen Morgen bei Tagesanbruch und in meinen Verstand zu sickern wie Wasser.

247. Ich täusche mich nicht; oder wenn doch, dann sind meine Selbsttäuschungen ein Vorrecht. Ich könnte solche Worte, wie sie zu mir gesprochen werden, nicht erfinden. Sie kommen von Göttern; oder wenn nicht, von einer anderen Welt.
Die Worte letzte Nacht waren: *Wenn wir träumen, daß wir träumen, ist der Moment des Erwachens nahe.* Ich denke nach über diesen Text. Ich bin sicher, daß er sich nicht auf meinen gegenwärtigen Zustand bezieht. Ich habe noch nie geträumt, daß ich träume. Ich träume derzeit überhaupt nicht, sondern schlafe in seliger Passivität und warte darauf, daß die Worte zu mir kommen, wie eine Jungfrau auf den Heiligen Geist wartet. Ich bin sicher, daß ich wirklich

bin. Dies ist meine Hand, Knochen und Fleisch, jeden Tag dieselbe Hand. Ich stampfe auf mit dem Fuß: dies ist die Erde, bis ins Innerste so wirklich wie ich. Deswegen müssen die Worte auf eine Zeit anspielen, die noch kommt. Vielleicht warnen sie mich, daß ich eines Tages aufwachen und mich eine Spur luftiger, eine Spur unwirklicher fühlen werde; und daß ich, wenn ich zum millionsten Mal den Vorhang aufziehe und hinausschaue über das Grasland, feststellen werde, daß ich jeden Busch und Baum, jeden Stein und jedes Sandkorn in seinem eigenen Strahlenkranz der Klarheit erblicke, so als würde jedes Atom des Universums meinen Blick erwidern. Das Schnarren der Zikaden, so vertraut, daß es nicht mehr gehört wurde, wird in meinen Ohren zu pulsieren beginnen, zuerst mit einem leisen Puls wie von einem fernen Stern, dann lauter, bis mein Schädel widerhallt von dem Schrillen, dann leiser, leise und gleichmäßig, in mir. Was werde ich dann zu mir sagen? Daß ich Fieber habe, daß meine Sinne zur Zeit durcheinander sind, daß ich in wenigen Tagen, wenn ich mich ausruhe, wieder ganz die alte sein werde? War reizt Fiebermikroben, sieben Meilen wasserlosen Buschlandes zu überqueren, das gesprenkelt ist mit den Fellen lange toter Merinos, vorausgesetzt, daß Fieber durch Mikroben übertragen wird und daß Mikroben Flügel haben? Eine einzige vertrocknete alte Jungfer als Lohn? Sicherlich ist die Beute anderswo reicher. Nein, ich fürchte, alles, was ich zu mir sagen könnte, würde sein: Das kann nicht so weitergehn, ich verliere mich, die Schlafenszeit ist vorbei, der Moment des Erwachens ist nahe. Und für was soll ich erwachen? Für diesen halb vergessenen braunen Mann, der zornig und angespannt in meinem Bett liegt, den Arm über die Augen geworfen? Für den kalten Gang vor meines Vaters Schlafzimmer und das verstohlene Quietschen der Sprungfedern? Für ein gemietetes Zimmer in einer fremden Stadt, wo ich nach Würstchen und Kartoffelsalat die ganze Nacht schlecht geträumt habe? Oder für irgendeine andere mißliche Lage, so bizarr, daß sie unvorstellbar ist?

248. Die Stimmen sprechen: *Aller äußeren Feinde und Widerstände ermangelnd, eingesperrt in unterdrückende Enge und Ordnung, hat der Mensch schließlich keine andere Wahl, als sich selbst zu einem Abenteuer zu machen.* Sie werfen mir vor, wenn ich sie richtig verstehe, daß ich mein Leben zu einer Fiktion mache, aus Langerweile. Sie werfen mir vor, wie taktvoll auch immer, ich machte mich selbst gewalttätiger, abartiger, leidzerrissener, als ich wirklich bin, als ob ich mich selbst wie ein Buch läse und das Buch langweilig fände, es beiseite legte und statt dessen nun anfinge, mich selbst zu erfinden. So verstehe ich ihre Anklage. Nicht aus Rebellion gegen wirkliche Unterdrükkung habe ich meine Geschichte gemacht, sagen sie, sondern als Reaktion auf die triste Aufgabe, meinen Vater bedienen, die Mägde kommandieren, den Haushalt führen, die Jahre absitzen zu müssen; als ich draußen keinen Feind finden konnte, als keine bogenschwingenden, brüllenden braunen Reiterhorden aus den Bergen herabgestürmt kamen, habe ich einen Feind aus mir selbst gemacht, aus dem friedfertigen, folgsamen Selbst, das nichts wollte als dem Willen des Vaters nachkommen und rund werden und reich an Jahren.
Sind sie Götter und sehen doch nicht, frage ich mich, oder bin ich es, die mutwillig blind ist? Welche Geschichte ist die unglaubhaftere, die Geschichte meines Lebens, wie es von mir gelebt wird, oder die Geschichte von der braven Tochter, die Psalmen summt, wenn sie im toten Zentrum der Steinwüste in einer holländischen Küche den Sonntagsbraten mit heißem Fett begießt? Und was das Erfinden von Feinden betrifft: Der jämmerliche Krieger in den Bergen war nie so grauenerregend wie der Feind, der in unserem

Schatten ging und *Ja, Baas* sagte. Zu dem Sklaven, der nur *Ja* sagte, konnte mein Vater nur *Nein* sagen, und nach ihm ich, und das war der Anfang meines ganzen Elends. Deswegen protestiere ich. Manche Dinge sind vom Himmel aus nicht zu sehen. Aber wie überzeuge ich meine Ankläger? Ich habe versucht, mit Steinen Botschaften zu formen, aber Steine sind zu unhandlich für die Unterscheidungen, die ich machen muß. Und kann ich sicher sein, daß sie die Worte, die ich benutze, überhaupt verstehen? Wenn sie Götter sind und allwissend, liefert ihre Einsprachigkeit keinen Einwand. Kann ich sicher sein, daß sie überhaupt etwas von mir wissen? Vielleicht nehmen sie mich gar nicht zur Kenntnis. Vielleicht täusche ich mich die ganze Zeit, wenn ich denke, sie sprechen zu mir. Vielleicht sind ihre Worte nur für Spanier gedacht, da ohne mein Wissen verfügt worden ist, daß Spanier die Auserwählten sind. Oder vielleicht leben die Spanier nicht so weit weg, wie ich gedacht hatte, sondern gleich hinter den Bergen. Das muß man sich einmal vorstellen. Oder vielleicht nehme ich mir ihre Worte zu sehr zu Herzen, vielleicht sind sie weder für die Spanier allein noch für mich allein, sondern für uns alle gedacht, wer immer wir sind, die Spanisch verstehen, und wir alle sind angeklagt, Scheinabenteuer zu erfinden, obwohl das schwerer zu glauben ist, denn nicht viele Menschen haben so viel Zeit zur Verfügung wie ich.

249. Das unschuldige Opfer kann das Böse nur in Form von Leid kennen. Das, was vom Verbrecher nicht empfunden wird, ist sein Verbrechen. Das, was vom unschuldigen Opfer nicht empfunden wird, ist seine Unschuld.
Hier habe ich Schwierigkeiten, weil ich mit den Feinheiten des Spanischen nicht vertraut bin. Ich wäre glücklicher, wenn diese Aussprüche weniger sibyllinisch wären. Definieren die Stimmen hier Verbrechen und Unschuld, oder

sagen sie mir, wie Opfer und Verbrecher das Verbrechen erleben? Wenn ersteres der Fall ist, behaupten sie, daß die Unschuld durch das Wissen, daß das Böse böse ist, zerstört wird? In diesem Fall kann ich nur als Landpomeranze in das Reich der Erlösten kommen, niemals als Heldin des Bewußtseins. Darf ich sagen: Dann werde ich zu den Verdammten gehören? Werden die Stimmen aufhören, zu mir zu sprechen? Wenn das geschieht, bin ich wirklich verloren.

250. Es ist das Bewußtsein des Sklaven, welches dem Herrn die Sicherheit gibt, daß seine eigene Wahrheit die richtige ist. Aber das Bewußtsein des Sklaven ist ein abhängiges Bewußtsein. Also ist der Herr sich der Wahrheit seiner Autonomie nicht sicher. Seine Wahrheit liegt in einem bedingten Bewußtsein und dessen bedingten Akten.
Diese Worte beziehen sich auf meinen Vater, auf seine Schroffheit gegenüber den Knechten, seine unnötige Barschheit. Aber barsch und herrisch war mein Vater nur, weil er es nicht ertragen konnte, daß eine Bitte ihm abgeschlagen wurde. Alle seine Befehle waren insgeheim flehentliche Bitten – sogar ich konnte das sehen. Wie also kam es, daß die Knechte wußten, daß sie ihn am empfindlichsten verletzen konnten, indem sie ihm am sklavischsten gehorchten? Bekamen auch sie Anweisungen von den Göttern, durch Kanäle, die wir nicht wahrnehmen? Wurde mein Vater einfach deswegen immer barscher zu ihnen, um sie zu provozieren, damit sie ihre sklavische Haltung aufgäben? Hätte er einen rebellischen Sklaven umarmt wie ein Vater einen verlorenen Sohn, obschon seine nächste Handlung darin bestanden haben könnte, ihn zu züchtigen? War mein Vater auf das Paradoxon gekreuzigt, das die Stimmen darlegen: daß er von Menschen, die sich seinen Launen beugten wie Schilfrohre, auf seine Weise eine Bestätigung seiner Wahrheit verlangte? Und war es ihre Provokation,

daß sie mit *Ja, Baas* auf seine Provokation antworteten, indem sie die Augen niederschlugen, ihr Lächeln verbargen und den Augenblick abwarteten, bis er es zu weit trieb? Sie müssen gewußt haben, daß er es zu weit getrieben hatte, als er Klein Anna zu sich ins Haus holte. Sie müssen es schon vorher gewußt haben, als sie seine Vernarrtheit sahen. Hat Hendrik deswegen seinen Stolz hinuntergeschluckt? Hat Hendrik in der Verführung Annas nicht den letzten Versuch meines Vaters gesehen, von den Lippen eines Sklaven, sei es auch in der Stille der Nacht, Worte zu erzwingen, wie ein freies Wesen sie an ein anderes richtet, Worte, die er von mir hätte bekommen können oder von jeder der parfümierten Witwen im Umkreis, die aber, von uns kommend, wertlos gewesen wären? Oder hat Hendrik alles klar gesehen und nichts davon verziehen, sondern Rache geschworen? Ist mein Verbanntsein hier Hendriks Rache? Ist es ein Zeichen meiner Unschuld, daß ich meine Verbannung nur als Leid, nicht als Verbrechen gegen mich empfinde? Wo, falls nicht Mitleid einschreitet, endet der Kreislauf der Rachsucht? *Die Stimmen verstummen zu früh.* Ich bin dankbar für das, was sie mir geben. Ihre Worte sind Gold. Einst vernachlässigt, werde ich nun für meine Jahre der Einsamkeit geehrt, wie nur wenige geehrt worden sein können. Es gibt Gerechtigkeit im Universum, ich anerkenne das. Aber die Worte aus dem Himmel werfen mehr Fragen auf, als sie beantworten. Ich würge an einer Diät von Allgemeinheiten. Ich werde sterben, bevor ich zur Wahrheit gelange. Ich will die Wahrheit, gewiß, aber noch mehr will ich Endgültigkeit!

251. Die Steine. Als die ersten Maschinen über mich hinwegflogen und zu mir sprachen, war ich begierig, ihnen zu antworten. Ich stand auf dem Scheitel des Felsens hinter dem Haus, vorzugsweise in Weiß, in meinem geflickten, alten weißen Nachthemd, und signalisierte mit den Armen und rief meine Antworten hinauf, zuerst in Englisch, später dann, als ich einzusehen begann, daß ich nicht verstanden wurde, in Spanisch. »Es MI«, schrie ich, »VENE!« in einem Spanisch, das ich an Ort und Stelle durch Introspektion aus ersten Prinzipien ableiten mußte.

252. Dann kam mir der Gedanke, daß die Wesen in der Maschine vielleicht in einer Ekstase der Selbstversunkenheit flogen, die Augen auf den endlosen blauen Horizont geheftet, und daß sie ihre Botschaften, sozusagen in Klammern, in aller Gemächlichkeit hinabschweben ließen. Ich fragte mich also, ob ich nicht die klassischen Ausgestoßenen nachahmen und einen Scheiterhaufen anzünden sollte, um ihre Aufmerksamkeit auf mich zu ziehen. Drei Tage plagte ich mich damit ab, einen Berg trockenen Reisigs aufzuhäufen. Dann, am vierten Tag, als der erste silberne Schimmer am nördlichen Himmel erschien, setzte ich mein Leuchtzeichen in Brand und rannte zu meinem Signalposten. Riesige Flammen züngelten in den Himmel. Die Luft war erfüllt vom brausenden Prasseln der Dornen und dem Pfeifen verendender Insekten. »ISOLADO!« schrie ich gegen das Brüllen des Feuers an, herumtanzend und ein weißes Taschentuch schwenkend. Wie ein Geist zog die Maschine über mir dahin. »Es MI! VIDI!« Ich hörte keine antwortende Stimme.

253. Aber selbst wenn das Wesen in der Maschine gesprochen hätte, wäre seine Stimme, wie mir später klar wurde, in dem Lärm untergegangen. Außerdem, so fragte ich mich, warum sollten sie das Feuer für ein Signal halten? Könnte es nicht einfach das Feuer eines Reisenden sein, oder das Stroh, das ein zufriedener Landmann abbrennt, oder ein durch Blitzschlag entfachter Steppenbrand, ein bloßes Naturphänomen? Schließlich ist nicht offensichtlich, daß ich eine Ausgestoßene bin, nichts deutet darauf hin, daß ich keinen Fuß vor den anderen setzen kann, bevor ich den nächsten Stützpunkt erreiche, um zu erbitten, was immer es ist, was ich möchte, die Bequemlichkeiten der Zivilisation beispielsweise.

254. Aber vielleicht, dachte ich dann, tue ich ihnen unrecht, vielleicht wissen sie sehr wohl, daß ich eine Ausgestoßene bin, und lächeln einander zu, wie sie mich da herumtanzen sehen, meine Einzigartigkeit verkündend, während von Horizont zu Horizont die Welt voll ist von tanzendem Volk, das mit seinen eigenen Feuern Zeichen gibt. Vielleicht mache ich mich zum Narren, vielleicht schenken sie mir erst Beachtung und Zustimmung, wenn ich mein Singen und Tanzen aufgebe und mich wieder ans Wischen und Wienern mache. Vielleicht benehme ich mich wie eine häßliche Schwester in einer Geschichte, in der nur das Aschenputtel erlöst wird. Vielleicht ist das tausendjährige Reich gekommen und ich, da ich keinen Kalender habe, habe es nicht bemerkt, und der Prinz sucht jetzt die entferntesten Gegenden der Welt nach seiner Braut ab, und ich, die ich die Parabel so lange an mein Herz gedrückt habe, sie als eine Allegorie meiner Rechtfertigung gelesen habe, werde feststellen, daß ich bei den Bauerntölpeln zurückgelassen wurde, während das selige Paar davonfliegt zu einem neuen Leben auf ferneren Planeten. Was soll ich tun? Ich bin so oder so verloren. Vielleicht sollte ich weiter nachsinnen über diese Worte bezüglich der Unschuld der Unschuldigen.

255. Die Steine. Da meine Worte ungehört verhallten (aber bin ich sicher, daß sie mich nicht hörten? Vielleicht haben sie mich gehört, mich aber uninteressant gefunden, oder vielleicht ist es nicht üblich bei ihnen, Mitteilungen entgegenzunehmen), habe ich mich dem Schreiben zugewendet. Eine Woche lang, schuftend vom Morgengrauen bis zum Sonnenuntergang, habe ich Schubkarren voller Steine über das Grasland gewuchtet, bis ich einen Haufen von zweihundert auf dem Stück Land hinter dem Haus beisammen hatte, glatte, runde Steine von der Größe kleiner Kürbisse. Die habe ich mit aus früherer Zeit übriggebliebener Tünche weiß angestrichen (wie eine brave Ausgestoßene finde ich Verwendung für alles mögliche, eines Tages muß ich die Dinge auflisten, die ich noch nicht verwendet habe, und dann, zur Übung, eine Verwendung für sie finden). Indem ich die Steine zu zwölf Fuß großen Buchstaben zusammensetzte, begann ich Botschaften an meine Retter zu formulieren: CINDRLA ES MI; und am nächsten Tag: VENE AL TERRA; und: QUIERO UN AUTR; und nochmals: SON ISOLADO.

256. Nach Wochen des Bauens von Botschaften, Wochen, die damit ausgefüllt waren, daß ich Steine herumwälzte, Kratzer übermalte, immer wieder auf den Dachboden stieg, um mich zu vergewissern, daß meine Zeilen gerade waren, ging mir plötzlich auf, daß das, was ich da hinbuchstabierte, eigentlich keine Antworten waren auf die Worte, die aus dem Himmel zu mir kamen, sondern zudringliche Bitten. Wäre man versucht, einen Flecken auf dieser Erde zu besuchen, fragte ich mich, zu dem man so stürmisch fordernd von einer so jämmerlich einsamen Kreatur eingeladen wird, ganz zu schweigen von ihrer Häßlichkeit und ihrem Alter? Würde man ihn nicht eher meiden wie die Pest? Deswegen setzte ich an den Tagen, an denen die Maschinen flogen, meinen breitkrempigen Hut auf und begann Botschaften zu bauen, die verhaltener waren, kryptischer, im Stil ihrer Botschaften an mich und somit vielleicht verlockender. POEMAS CREPUSCLRS verkündete ich am ersten Tag; CREPUSCULARIAS sollte es heißen, aber die Steine gingen mir aus. (Danach karrte ich noch zwei Dutzend neue Steine herbei, einen Mangel an Steinen hat es in diesem Teil der Welt noch nie gegeben, obwohl ich nicht weiß, was ich mit den angemalten Steinen tun werde, wenn die Maschinen aufhören zu fliegen, das ist eine Angst, die ich nicht abschütteln kann, vielleicht werde ich dazu getrieben, draußen vor der Küchentür eine Grabstätte zu errichten, in die ich dann hineinkriechen kann, wenn der große Tag gekommen ist, denn ich habe nicht das Herz, sie in ihr angestammtes Grasland zurückzukarren und dort zu verteilen, nicht, nachdem sie einander so lange Brüder und Schwestern und Teile meiner Botschaften gewesen sind.) SOMNOS DE LIBERTAD schrieb ich am zweiten Tag; AMOR SIN TERROR am vierten; DII SIN FUROR am fünften; NOTTI DI AMITAD wieder am ersten. Dann schrieb ich ein zweites Gedicht, in sechs Teilen, das auf die verschiedenen Anklagen der Stimmen antwortete: DESERTA MI OFRA – ELECTAS ELEMENTARIAS – DOMINE O SCLAVA – FEMM O FILIA – MA SEMPRE – HA DESIDER – LA MEDIA ENTRE. Das Medium! Die Mitte! Dazwischen! Wie ich am sechsten dieser Tage mein Los verfluchte, weil es mir verweigerte, was ich von allen Dingen am meisten brauchte, ein Lexikon der richtigen spanischen Sprache! Sich den Kopf zu zerbrechen, den angeborenen Vorrat bloß wegen einer Konjunktion zu durchwühlen, wenn das Wort irgendwo in einem Buch schlummerte! Warum will niemand zu mir in der wahren Sprache des Herzens sprechen? Das Medium, das Mittlere – das ist es, was ich sein wollte! Weder Herr noch Sklave, weder Elternteil noch Kind, sondern die Brücke dazwischen, damit die Gegensätze in mir zur Versöhnung kämen!

257. Doch nachsichtig wie immer fragte ich mich: Was haben meine Gedichte, selbst wenn sie verstanden werden, den Himmelsgeschöpfen schon zu bieten? Wenn sie fliegende Maschinen bauen können, müssen die Attraktionen einer Steine wälzenden, Worte bauenden Intelligenz belanglos erscheinen. Wie kann ich sie *bewegen*? FEMM, schrieb ich, FEMM – AMOR POR TU. Und dann ging ich zu Ideogrammen über, verbrauchte alle meine Steine für die Skizze einer Frau, die auf dem Rücken liegt, fülliger als ich, die Beine gespreizt, auch jünger als ich, es war keine Zeit für Zimperlichkeiten. Wie vulgär, dachte ich bei mir, als ich das Bild durch ein Dachfenster betrachtete, doch wie notwendig! Und ich gackerte. Wie sehr gleiche ich doch der Zauberin in der Fabel. Man könnte fürchten, daß die Himmelsmänner, von mir auf die Erde herabgelockt, in Schweine sich verwandelt wiederfinden, die Spülicht schlabbern. Aber vielleicht haben sie diese Befürchtung gespürt und meiden mich deswegen: Vielleicht rasten sie bei ihren Reisen über den Rest der Welt traulich in Baumwimpfeln und unterhalten sich mit dem niederen Volk, aber wenn sie über mich hinwegfliegen, erheben sie sich hoch in die Lüfte und lassen ihre warnenden Botschaften von weit oben fallen.

258. Ich habe auch versucht, die nächtlichen Botschaften zu ignorieren. Man kann einer hoffnungslosen Vernarrtheit nicht nachgehen, habe ich mir gesagt, ohne mit dem Schicksal des Narziß zu liebäugeln. *Ein Blinder, der tanzt, scheint seine Trauerzeit nicht einzuhalten*, sagten die Stimmen. Puh! *Es ist die Welt der Worte, welche die Welt der Dinge erschafft*. Pah!

259. Dann war letzte Nacht die Stimme nicht zum Schweigen zu bringen, sie sprach weiter und weiter, nicht mehr in knappen, kurzen Epigrammen, sondern in langen Satzgefügen, so daß ich mich fragte, ob es nicht ein neuer Gott sei, der da sprach, ohne von meinem lauten Protest sich beeindrucken zu lassen. »Laß mich, ich will schlafen!« schrie ich, mit den Fersen trommelnd. *Es ist in Ordnung, daß wir dem Meuchelmörder nicht zum Opfer fallen werden,* sagte die Stimme, *daß wir einwilligen zu sterben, wenn wir selber zum Meuchelmörder werden. Jeder in Sklaverei geborene Mensch ist für die Sklaverei geboren. Mit seinen Ketten verliert der Sklave alles, sogar den Wunsch, ihnen zu entkommen. Gott liebt niemanden,* fuhr sie fort, *und haßt niemanden, denn Gott ist frei von Leidenschaften und empfindet weder Lust noch Schmerz. Deswegen kann jemand, der Gott liebt, nicht erreichen wollen, daß Gott seine Liebe erwidert; denn wenn er dies wünschte, würde er wünschen, daß Gott nicht Gott ist. Gott ist verborgen, und jede Religion, die nicht erklärt, daß Gott verborgen ist, ist nicht wahr.* »Geh weg«, schrie ich, »spanischer Unflat!« *Begehren ist eine Frage, auf die es keine Antwort gibt,* fuhr die Stimme fort – ich weiß jetzt mit Sicherheit, daß sie mich nicht hören. *Das Gefühl der Einsamkeit ist ein Verlangen nach einem Ort. Dieser Ort ist das Zentrum der Welt, der Nabel des Universums. Weniger als alles kann den Menschen nicht befriedigen. Diejenigen, die das Begehren im Zaum halten, tun es, weil das ihre so schwach ist, daß es im Zaum gehalten werden kann. Wenn Gott durch die Gottlosen vollbringt, was er in seinen geheimen Ratschlüssen verfügt hat, sind deswegen die Gottlosen nicht entschuldbar. Wen Gott aus seiner Wahl ausschließt, tadelt er auch, und aus genau diesem Grund ist es sein Wille, ihn auszuschließen.*

260. Den ganzen Tag bin ich herumgegangen mit dem Genörgel dieser Worte in den Ohren, beleidigt durch ihre

Wichtigtuerei und verärgert über ihre Zusammenhanglosigkeit. Welcher Meuchelmörder soll mich denn bedrohen? Wie kann man denn willens sein zu sterben? Das Fleisch liebt sich und kann unmöglich einwilligen in seine Auslöschung. Wäre ich wirklich eine Sklavin, die sich abgefunden hat mit ihren Ketten, hätte ich dann nicht schon vor langer Zeit gelernt, *Ja* zu sagen? Doch wo in meiner Rede ließe sich auf ein *Ja* verweisen? Wenn meine Rede nicht von Anfang bis Ende ein Aufbegehren war, was ist sie dann? Was die Abwesenheit Gottes in dieser Steinwüste betrifft, so kann mir zu diesem Thema nichts beigebracht werden, was ich nicht schon weiß. Alles ist hier erlaubt. Nichts wird bestraft. Alles wird auf ewig vergessen. Gott hat uns vergessen, und wir haben Gott vergessen. Es gibt unsererseits keine Liebe zu Gott und keinerlei Wunsch, daß Gott uns seine Aufmerksamkeit zuwende. Der Verkehr ist abgebrochen. Wir sind die Ausgestoßenen Gottes, wie wir die Ausgestoßenen der Geschichte sind. *Das* ist der Grund für unser Gefühl der Einsamkeit. Ich jedenfalls möchte nicht im Zentrum der Welt sein, ich möchte nur zu Hause sein in der Welt, so wie das einfachste Tier zu Hause ist. Viel, viel weniger als alles würde mich befriedigen: zunächst einmal ein Leben, das nicht durch Worte vermittelt wird; ein Leben, in dem diese Steine, diese Büsche, dieser Himmel ohne Frage erlebt und erkannt werden; und eine ruhige Rückkehr zum Staub. Das ist sicher nicht zuviel. Sind nicht alle diese Aussprüche von oben blind für die Wurzel unseres Leidens, das darin liegt, daß wir niemanden haben, mit dem wir sprechen können; daß unsere Wünsche chaotisch aus uns hervorsprudeln, ohne Ziel, ohne Antwort, wie unsere Worte, wer *wir* auch immer sein mögen, vielleicht sollte ich nur von mir sprechen?

261. Aber ich habe andere Sorgen als mit meinen Stimmen zu streiten. Manchmal, wenn das Wetter schön ist, so wie heute, sonnig, aber nicht zu warm, trage ich meinen Vater aus seinem Zimmer und setze ihn auf die Veranda in seinen alten Sessel, damit er, gestützt von Kissen, die alten Ländereien wieder einmal vor sich hat, die er nicht mehr sehen kann, und dem Gesang der Vögel ausgesetzt ist, den er nicht mehr hören kann. Er sieht und hört nichts, schmeckt und riecht auch nichts, soweit ich weiß, und wer kann sich vorstellen, wie die Berührung meiner Haut mit seiner Haut ist? Denn er hat sich weit, weit in sich zurückgezogen. Er kauert tief in den Kammern seines Herzens, eingehüllt in das Pulsieren seines dünnen Blutes, in das ferne Zischen seines Atems. Von mir weiß er nichts. Ich hebe ihn mühelos auf, eine Gliederpuppe aus dürrem Gebein, zusammengehalten von Spinnweben, so zierlich, daß ich ihn zusammenfalten und in einen Koffer packen könnte.

262. Ich sitze auf der Veranda neben meinem Vater und sehe der Welt zu, wie sie vorbeigeht, den Vögeln, die wieder mit dem Nestbau beschäftigt sind, und kühl streicht die Brise über meine Wangen, vielleicht auch über die seinen. »Weißt du noch« sage ich, »wie wir in alten Zeiten immer ans Meer gefahren sind? Wie wir belegte Brote und Obst in einen Korb gepackt haben, mit dem Einspänner zur Bahnstation gefahren sind und den Spätzug genommen haben? Wie wir geschlafen haben im Zug, geschaukelt vom Sang der Räder, verschlafen aufgewacht sind, wenn die Lokomotive Wasser bekam, wie wir von ferne die Eisenbahner murmeln hörten und dann wieder eingeschlafen sind? Und wie wir am nächsten Tag ans Meer kamen und zum Strand hinuntergingen und die Schuhe auszogen und herumplanschten, du an den Händen über den Wellen mich schwenkend? Weißt du noch, wie der Einsiedlerkrebs mich in den Zeh zwickte und ich schrie und schrie und du Grimassen geschnitten hast, um mich zu trösten? Erinnerst du dich an die Pension, wo wir wohnten? Wie fade das Essen schmeckte, und wie du eines Abends den Teller beiseitegeschoben und verkündet hast, du würdest keinen Abfall essen, und aufgestanden und aus dem Speiseraum gegangen bist? Und wie auch ich meinen Teller wegschob und dir folgte? Und weißt du noch, wie die Hunde sich freuten, uns wiederzusehen? Einmal hatte der alte Jakob vergessen, sie zu füttern, und du hast fürchterlich geflucht und ihm die wöchentliche Fleischration weggenommen. Kannst du dich noch an Jakob und Hendrik und Ou Anna und Klein Anna erinnern? Erinnerst du dich noch an diesen Sohn von Ou Anna, der tödlich verunglückt war und zur Farm zurückgebracht wurde, damit er beerdigt werde, und wie Ou Anna sich ins Grab stürzen wollte?

Erinnerst du dich an die Jahre der großen Dürre, als alle Schafe verkauft werden mußten, weil es zweihundert Meilen ringsum nichts mehr zu grasen gab, und wie wir zu kämpfen hatten, um die Farm wiederaufzubauen? Erinnerst du dich an den großen alten Maulbeerbaum, der hinten am Hühnerauslauf stand, und wie in einem Sommer der Stamm der Länge nach auseinanderbrach unter der Last der vielen Früchte? Erinnerst du dich, wie die Erde um ihn herum voll war von bläulichen Spritzern vom Saft der herabgefallenen Beeren? Erinnerst du dich an die Schmusebank, die früher unterm Fliederbaum stand, wo du den ganzen Nachmittag sitzen und dem Summen der Holzbienen lauschen konntest? Erinnerst du dich an Vleck, die eine so gute Hirtenhündin war, daß sie mit Jakob allein eine ganze Herde beim Zählposten an dir vorbeitreiben konnte? Erinnerst du dich, wie Vleck alt und siech wurde und ihr Futter nicht mehr bei sich behalten konnte und wie niemand sich fand außer dir, der sie erschießen wollte, und wie du danach einen Spaziergang gemacht hast, weil du nicht wolltest, daß jemand dich weinen sah? Erinnerst du dich«, sage ich, »an diese schönen gesprenkelten Hennen, die wir früher hatten, und an den Zwerghahn mit seinen fünf Frauen, die in den Bäumen geschlafen haben? Erinnerst du dich an sie alle?«

263. Mein Vater sitzt, wenn man das Sitzen nennen kann, in seinem alten Ledersessel, und die kühle Brise streicht über seine Haut. Seine Augen sehen nichts, zwei glasige blaue Wände, rosa umrandet. Er hört nichts als das, was ihn ihm vorgeht, es sei denn, ich irre mich die ganze Zeit, und er hört all mein Geschwätz und ignoriert es. Er ist lange genug draußen gewesen für heute; es ist Zeit, ihn hineinzutragen, damit er ruhen kann.

264. Ich lege meinen Vater auf sein Bett, knöpfe sein Nachthemd auf und nehme ihm die Windel ab. Manchmal ist sie fleckenlos, aber heute ist da ein winziges Fleckchen, das beweist, daß irgendwo in ihm noch Säfte rinnen, Muskeln noch ihre schwache Peristaltik ausüben. Ich lasse die alte Windel in den Eimer fallen und lege ihm eine neue an.

265. Ich füttere meinen Vater mit Fleischbrühe und schwachem Tee. Dann drücke ich meine Lippen auf seine Stirn und packe ihn ein für die Nacht. Früher habe ich immer gedacht, daß ich als letzte sterben würde. Aber jetzt denke ich, daß er nach meinem Tod noch ein paar Tage daliegen wird, atmend und darauf wartend, daß er gefüttert wird.

266. Zur Zeit sieht es jedoch so aus, als ob nichts geschehen würde, als ob ich noch lange warten müßte, bis es Zeit ist, in mein Mausoleum zu kriechen, die Tür hinter mir zuzuziehen, immer vorausgesetzt, ich finde auf dem Dachboden ein Paar Türangeln, und in einen Schlaf zu sinken, in dem es endlich keine Stimmen mehr gibt, die mich auslachen oder schelten. In Momenten wie dem gegenwärtigen, erfüllt von wehmütigen Gedanken, ist man versucht, einen Strich unter die Rechnung zu machen, die losen Enden miteinander zu verknüpfen. Werde ich den Mut aufbringen, als verrückte alte Königin mitten im Nirgendwo zu sterben, unerklärt von den Archäologen und unerklärlich für sie, eine Königin, deren Grabstätte voll ist von naiven Kalkgemälden von Himmelsgöttern; oder werde ich mich dem Gespenst der Vernunft beugen und mich mir selbst erklären in der einzigen Art Beichte, die wir Protestanten kennen? Als ein Rätsel sterben mit voller Seele, oder meiner Geheimnisse entleert sterben, so bildhaft stelle ich mir die Frage. Zum Beispiel: Habe ich mir jemals vollständig erklärt, warum ich nicht fortlaufe von der Farm und in der Zivilisation in einem dieser Heime sterbe, die es dort, dessen bin ich sicher, im Überfluß gibt, mit Bilderbüchern am Bett und einem Stapel leerer Särge im Keller und mit einer ausgebildeten Pflegerin, die mir den Obolus auf die Zunge legt? Habe ich je erklärt oder auch nur verstanden, was ich hier gemacht habe in einem Bezirk außerhalb des Gesetzes, wo die Schranke gegen Inzest oft aufgehoben ist, wo wir unsere Tage in primitiver Stumpfheit hinbringen – ich, die ich eindeutig das Zeug hatte zu einem Mädchen, das körperliche Mängel mit zehn flinken Fingern auf Klaviertasten oder mit einem Album voller Sonette hätte ausgleichen können; das eine gute Ehefrau abgegeben hätte, fleißig, sparsam, aufopferungsvoll, treu und bisweilen sogar leidenschaftlich? Was habe ich gemacht, an dieser barbarischen Grenze? Da dies keine müßigen Fragen sind, habe ich keinen Zweifel, daß irgendwo eine ganze Literatur darauf wartet, sie für mich zu beantworten. Leider ist sie mir nicht bekannt; und außerdem habe ich es immer einfacher gefunden, meine Antworten aus meinen eigenen Eingeweiden zu spinnen. Es gibt, dessen bin ich sicher, Gedichte über das Herz, das sich sehnt nach Verlore Vlakte, über die Melancholie der hinter den Koppies hinabsinkenden Sonne, über die Schafe, die beim ersten kalten Abendhauch anfangen, sich zusammenzuscharen, das ferne Stampfen der Wasserpumpe, das erste Zirpen der ersten Grille, das letzte Zwitschern der Vögel in den Dornbäumen, die Steine der Farmhauswand, auf denen sich noch lange die Sonnenwärme hält, den gleichmäßigen Schein der Küchenlampe. Es sind Gedichte, die ich selber schreiben könnte. Es bedarf Generationen von Leben in Städten, um dem Herzen diese Sehnsucht nach dem Lande auszutreiben. Ich werde das Landleben nie leid werden und will es auch nicht. Ich bin bis auf die Knochen verdorben von der Schönheit dieser gottverlassenen Welt. Um die Wahrheit zu sagen, ich habe nie den Wunsch gehabt, mit den Himmelsgöttern fortzufliegen. Ich habe immer gehofft, sie würden herabkommen und mit mir hier im Paradies leben und mit ihrem ambrosischen Atem alles ersetzen, was ich verlor, als die geisterhaften braunen Gestalten der letzten Menschen, die ich kannte, sich in der Nacht von mir wegschlichen. Ich habe mich nie als Geschöpf eines anderen Menschen gefühlt (hier kommen sie, wie lieblich, die letzten Wehklagen), ich habe mein Leben stets mit eigener Stimme geäußert (wie tröstlich das ist), ich habe in jedem Augenblick mein Schicksal selber gewählt, und das besteht nun darin, hier zu sterben in dem versteinerten Garten, hinter verschlossenen Toren, nahe bei den Gebeinen meines Vaters, in einem Raum, der widerhallt von den Lobgesängen, die ich hätte schreiben können, aber nicht schrieb, weil es (dachte ich) zu einfach gewesen wäre.